Les Cœurs aimants

Anne Plichota et Cendrine Wolf

Les Cœurs aimants

roman

XO EDITIONS

ISBN : 978-2-37448-068-8

Et puis, il y a ceux que l'on croise, que l'on connaît à peine, qui vous disent un mot, une phrase, vous accordent une minute, une demi-heure et changent le cours de votre vie.

Victor Hugo

1.

Dana

Debout à l'entrée du salon, Dana balaya la pièce des yeux et poussa un soupir. Déménager représentait une véritable épreuve de force.

— On n'est pas obligés de tout déballer en une journée, tu sais, résonna une voix derrière elle.

Dana se retourna. Malgré la légèreté de ses paroles, son père semblait aussi dépité qu'elle devant la masse de cartons. C'était à se demander comment ils avaient pu accumuler autant de choses, et surtout comment chacune d'elles allait trouver sa place : l'appartement paraissait si petit.

— Bon, il faut que j'aille bosser, maintenant…

Il n'avait pourtant pas l'air vraiment décidé.

— Ça va aller ?

— Mais oui, papa.

— Sûre ?

— Sûre.

Simon Lenoir gratifia sa fille d'un regard enveloppant, sans pouvoir se départir de l'expression à la fois triste et soucieuse qui, au fil du temps, avait creusé deux profondes rides verticales entre ses yeux.

Il rassembla ses clés, ses lunettes, son portable, qu'il fourra négligemment dans son sac à dos, toute son attention dirigée vers Dana, dont le profil se découpait dans la lumière dorée de ce matin d'été.

Elle le sentit sur le point de lui demander à nouveau si ça irait, avec tous les sous-entendus que la question supposait : n'angoisserait-elle pas, seule jusqu'au soir dans ce nouvel appartement ? Déballer ses affaires n'entraînerait-il pas une charge émotionnelle trop pénible ? Penserait-elle au plateau-repas qu'il avait spécialement composé pour elle ?

Elle lui sut gré de se taire, malgré le besoin criant qu'il avait d'être rassuré.

— Je vais bien, papa…, dit-elle en l'embrassant sur la joue.

Elle faillit lui rappeler qu'elle avait presque vingt ans et qu'elle était capable de se débrouiller sans lui, du moins jusqu'à son retour. À la suite de quoi il y aurait eu un silence lourd, plein des raisons imparables qu'il pourrait lui opposer. Alors, comme lui, elle s'abstint d'en rajouter.

Elle adorait son père. Il comptait plus que n'importe qui au monde, surtout après toutes les épreuves qu'ils avaient traversées. Mais là, il était temps qu'il parte. Arriver en retard dès son deuxième jour de travail dans l'agence de graphisme où il venait d'être engagé ferait mauvais effet. Et, excuse nettement moins avouable, Dana avait hâte d'être seule. Elle ne lui reprochait rien, mais l'inquiétude permanente qu'il entretenait à son égard, sa sollicitude, son obsession qu'elle aille bien… certains jours, tout cela pouvait s'avérer insupportable.

Elle détourna les yeux, un peu honteuse, tandis qu'il laçait ses baskets. Sous son air détendu, la nervosité affleurait dans chacun de ses gestes. Dana n'était pas dupe. C'était ainsi entre eux depuis des années, chacun s'efforçait de montrer à l'autre ce qu'il voulait voir, même si ça ne marchait à vrai dire que rarement. Voire jamais.

— Allez, allez, Lenoir, on se bouge les fesses..., se gronda-t-il en consultant sa montre.

Un dernier regard à sa fille, un baiser furtif et il finit par claquer la porte d'entrée derrière lui. Dana l'écouta dévaler les marches, avant de se poster à la fenêtre pour l'observer tandis qu'il remontait la rue d'un pas vif. Elle se faisait l'effet d'une mère surveillant son enfant, se sentant d'autant plus proche de lui.

Il rajusta son sac à dos et ralentit. Au mouvement de sa tête, elle comprit qu'il avait envie de se retourner ; sans doute sentait-il sa présence derrière la vitre. Mais il poursuivit son chemin sans céder.

Lorsqu'il fut hors de vue, elle s'assit dans le minuscule espace laissé libre sur le canapé, entre deux piles de linge de maison attendant d'être rangé. Les mains sagement posées sur ses cuisses jointes, le dos bien droit, elle respira avec lenteur, inspirant et expirant comme on le lui avait appris, aussi profondément que si elle voulait emplir puis vider totalement ses poumons. Ses pensées furent peu à peu refoulées à l'arrière-plan, à la faveur de la concentration que demandait cet exercice.

La sensation d'une caresse sur ses chevilles nues l'interrompit.

— Salut, toi ! murmura-t-elle en attrapant le joli chat persan qui quémandait son attention.

Elle le pressa contre elle. Les ronronnements du félin produisaient des vibrations dans le creux de ses mains, et elle ne put s'empêcher d'enfouir son visage dans la masse de poils immaculés. Un miaulement aigu en émergea, étonnamment autoritaire pour un si petit animal.

— C'est bon, Janvier, calme-toi, marmonna-t-elle en le berçant.

Au bout de deux minutes, les feulements avaient redoublé de véhémence ; elle ne pouvait feindre plus longtemps de n'avoir pas saisi ce qu'il voulait. Elle le posa sur le sol, d'où il la regarda avec ses yeux ronds et bleus, clairement mécontent. Dana se frotta la figure, se leva et, le chat sur les talons, se dirigea vers la cuisine.

La porte était ouverte, le problème venait donc d'ailleurs. Un coup d'œil sur les écuelles et Dana constata ce qu'elle redoutait : elles étaient vides, son père avait oublié de nourrir le chat avant de partir. Sur l'instant, elle lui en voulut. Comment avait-il pu lui faire ça ? Puis elle se souvint : « *Je vais bien, papa.* »

— Ça suffit pas de le dire, faut assumer maintenant..., grommela-t-elle.

Ouvrir le frigo et prendre la bouteille de lait se révéla moins difficile que ce qu'elle avait craint. En verser dans une des trois écuelles également.

Le petit chat lapa goulûment le liquide blanc. Dana s'éloigna, un peu écœurée par le bruit qu'il faisait. Mais Janvier n'en avait pas terminé avec ses récriminations.

— Ah non, tu devras te contenter de ça ! le prévint-elle.

Elle savait pourtant qu'il ne servait à rien de se dérober. Janvier ne la laisserait pas en paix tant qu'elle n'aurait pas rempli les autres écuelles.

La gorge soudain serrée, elle déglutit péniblement, passa la main dans ses cheveux courts et inspira à fond avant de se pincer le nez. Tout se déroula alors en accéléré, bien qu'elle eût l'impression du contraire. Vite, saisir le paquet de croquettes, tirer l'opercule, verser ce qui ressemblait à des crottes séchées dans la deuxième écuelle, refermer le paquet pour que l'odeur – infecte – ne se diffuse pas dans toute la pièce ; vite, vite, vite, ouvrir un sachet de pâtée – ignoble – en le découpant maladroitement d'une main avec des ciseaux, serrer les lèvres, verser la mixture – brune et dégoûtante – dans la troisième écuelle sans prendre la peine de séparer les morceaux, jeter l'emballage vide dans la poubelle, quitter la cuisine, respirer.

Soulagée mais nauséeuse, Dana regagna sa chambre, une jolie pièce immaculée donnant sur une cour arborée, une rareté au cœur des pierres de la vieille ville, capitale des Gaules. Le chêne qui s'épanouissait devant ses fenêtres était le seul point commun avec le village alpin que son père et elle venaient de quitter, pleins d'espoirs de pages à tourner, de nouvelle vie, de renaissance.

La jeune fille n'avait pas encore d'habitudes, mais elle avait promis à son père d'en adopter certaines, de bonnes et solides, qui avec le temps ne lui coûteraient plus aucun effort.

Mais pour l'instant, rien ne se faisait naturellement. Il fallait faire coïncider pensées, énergie et action. Elle ouvrit les deux battants du dressing encastré dans le mur et s'attela au rangement de ses habits sans hâte ni réelle application, en économisant chaque geste. Les cartons étaient si nombreux. Les étagères, les tiroirs, la penderie furent tranquillement remplis ; seuls quelques foulards aux couleurs pastel et deux jeans qu'elle ne portait plus se démarquaient de la grande majorité de ses vêtements, uniformément blancs.

Les autres cartons étaient plus lourds. Elle avait fait beaucoup de tri et était surprise qu'il restât encore autant de choses : des cours qu'elle n'avait pu se résoudre à jeter, ses cahiers datant du primaire, des dessins, bien sûr, et des livres – des centaines et des centaines de dessins et de livres, ses deux passions.

Les ranger prit un temps fou, à tel point que lorsque son père lui téléphona, elle s'étonna de constater qu'il était presque quatorze heures.

— Tout va bien, ma grande ?

— Nickel, papa. Et toi ?

— Je prends mes marques.

— Ça va le faire, tu verras.

— Ne t'inquiète pas pour moi.

Dana entendit ses collègues l'appeler pour filer en réunion.

— Vas-y, papa...

— Tu as mangé ?

— Oui.

Une fois de plus, la jeune fille culpabilisa de mentir. Mais son père était-il vraiment dupe ?

— Je dois te laisser, fit-il à l'autre bout du fil. À tout à l'heure, ma fille.

— À tout à l'heure, mon père.

Elle savait que ce petit ping-pong verbal le faisait sourire. C'était le moins qu'elle pût faire pour lui, ces menus réconforts, ces microscopiques répits.

Après avoir raccroché, elle se rendit à contrecœur dans la cuisine. Les effluves de la nourriture de Janvier avaient été remplacés par d'autres, plus vagues, venus de la rue et des multiples restaurants qui la jalonnaient. Dana se précipita pour fermer la fenêtre, en proie à une désagréable crispation. Elle inspira et expira par la bouche – c'était plus prudent –, avant d'ouvrir le frigo.

Comme il le lui avait dit, son père avait préparé un plateau pour elle : riz, portion de fromage, pain de mie sans croûte, quartiers de pêche épluchés. Blanc, vierge de toute tache, parfait, le tout dans des quantités si dérisoires qu'on aurait dit des échantillons de nourriture. Son père, lui, appelait ça un déjeuner de poupée.

Dana découpa un très petit morceau de pain de mie et le porta à ses lèvres. Elle le mâcha avec beaucoup plus de soin que nécessaire, avant de picorer quelques cuillerées de riz. Elle fit de même avec le fromage, puis la pêche, et jeta à la poubelle ce qui restait, c'est-à-dire une bonne moitié, en prenant soin de le recouvrir d'essuie-tout froissé.

Le passage d'un livre de Don DeLillo[1] lui revint en mémoire, à propos d'une femme qui mangeait sa nourriture sans la savourer, l'essentiel étant de vider son assiette.

Un voile de sueur faisait luire son visage. Son buste et son dos étaient moites, elle avait horreur de ça. Se débarrasser de cette sensation poisseuse passa de besoin à urgence : il fallait absolument qu'elle prenne une douche. Maintenant.

Elle grimaça en retirant ses vêtements. Ils puaient, personne n'aurait pu lui dire le contraire, pas même son père qui lui répétait si souvent que c'était dans sa tête.

Pas encore accoutumée à la configuration de la nouvelle salle de bains, elle se retrouva face au miroir. Le genre de confrontation qu'en général elle faisait tout pour éviter.

Elle détourna aussitôt les yeux, un peu trop tard cependant. La vision de son corps nu la heurta de plein fouet. Elle ne put s'empêcher de regarder à nouveau en direction

1. *Outremonde.*

du grand miroir sur pied, interloquée, comme si elle n'en revenait pas de ce qu'elle venait d'apercevoir.

Sa première pensée fut pour son père, pour sa panique s'il la voyait dans cet état, sa déception en constatant qu'elle lui avait menti. Elle allait mieux, c'était la vérité, mais certainement pas aussi bien qu'elle avait cherché à lui faire croire. Pas encore.

La douche ne lui apporta pas le réconfort voulu, d'autant qu'elle se trouva dans l'incapacité de se savonner. Toucher son corps, même avec un gant de toilette ou une éponge de bain, n'était pas concevable après ce qu'elle venait de voir dans le miroir. Elle laissa donc l'eau couler sur elle, tête baissée, yeux clos, en essayant de diriger ses réflexions vers autre chose que tout ce qui l'avait écœurée depuis son réveil : le petit chat lapant son lait, la pâtée marron, les odeurs, le reflet dans la glace…

C'était difficile.

— Pense positif… Po-si-tif…

Cette injonction faite à elle-même lui fit monter les larmes aux yeux. Les mains plaquées contre la paroi de mosaïque, elle respira profondément, convoqua de belles images, se projeta par petites touches prudentes dans un futur proche, se vit franchir les grandes portes de l'école d'art qu'elle convoitait depuis quelques années maintenant.

Elle était passée devant le bâtiment avec son père, la veille, et une immense fierté les avait tous deux saisis, un bonheur dont ils avaient depuis longtemps oublié le goût. Dana avait travaillé dur, surtout avec le redoublement de sa seconde, puis de sa terminale, deux accidents de parcours qui faisaient mauvais genre dans son dossier. Mais elle avait réussi le concours d'entrée à l'école d'art et, dans quelques semaines, elle entamerait une nouvelle vie.

Cette perspective lui redonna du baume au cœur. Elle coupa l'eau, s'enroula dans un peignoir bien trop grand pour elle tout en se séchant les pieds sur le tapis de bain.

Rien n'empêchait pourtant le miroir de produire sur elle une attraction négative. Bien qu'elle s'efforçât de lutter, son regard se dirigeait sans cesse vers lui, parvenait à la lisière, hésitait à la franchir et finissait par reculer pour se réfugier là où il ne risquait pas de mauvaise rencontre avec ce reflet redouté, son pire ennemi.

Dana entreprit d'envelopper ses cheveux dans une serviette et ce simple geste lui fit mal aux bras. Ses articulations fragiles lui rappelaient de temps à autre ce qu'elle se faisait subir. Elle décida cependant de ne pas y prêter attention : ce n'était pas en donnant de l'importance à ses moindres maux qu'elle pourrait s'en sortir.

Elle poursuivit donc son séchage, frictionna son crâne avec une vigueur redoublée jusqu'à en être étourdie. Des étincelles crépitèrent sous ses paupières, elle cilla pour les chasser, ce qui ne fit qu'empirer la sensation. Son corps lui parut soudain lourd, ses membres comme de la pierre, un granit froid et dense. Elle baissa les bras, dans tous les sens du terme, lâcha la serviette qui tomba à terre tandis qu'elle s'agrippait de justesse au lavabo.

Janvier, qui l'avait suivie, miaula, comme pour l'encourager à tenir bon. Mais lorsqu'un grand vertige vint la saisir, Dana se sentit emportée. Elle visualisa les grains de riz qu'elle avait avalés quelques minutes plus tôt et qui tournaient en elle comme dans une centrifugeuse en formant une pâte grisâtre, et un haut-le-cœur la secoua.

Bouche bée, elle fit cette fois face à son reflet dans le miroir fixé sur l'armoire de toilette. Elle dévia très vite vers le petit chat qui feulait encore à ses pieds, et s'accrocha à ses grands yeux ronds et bleus, cette fois en quête de secours.

— Oh non, non, non…, supplia-t-elle. Pas maintenant… Pas déjà…

Peine perdue.

Ses jambes la lâchèrent, son corps tout entier capitulait. Elle s'effondra.

2.

Simon

Lorsqu'il échoua à joindre Dana au téléphone, Simon Lenoir sentit les effets naissants et familiers de la panique monter en lui.

— Calme-toi… Arrête de toujours envisager le pire, maugréa-t-il, bien que la vie lui eût maintes fois donné raison.

Dana allait bien ; mieux, en tout cas. Elle ne décrochait pas parce qu'elle devait être en train de déballer ses affaires ou de bouquiner dans un fauteuil, elle n'avait pas entendu sonner son portable. Pas de quoi s'affoler. Et puis il était presque seize heures, il pourrait bientôt rentrer et la retrouver.

On parlait souvent des bienfaits de la pensée positive, issue de la fameuse méthode Coué, mais, à son corps défendant, Simon Lenoir, lui, cultivait une forme de pessimisme mêlé de catastrophisme et de fatalisme. Les rares amis qui pouvaient se permettre de le taquiner à ce propos le surnommaient Murphy et lui rappelaient avec bienveillance et dérision la loi du même nom : « Tout ce qui est susceptible de mal tourner tournera nécessairement mal. »

Oui, envisager la vie avec optimisme permettait sans doute d'influencer le cours des choses. Mais à l'opposé, qui oserait croire un seul instant qu'il avait prévu la mort de Clémence, sa femme, et la lente dégringolade qui s'était ensuivie pour Dana et lui ? Ce n'était pas de la pensée négative, ça, seulement la vie comme elle savait se montrer parfois, cruelle, injuste, révoltante.

Malgré tout, il n'avait jamais renoncé à retrouver la sérénité et, pourquoi pas, une autre forme de bonheur. En grande partie pour Dana. Par un horrible mercredi de décembre, il avait perdu la femme de sa vie. Et sa fille – *leur* fille – avait perdu sa maman. Elle était alors si jeune, encore une enfant. Pendant des années, il l'avait portée à bout de bras, terrifié à l'idée de la perdre, elle aussi.

Aujourd'hui, la vie allait prendre un autre cours, dans un lieu nouveau où rien ne leur rappellerait sans cesse le passé, le bonheur perdu, les souffrances. Il aurait dû prendre la décision de partir beaucoup plus tôt, il le savait, couper ce lien avec les souvenirs trop présents. Il en avait été incapable et s'en voulait.

C'est Dana qui avait été le déclencheur. Si elle n'avait pas réussi le concours d'entrée à l'école d'art, tous deux seraient sûrement restés dans leur jolie – mais si triste – maison perchée en pleine montagne.

Simon Lenoir s'aperçut de ses digressions mentales lorsqu'un de ses collègues lui fit remarquer que son portable sonnait. Il s'excusa tout en décrochant, déçu de ne pas voir la photo de Dana s'afficher sur l'écran. Il répondit mécaniquement au technicien de la compagnie de téléphone qui sollicitait un rendez-vous à la suite de l'emménagement, puis consacra les dernières minutes de sa journée de travail au projet qu'on lui avait confié, jusqu'au moment de quitter enfin l'agence.

Dans sa hâte de rentrer, il choisit de parcourir à pied les deux kilomètres qui le séparaient de l'appartement ; attendre le bus prendrait beaucoup trop de temps. Tout le long du trajet, il s'empêcha de téléphoner à Dana. Il était lourd, étouffant, névrosé, il le savait bien. « T'es juste un pur papa poule… », lui disait souvent la jeune fille avec indulgence. C'était adorable de sa part. Il se promettait depuis des années de faire des efforts, mais sans y parvenir vraiment.

Il croisait et dépassait des dizaines de personnes, de plus en plus de touristes à mesure qu'il s'engageait dans les petites rues tortueuses et chargées d'histoire de son quartier. Un coup d'œil vers le quatrième étage de la vieille bâtisse où il habitait désormais lui fit froncer les sourcils, puis se rabrouer. Pensait-il vraiment que Dana guetterait fébrilement son retour au coin d'une fenêtre ? Le ridicule battit néanmoins en retraite au profit de son sempiternel sentiment d'inquiétude. Il gravit les escaliers quatre à quatre et parvint, essoufflé, sur le palier.

— C'est moi ! clama-t-il sitôt la porte ouverte.

Le silence de l'appartement donna aux battements de son cœur une résonance plus sourde encore.

— Dana ? Tu es où ?

Il jeta un coup d'œil dans le salon, la cuisine, les deux chambres, avant de réagir : la jeune fille devait prendre une douche, peut-être un bain. La porte de la salle de bains était fermée ; il y plaqua son oreille tout en toquant doucement.

— Dana ? Tu es là ?

Il se heurta au même silence que celui qui régnait dans le reste de l'appartement. Son esprit ne tarda pas à générer des pensées angoissantes, son souffle se fit court tandis que sa bouche s'asséchait.

— Je vais entrer, Dana… Je vais entrer dans la salle de bains, prévint-il.

Il actionna la poignée, mais ne put qu'entrouvrir la porte : quelque chose bloquait de l'intérieur.

Une petite boule blanche se précipita dans l'entrebâillement et se planta à côté de lui en miaulant très fort : Janvier avait faim.

Cette fois, une véritable alarme se mit en branle dans l'esprit de Simon Lenoir. Il poussa la porte avec plus de détermination et força le passage pour se glisser dans la pièce.

Ses genoux heurtèrent brutalement le carrelage lorsqu'il se jeta auprès de Dana. Les yeux écarquillés, il regarda le corps inerte de sa fille, en partie dénudé par le peignoir ouvert. Il laissa échapper un long gémissement de bête blessée à la vue de la peau se tendant sur les os qui affleuraient et semblaient pouvoir la transpercer tant ils étaient saillants, le ventre formant un creux comme s'il était aspiré de l'intérieur, les rotules, les coudes, les clavicules protubérants en comparaison des bras, des cuisses, du buste osseux.

Maigres.

Dana n'allait ni bien ni mieux. Dana était toujours malade. Et lui, sinistre aveugle, n'avait rien vu, n'avait rien su voir d'autre que ce qui l'arrangeait.

Sonné, il prit sa fille dans ses bras et la serra fort. Elle ouvrit les yeux, lui jeta un regard immensément douloureux et tourna la tête.

Tout en caressant ses cheveux blonds, fins comme des fils de soie, il sortit son téléphone de sa poche et, la mort dans l'âme, fit ce qu'il avait cru définitivement derrière lui : appeler à l'aide.

— Il faudrait venir avec une ambulance, 21, rue du Bœuf, s'il vous plaît, ma fille a fait un malaise… Dix-neuf ans… Oui, ça lui arrive…

Puis il rabattit le peignoir de Dana sur son corps exsangue, autant par pudeur que pour ne plus le voir, et la berça comme un petit enfant.

*

* *

Les deux urgentistes s'affairaient autour de Dana. Tout en mettant en place une perfusion, l'un d'eux posa à Simon Lenoir l'inévitable question :

— Vous n'aviez vraiment rien remarqué ?

— Écoutez, ça fait des années que ma fille a un rapport compliqué à la nourriture. Mais elle a été suivie médicalement, elle allait mieux, nous avions tous les deux réussi à trouver des compromis, à maintenir un équilibre. J'ai toujours fait mon possible…

— Votre fille ne va pas bien du tout, monsieur ! le coupa l'homme.

Simon chancela alors que ses yeux s'emplissaient de larmes de détresse. Il n'avait pas la force de se défendre.

— Les anorexiques savent ruser pour dissimuler leur état, intervint à son tour l'autre urgentiste.

Simon le regarda cette fois avec stupeur.

— Dana n'est pas… Elle n'est pas anorexique…

— Monsieur Lenoir…

— Sa dépression a entraîné d'importants troubles du comportement alimentaire, mais elle n'a jamais été diagnostiquée anorexique !

Le premier urgentiste fit la sourde oreille, tandis que le deuxième prenait un air compatissant. Malgré l'attitude plus tempérée de cet homme, Simon se trouvait confronté à l'évidence. Submergé par de violentes bouffées de culpabilité, il passa en revue les dernières semaines. Il lui semblait pourtant que Dana mangeait, ni plus ni moins que d'habitude, d'accord, mais elle mangeait. Son corps n'avait pas paru s'amaigrir à ce point. Et si elle avait eu l'air un peu plus préoccupée, il avait mis cela sur le compte de l'approche du déménagement.

Il la regarda, à demi consciente sur la civière. Elle avait triché, abusé de sa confiance, trahi leur pacte en ne mangeant qu'une infime proportion de ce qu'il lui préparait. Pourtant, c'était un casse-tête quotidien de respecter sa règle fondamentale de n'absorber que des aliments blancs. Et puis, parachevant le mensonge, elle avait habilement choisi ses vêtements pour se cacher.

Tout ce qu'ils avaient réussi à construire, à reconstruire… Ce n'était donc que du sable ? Une illusion ? Un leurre ?

Ce qui était certain, c'est qu'il ne lui en voulait pas. Car l'urgentiste avait raison : c'est lui qui aurait dû voir.

*

*   *

Quand un médecin s'entretint avec lui une heure après l'arrivée de Dana à l'hôpital, Simon avait déjà compris qu'il ne supporterait pas de voir sa fille internée dans le service de psychiatrie où étaient traités les cas tels que le sien. Il aurait été prêt à prendre Dana dans ses bras et à se sauver, plutôt que de la laisser avec ces… déments et morts-vivants qu'il croisait. Malgré toute la compassion qu'il éprouvait à leur égard, sa fille n'était pas comme eux.

— Monsieur Lenoir, je ne vous ferai pas l'affront d'insister sur la gravité de l'état de Dana. Vous avez fait votre possible pour gérer la situation. Mais il est temps de passer le relais.

— Vous pensez pouvoir faire mieux, c'est ça ? Dana a été hospitalisée trois fois au cours de ces huit dernières années, elle a été suivie par une bonne dizaine de psys, nous avons tout fait dans les règles, *vos* règles. Vous pouvez me dire ce que ça a changé ?

La respiration de Simon se fit plus saccadée. Il ne parvenait à fixer son regard sur rien. Ce qui était en train de se passer, cet effondrement d'un présent aux fondations fragiles, faisait naître en lui une frayeur qu'il tentait de contenir vaille que vaille.

— Dana doit à nouveau être hospitalisée, fit le médecin en le regardant dans les yeux. Vous en avez conscience, n'est-ce pas ?

Simon redressa les épaules et leva la tête. Son avis importait peu, Dana était majeure. À moins d'être accusatrice, cette question n'avait donc qu'une valeur de principe.

Il devait néanmoins montrer ce qu'il était vraiment : un père lucide, déterminé et responsable, sur qui l'on pouvait compter.

— Oui, mais pas ici, pas en psychiatrie, dit-il fermement.

C'est alors que le médecin lui parla du Centre Aurore.

3.

Dana

Le paysage défilait à travers les vitres de l'ambulance comme les images d'un film, aspirant faussement l'attention de Dana. En vérité, elle vissait son regard sur cet extérieur sans intérêt pour éviter de tourner les yeux vers son père, dont elle sentait l'accablement. Elle lui prit néanmoins la main, il devait être si malheureux de… cette régression.

À peine l'ambulance se fut-elle garée devant l'entrée du Centre Aurore qu'une femme aux allures de pin-up des années cinquante s'approcha en poussant un fauteuil roulant.

— Bonjour, je m'appelle Rose ! fit-elle avec un sourire chaleureux. Toi, tu dois être Dana, et vous, Simon…

Le père et la fille acquiescèrent. Gênée, Dana refusa poliment de s'asseoir dans le fauteuil. Le plus difficile n'était certainement pas de marcher jusqu'à la réception…

*

* *

Malgré une réfection récente, le Centre Aurore avait conservé le charme désuet de l'ancienne maison de repos pour tuberculeux qu'il avait été. Du moins à l'extérieur, car une fois passé le hall d'entrée, le caractère fonctionnel mais impersonnel de ce type de lieu se révélait dans toute sa fadeur.

En réalité, comme cent ans auparavant, on venait au centre pour se remettre sur pied après l'étape pénible des protocoles purement médicaux.

Tout comme la trentaine d'autres patients, Dana bénéficiait d'une chambre individuelle, baignée d'une douce lumière, au troisième et dernier étage du bâtiment.

Après avoir donné les consignes essentielles et expliqué le fonctionnement de la douche et de la sonnette d'appel, Rose quitta la chambre, laissant la jeune fille et son père en tête à tête.

— Les tee-shirts ici, ça ira ? demanda Simon, planté devant un placard grand ouvert.

Son intonation avait perdu tout naturel. En se forçant à rendre sa voix neutre, il ne réussissait qu'à accentuer sa meurtrissure.

Le visage fermé, Dana hocha la tête. Son père continua de vider le sac en silence et de ranger son contenu sur les étagères ou les cintres, laissant de part et d'autre le champ libre aux pensées.

Elle ne pouvait faire semblant de ne pas remarquer combien il s'attardait sur les détails de sa garde-robe, des vêtements qui se ressemblaient tous, des pantalons larges à taille élastique, informes, trois ou quatre fois trop grands pour elle.

À aucun moment depuis son malaise ils n'en avaient parlé. Mais les chiffres assenés par le médecin faisaient mal. Nul doute qu'ils devaient tourner en boucle dans l'esprit de son père. Un IMC de seize virgule six. Tel que Dana le connaissait, il avait dû faire le calcul. Au vu de sa taille – un mètre soixante-dix –, cela signifiait que la jeune fille pesait dans les quarante-sept kilos, au mieux quarante-huit. La situation avait déjà été bien pire au cours des dernières années, et plus d'une fois. Pourtant, Simon paraissait plus soucieux que jamais.

Dana lui avait causé tant d'inquiétude, alourdissant son chagrin déjà si profond. Et lui s'était toujours démené pour elle, sans faillir. Comme elle avait honte…

— Pardon, papa, lâcha-t-elle.

Ses yeux d'un ébène magnétique se faisaient suppliants.

— Non, c'est moi qui te demande pardon, lui murmura son père.

— Ce n'est pas ta faute…

Il continua de ranger les affaires de la jeune fille : sa trousse de toilette dans la minuscule salle d'eau, une photo encadrée de tous les deux prise un an plus tôt au bord de la mer, son ordinateur portable, quelques livres sur la table de nuit.

Elle le vit hésiter en posant ses blocs de papier à dessin et ses crayons noirs. Avait-il jeté un coup d'œil dans l'épaisse pochette renfermant des mois de travail ? Ce n'était pas compliqué, il lui aurait suffi de défaire la sangle pour… pour quoi ? Entrer dans la tête de Dana ? Trouver des indices qui lui permettraient d'expliquer, de comprendre ? Elle n'avait jamais manqué de lui montrer ce qu'elle dessinait, des compositions assez mélancoliques, pleines de finesse et de subtilité – il la trouvait douée, elle ne savait pas si elle l'était vraiment. Mais il avait compris, elle s'en doutait, qu'elle ne lui montrait pas tout. Certains dessins ne sortaient jamais de la pochette, à l'abri, comme des secrets qui ne devaient pas être révélés.

On toqua à la porte. Deux secondes plus tard entra une femme vêtue d'une blouse blanche ouverte sur une robe portefeuille à pois bleus.

— Bonjour, je suis le Dr Paula Gouvain, je dirige le Centre Aurore.

Âgée d'une cinquantaine d'années, les cheveux blond cendré coupés court, elle avait ce regard inquisiteur mais bienveillant qui mettait en confiance et encourageait à se livrer.

— Monsieur Lenoir, pouvons-nous discuter un instant dans mon bureau, s'il vous plaît ?

— Oui, bien sûr.

— Dana, nous aurons tout le temps de faire connaissance plus tard, d'accord ?

La jeune fille cligna des yeux et son père quitta la chambre en compagnie du médecin. Elle savait de quoi il serait question : les grandes lignes de son histoire personnelle, la genèse de son mal, le protocole médical... D'une certaine façon, elle se sentait soulagée que cette tâche incombât à son père. De toute manière, ce serait bientôt à elle de s'ouvrir, lâcher prise, se dévoiler, se libérer.

Le problème, c'était le mode verbal. Dana ne croyait pas vraiment aux vertus de la parole. Elle préférait le réconfort des livres et l'expression par le dessin.

Mais elle aurait tout le temps d'y penser, le lendemain et les autres jours. Car nul doute qu'elle était là pour un moment.

*
* *

Les heures se succédèrent dans un flou inconfortable. Sa faiblesse physique, la déception d'avoir craqué, la culpabilité donnaient à Dana l'impression de marcher pieds nus sur un chemin glacé, en plein brouillard.

Elle sentit à peine son père l'embrasser, évita une fois de plus de le regarder quitter la chambre, et tenta de ne pas penser à lui, seul dans l'appartement si mignon, au milieu des cartons pas encore défaits.

Les choses ne devaient pas se passer ainsi. La vie n'était pas censée être si rude.

Voilà des années que cela durait, qu'elle glissait en se raccrochant à ce qu'elle pouvait, notamment à la main de son père, perpétuellement tendue vers elle, au dessin et à la lecture – autant d'échappatoires et de bouffées d'air qui la maintenaient à flot.

Elle avait cependant connu de réelles périodes de rémission, d'abord perçues comme la sortie définitive de ces longs tunnels pénibles, puis plus raisonnablement comme des répits, hélas passagers.

Cette fois-ci, elle avait pourtant cru pouvoir y arriver. Pour la première fois, elle avait touché la guérison du bout des doigts, senti au plus profond d'elle-même que c'était possible, au point d'entraîner son père dans ce qui ne représentait plus seulement un espoir, mais une certitude.

Résultat de cet optimisme aussi absurde que délirant : aujourd'hui, elle se trouvait là, sur le lit d'un centre médico-psychologique.

Un immense sentiment de découragement annihila ses dernières résistances. Elle balaya la chambre des yeux, les meubles sans style, les murs nus. L'espace d'un instant, elle pensa accrocher quelques dessins pour personnaliser le lieu, avant de faire marche arrière. Hors de question de s'installer, elle n'était que de passage.

À la vue de ses avant-bras et de ses jambes, découverts par la chemise d'hôpital, elle grimaça, les trouvant affreux, pathétiques. Porter en permanence des vêtements qui enveloppaient son corps et éviter à tout prix les miroirs n'empêchait pas cette laideur d'exister.

Parfaitement lucide, elle maugréa intérieurement, poussant jusqu'à l'insulte les reproches dont elle s'agonissait. Puis, ne supportant plus de se voir ainsi, elle se leva. La blouse ne tenait que par trois cordons noués dans le dos, mais elle dut déployer bien des efforts pour pouvoir s'en débarrasser. Sitôt fait, elle s'empressa de revêtir un tee-shirt à manches longues et un pantalon ample à taille élastique, avant de fourrer la blouse en boule au fond d'un tiroir.

La sensation du tissu souple et propre sur sa peau la rasséréna pendant quelques instants, avant de la projeter dans une triste nostalgie. Ses vêtements fleuraient bon la maison et le parfum frais de l'assouplissant dont elle faisait un usage parfois excessif. Les effluves, le souvenir, les remords s'entremêlèrent, semant la confusion, épuisant son esprit autant que son corps. Plus elle essayait de dévier le fil de ses pensées vers de jolies choses, plus elle s'enfonçait à l'intérieur de territoires obscurs, dans ses propres méandres.

— Espèce de sinistre débile, murmura-t-elle, poings serrés, mâchoires grinçantes. Continue comme ça et tu finiras au cimetière, en crevant pour toujours le cœur de ton père…

— Dana ? appela une voix derrière elle.

Elle se retourna, gênée. Rose, l'infirmière, se tenait dans l'entrebâillement de la porte.

— Tu as besoin de quelque chose ?

Dana lui trouva une voix douce, peut-être un brin trop enjouée par rapport au contexte. Elle répondit négativement d'un mouvement de la tête, tout en sentant le regard de Rose tenter de capter le sien, farouchement fuyant.

— On se verra plus tard, d'accord ?

— Mmh.

L'infirmière s'éclipsa après lui avoir adressé un sourire chaleureux. Dana finit par se lover sur le lit, joignit ses mains sous l'oreiller et céda à la fatigue alors que les larmes commençaient à perler sous ses longs cils blancs. Rien n'était jamais gagné, elle le savait bien. Mais là, tout semblait plutôt perdu.

4.

Cobalt

Comme tous les jours, Cobalt prit place au fond du réfectoire, à l'angle du mur et de la fenêtre, le poste d'observation idéal.

Sa tasse de café aux lèvres, il regarda avec nonchalance les autres, quasiment les mêmes depuis qu'il était arrivé, deux semaines plus tôt. Comment les appelait-on, d'ailleurs ? Des patients ? Des malades ? Des dingues ?

Tous avaient en commun leur jeunesse – les âges allaient de douze à vingt ans – et un problème psychique suffisamment grave pour qu'on ait estimé, à un moment ou à un autre, qu'il était nécessaire de les extraire de leur famille et de leur quotidien pour les soigner. Ils atterrissaient ensuite ici, dernière étape avant d'être relâchés pour de bon.

Pourtant, personne ne prêtait vraiment attention à quiconque. Mis à part le groupe des quatre filles obèses qui se montraient toujours aussi bruyantes et un trio de garçons, taciturnes mais inséparables, tous s'éparpillaient dans la salle en prenant particulièrement soin de s'asseoir le plus loin possible de leurs compagnons d'infortune.

L'attention de Cobalt s'attarda sur quelques-uns d'entre eux, notamment les filles, majoritaires. Il aimait beaucoup les filles, vraiment beaucoup, mais ici aucune ne lui plaisait. À part, éventuellement, cette élève infirmière plutôt sexy, même si ça faisait un peu cliché, et la petite brune aux yeux bleus, ancienne obèse, ainsi que le révélaient ses vergetures sur les bras et l'encolure. Elle avait un joli visage et son regard était un peu moins vide que celui des autres. Mais Cobalt devait bien le reconnaître, il ne se sentait pas spécialement motivé.

Il soupira. C'était le grand problème de sa vie : il s'ennuyait vite. Il sortit des écouteurs de sa poche et les brancha sur son iPod. Devant son incapacité à choisir un morceau parmi les milliers que contenait sa discothèque, il opta pour le mode aléatoire. Après quelques secondes de la première chanson, il passa à la suivante, et ainsi de suite pour la dizaine de titres qui se succédèrent, tous « trop » ou « pas assez ». Jusqu'à ce qu'un titre parvienne enfin à accrocher son oreille. Un morceau très rock. Le nom du groupe lui parut tout à fait opportun : The Black Angels. On l'appelait souvent comme ça, lui aussi, *l'ange noir*, sans doute à cause de ses cheveux bruns et bouclés, de son regard bleu et ardent, et plus simplement pour sa belle petite gueule. Un atout qui facilitait bien des choses : les filles aimaient ça, tout le monde aimait ça, on lui pardonnait ses incartades, ses erreurs. Et aussi ses conneries, de la plus inoffensive à la plus grave, entre autres celle qui l'avait conduit dans ce centre.

À ce propos, il n'aurait pas été contre un petit joint, là, maintenant. À cette pensée, il grimaça. Abandonner ses mauvaises habitudes n'était pas aussi difficile qu'il l'avait craint, le corps s'y faisait vite. C'était l'esprit qui compliquait le processus, cette impression quasi permanente d'avoir besoin de quelque chose auquel il n'avait pas droit et qui se trouvait néanmoins à portée de main. Il suffisait qu'il sorte et se poste devant un lycée, une gare, un centre commercial, et il ne faudrait que quelques minutes pour qu'on lui propose de quoi le combler.

Mais il s'était engagé à tenir bon. Et même s'il ne se faisait guère d'illusions sur sa propre « guérison », respecter la promesse faite à ses parents représentait quelque chose d'important. Il leur devait bien ça.

Tandis que les accords vigoureux des Black Angels résonnaient dans ses oreilles, il reprit son observation tout en grignotant une tartine de pain beurrée. Candice, une fille vêtue d'une robe rouge, arrivée au centre deux jours plus tôt, n'était pas mal – beaux cheveux châtains, bouche pulpeuse, jolie silhouette avec des seins appétissants et de longues jambes. Il essaya de deviner la raison de sa présence, exclut rapidement un trouble du comportement alimentaire, pencha pour une addiction au cannabis.

— Tu as fait le plus dur, ma belle, ça va aller, tu verras, murmura-t-il.

Comme si elle venait de l'entendre, la fille leva les yeux vers lui. Instinctivement, il lui adressa un sourire qu'il savait charmeur. Elle le lui rendit, avant de reprendre sa discussion avec un autre garçon, sans plus lui montrer aucun signe d'intérêt. Il avait pourtant eu l'impression de ne pas lui déplaire. Il ne s'en offusqua pas. De toute façon, elle ne lui faisait pas autant d'effet qu'il l'avait pensé.

Et en définitive, tout cela n'avait aucune importance.

*

* *

Au début, les séances de psychothérapie de groupe le distrayaient. Écouter les autres raconter leur histoire satisfaisait sa curiosité naturelle tout en l'incitant à relativiser : par rapport à certains, son cas n'avait rien de dramatique. Peut-être même ses parents avaient-ils noirci le trait. Mais après ce qu'ils avaient subi tous les trois, il ne pouvait pas leur en vouloir de s'être affolés.

En revanche, il parlait peu lors des séances. Lui qui se montrait d'ordinaire si sociable, il en était surpris ; il se serait cru plus expansif. Depuis la semaine dernière, il mesurait l'immense différence entre briller en surface et parler *vraiment* de soi. Jusqu'alors, il n'avait pas réussi à se livrer honnêtement.

Aussi est-ce avec un sentiment d'inconfort qu'il se rendit ce jour-là à la séance de groupe. Quatre filles et deux garçons se trouvaient déjà là. Il s'installa sur une des quatre chaises encore libres et fit comme ses camarades : il baissa la tête et accorda toute son attention à l'examen du sol moucheté.

Les deux derniers arrivants prirent place à leur tour dans l'indifférence générale, ou presque. Puis le psy fit son entrée et s'assit sur la chaise libre, bouclant le cercle.

La première fois qu'il l'avait vu, Cobalt l'avait trouvé anormalement jeune et branché, loin de l'idée qu'il se faisait d'un psy. Jusqu'à ce qu'il s'aperçoive que malgré ses trente ans, ses jeans slim et ses tee-shirts marrants, Valentin Dubourg menait ses séances avec autant de perspicacité que de maîtrise. Rien à redire, il assurait.

— Nous voilà au complet, parfait, on va pouvoir commencer, fit-il.

Il promena un regard souriant sur la petite assemblée et lança :

— Bonjour à toutes et tous ! Comment allez-vous aujourd'hui ?

Son ton était juste, la réponse lui importait. Le marmonnement d'un bonjour collectif fit écho à sa question.

— Lise ? proposa-t-il.

La fille placée à sa gauche entama le tour de table, et d'autres jeunes gens plutôt lapidaires lui succédèrent. Quand ce fut à lui de s'exprimer, Cobalt ne se démarqua pas spécialement.

— Tranquille... Ni bien ni mal..., annonça-t-il.

Le garçon à sa gauche se prononça tout aussi sobrement.

— Très bien, fit le psy.

Avant de poursuivre avec beaucoup de douceur :

— Dana, tu veux bien nous dire quelques mots ?

— Euh, oui... Je suis Dana, j'ai dix-neuf ans, j'ai des petits soucis...

La voix, grave et fragile, sonnait étrangement. Cobalt remarqua que tous les regards convergeaient vers la nouvelle venue et fut tenté de se pencher pour la voir lui aussi.

— Tu veux nous en dire davantage ? encouragea le psy.

— Non... Oui... Enfin, disons que j'ai des soucis avec la nourriture, entre autres.

Cobalt soupira intérieurement. Encore une anorexique... Il ne les aimait pas trop. Lui, qui péchait plutôt par les excès, avait du mal à comprendre les privations que ces gens s'infligeaient. Enfin, c'était comme ça, chacun ses problèmes.

La séance se déroula comme toutes les autres. La dénommée Lise ouvrit le bal en relatant le rêve qu'elle avait fait – une armée d'oursons en guimauve et chocolat la poursuivait pour l'attacher à un totem indien – et en développant généreusement les différentes interprétations qu'elle en tirait. Tout le monde l'écouta sagement, ou fit semblant.

Un garçon de dix-sept ans, prénommé Tristan, prit le relais pour évoquer son rapport à l'alcool et l'engrenage qui l'avait poussé à l'addiction.

De temps à autre, le psy demandait des précisions, l'air de rien, comme quelqu'un qui cherche à comprendre ou à s'assurer qu'il a bien saisi ce dont on lui parle. Au fil des minutes qui s'écoulaient, on avait l'impression d'une conversation informelle, presque amicale. Et on en disait plus que ce qu'on avait envisagé au départ.

— Ce vide douloureux que Tristan nous décrit, est-ce que tu le ressens toi aussi, Cobalt ? s'enquit soudain Valentin Dubourg.

— Oui, mais ça n'a rien de douloureux, répondit le jeune homme du tac au tac.

— Comment le qualifierais-tu ?

Cobalt réfléchit un instant.

— C'est vide, y a rien, c'est lourd, c'est chiant, finit-il par lâcher.

Sa réponse fit sourire certains de ses compagnons. Lise, toujours prompte à faire part de son ressenti, manifesta son scepticisme. Il se retint de lui dire qu'elle ne pouvait pas comprendre – le plus paresseux des arguments – pour ne pas montrer combien il était blasé. En réalité, sa phrase lui semblait après coup aussi provocante que stupide.

Pourtant, le psy s'en empara pour rebondir.

— « Chiant », je crois qu'on est tout à fait d'accord avec toi. Mais tu veux bien nous expliquer ce que tu entends par « lourd » ?

Pris de court, Cobalt se concentrait pour trouver les bons mots quand il entendit la voix grave de la nouvelle venue les dire à sa place :

— Le vide est parfois tellement grand qu'il peut prendre tout l'espace, comme si c'était énorme et que ça pesait des tonnes. Et c'est pire, parce que ce vide-là, on ne le remplit jamais.

Cobalt en resta bouche bée. Cette fille ne le connaissait pas, mais elle venait précisément de mettre le doigt sur ce qu'il ressentait. Il se pencha pour la voir, capter son regard, lui exprimer il ne savait quoi.

Et il comprit aussitôt qu'il lui arrivait quelque chose de totalement inhabituel.

5.

Dana

De retour dans sa chambre, Dana s'empressa de s'allonger sur son lit. La matinée avait été épuisante. D'abord, le petit déjeuner sous le regard bienveillant mais néanmoins gênant des infirmières. Dans un état second, comme si elle avait eu des œillères, elle avait picoré quelques morceaux de mie de pain et les quartiers d'une pêche blanche pelés, et avait avalé trois gorgées de lait, avant de quitter le réfectoire sans prêter attention à quiconque.

Puis elle avait passé un moment avec le Dr Paula Gouvain, qui lui avait donné les détails de la thérapie qu'elle allait suivre, basée sur des séances de groupe et des entretiens individuels avec une psychologue spécialisée dans les troubles de l'alimentation, des ateliers de relaxation et d'expression corporelle, et mille autres choses que Dana n'avait pas retenues. Elle se laisserait guider, ce serait plus facile.

C'est à la première des nombreuses séances à venir qu'elle avait assisté ensuite en compagnie de huit adolescents, parmi les plus âgés du centre, lui semblait-il. Une fille nommée Lise et souffrant d'anorexie avait tenté en vain d'attirer son attention par des regards et quelques mots. C'était peine perdue. Solitaire, Dana n'avait aucun esprit de groupe ou de sororité. Et puis, de toute façon, elle n'était pas là pour se faire des copines.

Forçant son oreille, elle avait écouté les uns et les autres parler de leur humeur du jour. Le mal-être qu'ils évoquaient tous la touchait, mais constater aussi frontalement qu'elle n'était pas seule à souffrir lui apportait plus de découragement que de réconfort.

Elle s'était cependant autorisée à s'exprimer au sujet de ce qu'avait dit un des garçons du groupe, un jeune homme dont l'assurance apparente, un brin arrogante, contrastait avec ses propos pleins de doute. Elle n'avait pas bien compris comment il s'appelait. Conan, comme le Barbare ? Ou bien Coben, comme l'auteur de polars ?

Elle eut la réponse lorsqu'une fille le rejoignit à une table non loin de la sienne au moment du déjeuner.

— Je peux m'installer là... Cobalt ? C'est ça ? demanda la fille vêtue d'une robe rouge moulante.

Il acquiesça et Dana ne prêta plus attention à quiconque. Jusqu'à ce qu'elle se sentît observée. Elle leva les yeux, croisa le regard de Cobalt, puis se replongea dans l'étude des aliments qu'elle était supposée ingurgiter. Ce qui lui causait beaucoup plus de tracas que l'insistance de ce garçon. Elle porta à ses lèvres la moitié d'une portion de fromage qu'elle laissa fondre dans sa bouche en tentant de diriger ses pensées vers quelque chose d'agréable, sans vraiment y parvenir. En désespoir de cause, elle ouvrit le livre qu'elle avait apporté, un bon moyen de se sentir moins perdue dans ce réfectoire. Toutes les deux pages, elle lâchait Steinbeck et les frères Trask[1] pour sélectionner une nouvelle fraction de fromage ou de blanc de poulet qu'elle faisait son possible pour mâcher – longuement et

1. *À l'est d'Éden*, de John Steinbeck.

péniblement – et avaler. La lecture rythmait son ingestion comme un métronome.

— Salut.

Dana leva la tête. Devant elle se tenait Lise, la fille qui avait tenté d'entrer en communication avec elle un peu plus tôt. Extrêmement frêle, elle avait un visage pointu et de petits yeux noirs tout ronds qui lui donnaient l'air d'une fouine.

— Je peux m'asseoir ?

— Si tu veux, répondit Dana, à contrecœur.

Consciente de sa grossièreté, elle reprit pourtant sa lecture comme si de rien n'était. Mais Lise en avait décidé autrement.

— Ça va ? Tu t'habitues ? lui demanda-t-elle.

— Je ne suis là que depuis hier, précisa Dana sans lâcher son livre.

— Moi, ça fait une semaine et demie.

Dana remarqua que le plateau de Lise était très différent du sien : tout y était si coloré qu'elle en eut presque la nausée. Des haricots verts, du saumon, des framboises, du jus de raisin noir… L'odeur du poisson flotta jusqu'à ses narines, qui se contractèrent. Quelle horreur !

Sur le point de quitter la table, elle croisa à nouveau le regard du garçon, Cobalt, qui lui sourit en retour.

— Un conseil : fais attention à lui ! l'avertit Lise.

— Qu'est-ce que tu veux dire ?

— Il drague tout ce qui bouge, même les infirmières.

— Ah.

À cet instant, la fille à la robe rouge se mit à rire. À sa façon de s'esclaffer bruyamment et à l'assurance qu'elle dégageait, Dana n'eut aucun mal à imaginer qu'elle voyait en Lise et en elle de pathétiques rivales. Peut-être Lise en représentait-elle une, mais Dana, elle, se moquait royalement de ce garçon comme de cette fille. Tout ce qui comptait, c'était de reprendre des forces et de quitter le Centre Aurore le plus tôt possible. Si seulement elle n'avait pas eu ce malaise idiot…

Alors, un peu agacée par les bavardages de sa voisine et par ce petit jeu puéril à la table d'en face, elle avala ce qui restait sur son plateau – trois bouchées de poulet, deux de purée de pommes de terre, un petit-suisse – et sortit du réfectoire, le cœur au bord des lèvres.

★

★ ★

Les portes des chambres devaient rester ouvertes pendant la journée. Dana n'aimait pas être exposée ainsi aux regards. Mais en calculant bien, il était possible d'y échapper en se positionnant dans certains angles de la pièce.

Dana choisit tout simplement de placer son fauteuil face à la fenêtre, tournant ainsi le dos au couloir et à ceux qui y passaient. D'autant plus que la vue était magnifique : le parc exultait de beauté et de fraîcheur dans la touffeur de ce début d'été.

Cette débauche de verdure lui rappelait son ancienne maison perchée, un cocon dans un écrin de végétation alpestre. Un souvenir en entraînant un autre, l'image de la balançoire dans le jardin émergea, puis celle du vieux sofa de velours bleu près de la cheminée, du plaid en gros tricot usé jusqu'à la corde, du parquet qui grinçait, l'odeur du sapin et de l'herbe après l'orage, du café dans la cuisine, des sachets de thym dans les armoires, de sa mère qui virevoltait en chantonnant et en laissant derrière elle un parfum de caramel…

Sans s'en rendre compte, elle s'endormit, bercée par ces réminiscences, une larme au coin de l'œil, avec la conviction qu'elle ne connaîtrait jamais de meilleurs moments que ceux de son enfance.

— Dana ?

La voix de Rose la tira de son sommeil. Elle remua doucement la tête, les cervicales ankylosées par la posture dans laquelle elle s'était assoupie.

Le visage enjoué de l'infirmière apparut devant elle.

— Tu dormais, ma jolie ?

En toute autre circonstance, Dana aurait détesté qu'on l'appelle « ma jolie ». Mais son interlocutrice était si adorable qu'on pouvait tout lui autoriser. Y compris ce total look rose, maquillage et accessoires inclus, sans doute en écho à son prénom.

Les yeux pleins d'une tendresse qui surprit Dana, elle tendit la main vers la jeune fille, qui eut un mouvement de recul involontaire et disproportionné.

— Je suis désolée..., se ravisa-t-elle en balbutiant.

— Il n'y a pas de mal, murmura Rose sans se départir de son doux sourire.

Elle fit néanmoins un pas en arrière, avant d'ajouter :

— La séance de relaxation commence dans dix minutes, je te montre où se trouve la salle ?

— Mmh.

Le fauteuil était si profond que Dana dut prendre appui sur les accoudoirs pour se lever. Elle tira sur son tee-shirt afin de recouvrir intégralement la ceinture élastique de son pantalon et, par là même, ses hanches et ses fesses.

— Attends juste un instant, fit Rose.

Elle se tourna vers le lavabo et humecta le coin d'une serviette.

— Tu permets ?

— Qu'est-ce qu'il y a ? s'inquiéta Dana.

— Trois fois rien.

L'infirmière tapota délicatement les pommettes et le dessous des yeux de la jeune fille, figée.

— Une légère retouche de dernière minute, voilà, c'est parfait.

Dana comprit alors qu'elle avait dû pleurer pendant sa courte sieste. D'ailleurs, sa peau la tiraillait moins sous l'effet du coton frais.

— Tu as de la crème hydratante ?

— Euh, non, je ne crois pas…

Le nez de Rose, très mignon, se plissa lorsqu'elle fit une petite moue.

— Nous remédierons à cela plus tard ! lança-t-elle gaiement.

Puis, sur le ton de la confidence :

— Car toute fille se doit d'avoir une bonne crème hydratante dans sa trousse de toilette.

Dana se sentait aux antipodes de ce genre de choses. Hors circuit. Serait-elle « normale » un jour ?

Elle suivit Rose dans le couloir, aperçut une dizaine de jeunes dans une vaste salle commune où l'on pouvait se détendre en faisant un baby-foot, un billard ou une partie de jeu de société.

— Nous allons descendre au rez-de-chaussée, annonça l'infirmière.

Les portes de l'ascenseur se fermaient lorsqu'une main en bloqua le mouvement. Elles se rouvrirent alors, laissant apparaître Cobalt et la jeune fille en rouge, tous deux riant aux éclats.

— Eh bien, en voilà qui ont l'air de très bonne humeur ! fit remarquer Rose.

La fille jeta un coup d'œil complice au garçon et se mit à rire de plus belle, tout en dévisageant Dana. Étonnée que Cobalt ne lui fasse pas écho, elle lui chuchota quelques mots à l'oreille, la main posée sur son épaule. Plus que toute autre chose, ce furent ses ongles impeccablement vernis d'une laque bleu vif qui attirèrent le regard de Dana. Instantanément, elle serra les poings, pouces contractés à l'intérieur des mains. Ses ongles à elle étaient si négligés...

Une sonnerie feutrée retentit dans la cabine quand ils arrivèrent à destination. Cobalt et sa comparse s'engagèrent dans le couloir, suivis par Rose et Dana, jusqu'à une salle dont le sol était recouvert d'une quinzaine de tapis de gymnastique, dont la moitié était déjà occupée par des filles et des garçons en position allongée.

— Viens, Dana, fit Rose.

Elle l'entraîna jusqu'à un homme vêtu d'un simple tee-shirt et d'un bas de kimono blancs, adossé au mur face aux patients qui arrivaient les uns après les autres.

— Jean, voici Dana. Dana, je te présente Jean Capucin, le relaxologue du centre.

— Bonjour, Dana, bienvenue, installe-toi où tu veux, dit l'homme.

Sa voix était rassurante, grave et douce à la fois, à l'instar de ses yeux gris et de sa chevelure neigeuse.

— À tout à l'heure, souffla Rose. Bonne séance.

— Merci, murmura la jeune fille, un peu perdue.

Elle se retourna pour constater que les tapis étaient presque tous occupés ; il n'en restait plus qu'un au premier rang et un autre au fond, près des dernières personnes qu'elle avait envie de côtoyer.

Un garçon à l'air morne fut plus réactif qu'elle et lui grilla la priorité en s'affalant sur le premier tapis qu'elle avait repéré. Contrariée, elle n'eut d'autre choix que de se diriger vers Cobalt et la fille en rouge, à côté desquels personne n'avait voulu s'installer.

Et pour cause : assise en tailleur, la fille, prénommée Candice, ne cessait de fixer insolemment les autres et de pouffer de rire, ce qui donnait l'impression qu'elle passait son temps à se moquer de tout le monde.

La séance commença sous les intonations de la voix enveloppante de Jean Capucin. Dana y était très réceptive, d'autant que son corps aspirait à ce relâchement. Il ne lui fallut que quelques minutes pour se caler complètement sur les indications du thérapeute.

— Concentrez-vous sur votre respiration, uniquement sur votre respiration... Suivez ma voix et insssspiiiirezzzz... Et maintenant, exxxxpiiiirezzzz... À nouveau, insssspiiiirezzzz...

Les yeux fermés, Dana se laissait guider docilement, jusqu'à éprouver bientôt la sensation que son corps glissait en douceur dans l'eau ou dans une forme d'apesanteur. La voix grave du thérapeute dilatait le temps, se diluait en elle, polissait ses membres anguleux, effaçait les douleurs physiques, mettait les tourments à distance. Il semblait à Dana qu'elle existait moins, ou plutôt autrement, et ce répit lui faisait un bien fou.

La perception qu'elle avait d'elle-même s'avérait si lointaine qu'elle frémit à peine lorsque Jean Capucin s'accroupit à ses côtés pour écarter légèrement ses bras, restés collés le long de ses flancs. Il les manipula avec délicatesse et orienta ses paumes vers le plafond, avant de tourner ses pieds vers l'extérieur, tout en exerçant des petits points de pression.

— Vous vous voyez flotter... Vous flottez... Votre corps est une plume, une feuille, un pétale de fleur, un souffle... Porté par l'eau qui s'écoule len-te-mennnt...

Pendant combien de temps Dana s'abandonna-t-elle ? Peut-être une demi-heure, peut-être une heure, elle l'ignorait. Et si son voisin, Cobalt, ne lui avait pas malencontreusement touché la main, sans doute aurait-elle continué sa déambulation intérieure.

— Excuse, marmonna-t-il, alors qu'elle ouvrait les yeux, hagarde.

Elle ne répondit rien. Tout le monde s'était déjà relevé, elle était la dernière. Gênée, elle se redressa un peu trop vite ; un vertige la saisit.

— Ça va ? lui demanda Cobalt.

— Mmhh.

Elle évita son regard, sans savoir réellement où poser les yeux, ce qui devait lui donner un air totalement paumé, elle en avait bien conscience.

— Dana, je peux te voir un instant, s'il te plaît ? l'interpella Jean Capucin.

Elle tira sur son tee-shirt, avant de s'approcher du thérapeute.

— Quelles sont tes impressions ?

— Ça m'a fait beaucoup de bien, j'ai beaucoup aimé.

Elle tiqua en s'entendant prononcer deux fois le mot « beaucoup ».

— Tu es une jeune fille sensible, très sensitive.

— Sensitive ?

— Ça semble t'étonner.

— Un peu.

— Pourquoi ?

— Je ne sais pas… Le rapport aux sens…

Devant son silence, Jean Capucin poursuivit :

— Ton corps n'est pas hermétique, il fonctionne comme un capteur de tout ce qui constitue ton environnement, de façon purement physique et nerveuse, mais également émotionnelle et… sensitive. Il réagit à ce qu'il reçoit, sent, goûte, entend, voit, touche, perçoit… Il l'assimile, le transforme en énergie, en sensations agréables ou désagréables, parfois en poison.

Dana le regarda avec curiosité. Ce discours lui plaisait.

— Parmi les cinq sens, quel est ton préféré ?

Elle dut réfléchir avant de lâcher :

— Je suppose que c'est la vue.

— Tu réponds par déduction, là…, fit-il en souriant.

Elle ne put qu'acquiescer, troublée par la perspicacité de cet homme.

— Ton corps n'est ni un fardeau ni un ennemi, Dana. C'est un outil, un merveilleux outil, un allié.

Ces quelques mots, simples mais pertinents, lui firent monter les larmes aux yeux.

— Nous en reparlerons, si tu veux, proposa-t-il.

Dans un marmonnement confus, elle le salua et quitta la pièce, pressée de pouvoir réfléchir à tout cela dans la quiétude de sa chambre.

6.

Cobalt

Cobalt n'avait pas touché la main de Dana intentionnellement. Enfin, si, un peu. Lorsqu'elle s'était installée sur le tapis à côté du sien, il n'avait pu s'empêcher de la détailler. Et il s'était senti très bête de lui trouver l'air d'un ange. « *Ho, qu'est-ce qui te prend ? Un ange, rien que ça ? On se calme... Les filles ne sont pas des anges, les filles sont des filles, point barre.* »

Il s'était évertué à suivre la séance jusqu'au bout, en dépit des tentatives de Candice pour le distraire et de l'attraction que Dana exerçait sur lui.

Deux jours étaient passés depuis cet épisode. Deux jours pendant lesquels, par jeu, par ennui, par défi, Cobalt n'avait cessé de chercher Dana, d'accrocher son regard, d'attirer son attention, de s'asseoir en face d'elle ou le plus près possible lors des séances qu'ils avaient en commun... Mais faute de parvenir à nouer le dialogue, il se cantonnait à l'observer sans aucune discrétion. Le voyait-elle ? Le savait-elle ? Cette fille semblait ne remarquer personne. Elle traçait sa route, en solitaire, concédant quelques échanges avec celles ou ceux qui lui adressaient la parole. Ils n'étaient pas nombreux, car elle était terriblement distante. Malgré ses efforts, la situation semblait au point mort. Cette fille était la reine de l'esquive.

Ce qui le mettait face à deux personnalités absolument opposées : d'un côté, Candice, pulpeuse et sexy, qui le cherchait sans cesse et qui, dès que l'occasion se présentait, n'hésitait pas à poser une main audacieuse sur son buste ou sa cuisse, à se coller à lui, à lui murmurer des promesses à l'oreille. À le chauffer à blanc.

Et de l'autre côté, Dana, immaculée jusqu'à la racine des cheveux – hormis ses yeux d'un noir d'encre –, discrète, froide. Non : réfrigérante.

D'ordinaire, il n'aimait pas trop les anorexiques. Leur obsession de la maigreur avait quelque chose de flippant. Et puis, s'il était parfaitement honnête, il devait bien reconnaître qu'elles ne faisaient pas vraiment envie avec leur corps squelettique.

Mais cette fille, Dana…

Il soupira. Une chose était sûre : Candice et Dana l'excitaient follement, chacune à sa façon, l'une pour la facilité, l'autre pour le trouble. Car c'est bien ainsi qu'on appelait ce petit truc qui était en train de chambouler tout son être, non ?

Ce jour-là, il avait presque une heure devant lui avant sa séance individuelle avec la psy, une belle quadragénaire plutôt classe qu'il draguait sans scrupules, mais à laquelle il confiait le strict minimum. Il n'avait jamais eu envie de s'étendre sur ses tourments, même s'ils étaient à l'origine de ses excès, cannabis et autres. De toute façon, il n'était là que pour faire plaisir à ses parents.

« Tu penses réellement que ta présence ici leur fait plaisir ? » lui avait demandé la psy, la première fois qu'il avait dit cela.

Il avait aussitôt regretté ses propos. Ses parents faisaient ce qu'ils pouvaient et il ne les aidait pas beaucoup, c'était le moins que l'on pût dire. D'ailleurs, il lui avait fallu du temps pour admettre qu'ils souffraient autant que lui. Différemment, mais autant. La douleur rend si égoïste...

Il secoua la tête et se frotta les paupières, un peu trop fort – certaines parties de son corps lui paraissaient particulièrement sensibles depuis qu'il avait arrêté ses « mauvaises habitudes », comme disait sa mère.

Le temps ne passait pas dans ce fichu centre. Cobalt avait l'impression de s'y trouver depuis des mois, alors que cela ne faisait que quelques jours. Les mains dans les poches, il flâna dans le couloir, puis dans la salle commune, avant de se rabattre sur le parc. Il n'était pas fou de nature, loin s'en fallait ; il préférait le cœur des villes, leur frénésie, l'ambiance des bars et des salles de concert, la musique à fond. Les petits oiseaux qui chantaient, les rayons de soleil à travers les arbres, les fleurs... très peu pour lui.

Hormis la rumeur de la circulation au loin, on n'entendait rien ni personne, ce qui ne le mettait pas très à l'aise. Autour de lui, tout était immobile, comme mort. Il détestait cela. Mais ce parc était l'unique endroit où il pouvait être un peu seul, et c'était précieux.

Il choisit un des bancs répartis le long de l'allée de terre et s'y affala, jambes étendues devant lui. Oppressé par cette sensation de vide, il sortit ses écouteurs et son iPod, et une musique vigoureuse remplaça le silence. Il ferma les yeux, à la fois pour mieux se concentrer et pour ne plus voir cette inertie ambiante.

Quatre chansons s'étaient succédé, peut-être cinq, lorsque la musique s'arrêta. Il tâta son lecteur, et constata que les écouteurs étaient débranchés. C'est alors qu'il sentit une présence à ses côtés. Ou plus précisément contre lui.

— Qu'est-ce que tu fous là, Candice ? lança-t-il sans prendre la peine d'ouvrir les yeux.

— Comment tu sais que c'est moi ? susurra la jeune fille à son oreille.

— On va dire que c'est l'instinct...

Candice ne parut pas saisir l'ironie de sa réponse, puisqu'elle posa une jambe à cheval sur la sienne et se mit à lui caresser la cuisse du bout de l'index, avec une nonchalance explicite.

La sensation était agréable et chassait sa contrariété d'avoir été dérangé ; il se laissa faire. Il aimait bien qu'on s'occupe de lui.

— Tu sais quoi ? fit Candice.

— Non, je ne sais pas quoi. Mais ne dis rien, s'il te plaît.

Prenant cela pour un encouragement, la jeune fille accentua sa caresse par un jeu de ses cinq doigts et de la paume de sa main, s'amusant à remonter le long de la couture intérieure du jean de Cobalt, de plus en plus haut, en partant du genou jusqu'à l'aine. L'ongle laqué de son index accrochait chaque point de la couture épaisse, Cobalt en éprouvait du plaisir.

Les yeux toujours clos, il inspira et expira plutôt ostensiblement. Évidemment, cette fille lui faisait de l'effet, il n'allait pas le nier.

Sans surprise, les doigts agiles de Candice s'enhardirent bientôt vers les boutons de son jean, en effleurèrent les contours, glissèrent vers leur périphérie, éveillèrent sa virilité.

Si le relaxologue lui avait demandé lequel de ses cinq sens il préférait, Cobalt aurait répondu le toucher. Il avait toujours été très tactile. Tout petit déjà, il passait son temps à rechercher le contact physique, essentiellement avec les femmes, d'abord sa mère et sa nounou, puis ses institutrices, quémandant un baiser, une « papouille », le réconfort d'une douce épaule ou d'une poitrine moelleuse. Toutes les photos datant de son enfance en témoignaient.

Puis ses pensées dérivèrent malgré lui vers Dana. Il se demanda pourquoi. Ses bras devaient être secs comme des sarments de vigne, il la supposait peu généreuse en câlineries. Tout le contraire de Candice, à cet instant coquine et gourmande.

Cette confusion le gêna ; il se trouva malhonnête. On pouvait souvent estimer sa moralité contestable, mais il avait des principes, tout de même ! Il dut se concentrer pour parvenir à canaliser son esprit sur l'effet que lui faisait Candice – la jolie, l'audacieuse, l'excitante Candice !

L'abandon le gagnait quand la jeune fille interrompit soudain sa caresse. Il comprit rapidement quelles étaient ses intentions lorsqu'elle s'assit à califourchon sur lui et lui prit le visage entre ses mains.

La surprise lui fit ouvrir les yeux. Cette fille savait ce qu'elle voulait, elle allait droit au but et il aimait ça ! Mais, à son corps défendant, ses pensées étaient à nouveau parasitées par Dana. À tel point qu'il se mit à scruter la façade du centre, dont il apercevait des segments à travers les arbres, à la recherche instinctive de la fenêtre de sa chambre. Jusqu'à ce qu'il se rendît compte que Candice commençait à déboutonner son jean.

— Hé ! s'écria-t-il en la repoussant.

Choquée et défiante, Candice le regarda.

— Si tu dis que tu n'aimes pas, t'es le pire menteur qui existe ! grinça-t-elle.

Cobalt s'en voulut, il s'était montré brusque, sans doute blessant.

— Ce n'est pas ce que tu crois.

— C'est quoi, alors ?

Il approcha doucement la main de son visage. Mais dans un mouvement de tête, Candice évita le contact. Cobalt insista et réussit à passer la pulpe de son pouce sur sa bouche. Elle se laissa faire tandis qu'il effaçait des traces de son rouge à lèvres, qui avait débordé.

— Tu me plais beaucoup, Candice, souffla-t-il. Mais je ne suis pas très en forme, là.

Elle se remit debout devant lui et le jaugea, sévère et renfrognée.

— Ah oui ? Ce n'est pas l'impression que j'avais..., fit-elle, les yeux rivés sur le renflement flagrant qu'elle venait de provoquer.

Cobalt dut se forcer à soutenir son regard tout en s'abstenant de répliquer. Même s'il ne pouvait se targuer de tout connaître en matière de psychologie féminine, il savait bien que lorsqu'on venait de donner à une fille de bonnes raisons d'être en colère, mieux valait faire profil bas.

Il l'observa alors qu'elle s'éloignait, sans pouvoir s'empêcher de lorgner ses hanches et ses fesses, parfaitement moulées dans un jean qui semblait avoir été taillé sur elle. Puis il rebrancha ses écouteurs, l'œil dérivant à nouveau vers les fenêtres du centre, avant de renverser la tête en arrière dans une vaine tentative de trouver un peu de sérénité.

7.

Dana

Dana s'éloigna précipitamment de la fenêtre et se plaqua contre le mur avec la désagréable impression d'avoir été prise en flagrant délit d'espionnage. Ce n'était pourtant pas son genre. Elle contemplait juste le parc et le feuillage des arbres qui dansait mollement sous le souffle de la brise tiède, quand la silhouette d'un promeneur avait attiré son attention.

Elle l'avait tout de suite reconnu. C'était ce garçon, Cobalt. Elle s'était interrogée sur l'origine de son surnom, mais pas au point d'envisager de le lui demander un jour. Plus par désœuvrement que par curiosité, elle l'avait observé tandis qu'il marchait dans l'allée, l'allure désinvolte, l'air un peu boudeur, jusqu'à ce qu'il s'avachisse sur un banc.

Puis la fille était arrivée et s'était collée contre lui. Le rouge aux joues, Dana avait suivi leur petit jeu, la pose langoureuse de Candice, ses caresses remontant le long de la cuisse de Cobalt, de plus en plus haut, de moins en moins équivoques. Elle en avait éprouvé une drôle de sensation, un petit tourbillon intérieur dont elle s'avouait incapable de définir la nature.

Et puis Candice s'était carrément assise sur Cobalt, dans une posture que Dana avait trouvée osée, ses jambes enserrant le bassin du garçon, ses mains autour de son visage ; elle allait l'embrasser, c'était certain.

Dana n'avait pu s'empêcher de détailler le bas du dos de Candice, dévoilé par son tee-shirt court, le tissu rouge tranchant avec la blancheur de la peau. Une chute de reins parfaite, magnifiée par des fesses rebondies et fermes – son jean très, très *skinny* remplissait impeccablement son rôle. Les garçons comme Cobalt devaient adorer ça. *Tous* les garçons devaient adorer ça.

Debout derrière sa fenêtre, Dana s'était entendue respirer plus bruyamment. Elle avait déjà vu des personnes s'embrasser à pleine bouche, parfois devant elle, dans le bus, dans les couloirs du lycée. Des mains palper des fesses. Des gens se déshabiller des yeux. Au mieux, elle trouvait cela mignon ; au pire, elle restait indifférente. Un sentiment d'envie avait pu l'effleurer quelquefois. Mais jamais elle n'avait été captivée comme à cet instant.

Cobalt et Candice iraient-ils plus loin, là, sur ce banc, à peine cachés par les arbres ? Oseraient-ils ? Dana avait été stupéfaite et un peu honteuse de se poser la question, comme de constater que sa curiosité – et son trouble ! – ne faisait que grandir.

Mais l'étreinte avait soudain été interrompue, apparemment à l'initiative de Cobalt. Candice était partie et, maintenant, le jeune homme se retrouvait à nouveau seul, ses bras écartés reposant sur le dossier de bois, comme si rien ne s'était passé. De fait, il n'y avait rien eu d'autre que cette approche très explicite.

C'est à ce moment que Dana crut que Cobalt fixait des yeux la fenêtre de sa chambre. À la pensée qu'il ait pu la surprendre en train d'observer son petit manège avec Candice, elle retint son souffle. Bêtement et inutilement.

Ses joues semblaient en feu, ses mains étaient moites. Elle avait tout l'air d'une voyeuse, d'une perverse, alors qu'elle était aux antipodes de ce genre de choses. Et qu'elle se fichait royalement de ce garçon et de cette fille. D'ailleurs, ils pouvaient bien faire tout ce qu'ils voulaient, c'était le cadet de ses soucis, elle avait des préoccupations clairement plus graves. Mais qu'est-ce qui lui avait pris ?

— C'est n'importe quoi…, marmonna-t-elle.

Les carillons cristallins de son radioréveil tintèrent, la ramenant sur terre. L'heure de sa séance individuelle avec la psychothérapeute approchait.

Elle entreprit de se changer dans le cabinet de toilette. On ne pouvait pas vraiment dire qu'elle en avait besoin, elle n'avait pas eu le temps de se salir ni même de transpirer – excepté pendant sa petite pause de voyeurisme à la fenêtre. Mais il lui était impossible de supporter ses vêtements une minute de plus. Elle les retira hâtivement et les fourra dans le sac de linge sale, déjà à moitié plein.

Sa nouvelle tenue était en tout point identique à la précédente : un tee-shirt long et large, ainsi qu'un pantalon à taille élastique, évasé et informe, et des espadrilles tout aussi blanches que le reste.

Deux petits coups frappés à sa porte la firent sursauter.

— Dana ? Tu n'oublies pas ta séance ! rappela la voix enjouée de Rose.

— Non, non, je suis en train de me préparer, répondit-elle depuis le cabinet de toilette.

— Tu veux que je t'accompagne ?

— Ce n'est pas la peine, merci. J'ai repéré la salle 18.

— Très bien, alors je te dis à demain, mon service est terminé pour aujourd'hui. Passe une bonne soirée !

— D'accord, à demain.

C'est avec quelques secondes de décalage qu'elle se rendit compte de son impolitesse.

— Bonne soirée, Rose…, murmura-t-elle vainement.

Elle passa la main dans ses cheveux courts, le dos tourné au miroir accroché au-dessus du lavabo, et quitta sa chambre.

Le couloir était vide ; à cette heure, tout le monde se trouvait en activités ou en entretien individuel. L'ascenseur étant occupé, Dana opta pour les escaliers. Trois étages à descendre à pied, ça n'allait pas la tuer.

Une porte claqua alors qu'elle s'engageait sur le palier, ce qui faillit lui faire rebrousser chemin. C'était sûrement très bête, mais elle ne voulait croiser personne. Elle tendit l'oreille, aucun bruit ne lui parvint.

Arrivée au rez-de-chaussée, elle parcourut un premier couloir dans lequel patientaient une dizaine de garçons et de filles, adossés au mur ou assis sur des chaises, les yeux au sol. En dépit de l'indifférence générale, Dana ne se sentait pas très à l'aise. Les semelles de ses espadrilles chuintaient sur le revêtement plastifié, elle eut l'impression qu'on n'entendait que cela. Et quand bien même, tout le monde s'en fichait. Elle traversa néanmoins le couloir d'un pas rapide et poursuivit son chemin jusqu'à la salle 18.

Une plaque indiquait le nom de la psychologue qu'elle devait rencontrer : Aude Mahler. Comme le musicien, ne put s'empêcher de relever Dana.

Bien qu'étant seule, elle ne savait quelle contenance adopter. Si seulement elle avait eu la bonne idée d'emporter de quoi lire… Un livre, ça vous sauvait de tout, de l'ennui, de la solitude, des mauvaises compagnies, du désespoir aussi, parfois.

Elle se résolut à s'asseoir sur une des chaises alignées contre le mur, croisa les jambes et les bras, et prit son mal en patience en s'attardant sur un fil qui dépassait de son pantalon, puis sur une affiche vantant les bienfaits de la parole libératrice.

Dubitative, elle tourna la tête, son attention soudain attirée par un mouvement à l'autre bout du couloir. La surprise l'empêcha de réagir avec le détachement qu'elle aurait voulu face à celui qui s'avançait vers elle. Elle le regarda d'un air qu'elle supposait totalement stupide, avant de parvenir à décrocher ses yeux de la silhouette sombre et longiligne.

— Salut, fit le jeune homme en s'asseyant quasiment en face d'elle, devant la salle 19.

— Salut…

— Moi, c'est Cobalt. Et toi, Dana, c'est ça ?

Cette dernière acquiesça, tandis qu'une question la taraudait : l'avait-il vue les espionner, Candice et lui ? Elle n'en avait pas l'impression, mais si c'était le cas, sa curiosité l'avait-elle énervé ? amusé ? excité ? Cette éventualité la fit devenir écarlate ; elle s'en agaça intérieurement. Elle lui jeta un coup d'œil furtif, le temps de constater qu'il l'observait sans le moindre signe de gêne, courbé en avant, les avant-bras posés sur les cuisses, les mains relâchées.

— C'est pas courant comme prénom, poursuivit-il. C'est celtique, non ?

— Possible.

La sécheresse de sa réponse fit honte à la jeune fille, qui tenta de se rattraper.

— Mes parents étaient fans de *X-Files*, expliqua-t-elle.

Ce à quoi elle crut bon d'ajouter :

— La série… Dana Scully…

— Fox Mulder, la vérité est ailleurs, je connais…, enchaîna Cobalt.

Dana ne sut comment interpréter son petit sourire. La trouvait-il ridicule ?

— Et toi ? se surprit-elle à demander.

— Moi ?

Tout en s'efforçant de repousser les images de Candice chevauchant le garçon, elle tenait à se montrer aimable, ou du moins sociable.

— Oui, ton surnom, ça vient d'où ?

— J'ai reçu une forte irradiation de cobalt quand j'étais petit, fit-il sans se départir de son sourire bizarre. Comme le héros de Marvel.

Dana ne put que se fendre d'un « oh » qui lui donna l'air d'une véritable cruche, elle le craignait. Ce garçon avait le don de lui faire dire – et faire – n'importe quoi.

La porte de la salle 18 s'ouvrit à cet instant, et le visage avenant du Dr Mahler apparut.

— Bonjour, Dana, désolée pour mon retard… Entre, je te prie !

Frustrée, Dana se leva et, incapable de jeter le moindre regard à Cobalt, elle suivit la psy dans son bureau.

8.

Cobalt

Le jeune homme regarda Dana s'engouffrer dans la pièce sur l'invitation du Dr Mahler. La porte se referma sur elles et il resta seul dans ce couloir ennuyeux. Il n'était pas mécontent de ces quelques instants passés avec Dana, même s'ils avaient eu quelque chose d'un peu inattendu, pour ne pas dire totalement étrange.

Le bilan qu'il en tirait, en tout cas, confirmait au centuple ce qu'il avait déjà ressenti : cette fille lui faisait un effet dingue.

Il se redressa et, le dos plaqué au dossier de la chaise, les jambes étendues, il respira profondément. Aux aguets, il espérait saisir la conversation qui se déroulait à l'intérieur de la salle 18. Un vague écho lui parvenait, trop étouffé pour pouvoir distinguer le moindre mot. Alors il se leva et vint coller son oreille à la porte, à peine honteux.

— Je ne vais pas aussi mal que mon père le pense, expliquait Dana. Il a toujours tendance à exagérer.

— Pourquoi dis-tu qu'il exagère ? la questionna la psy.

— Ça fait des mois que je me maintiens à un poids acceptable. Tout se passait bien, j'ai seulement eu une petite faiblesse… Ça peut arriver à tout le monde, il n'y a rien d'affolant.

— Ton bilan médical n'est pas dramatique, je le reconnais, mais il n'est pas excellent non plus, loin de là.

Il y eut un silence pendant lequel Cobalt retint sa respiration.

— Qu'entends-tu par « un poids acceptable » ? reprit la psy.

— Pour reprendre vos mots, je dirais ni dramatique ni excellent. Correct.

De l'autre côté de la porte, Cobalt sourit à cette réponse.

— Et si nous parlions de ce que tu appelles ta « petite faiblesse » ? Par quoi a-t-elle été provoquée ? Le sais-tu ? poursuivit la psy.

Concentré sur la discussion, Cobalt n'entendit pas la porte de la salle 19 s'ouvrir derrière lui.

— Ne me dis pas que tu es en train de faire ce que je crois que tu fais ! le tança une femme en blouse blanche.

Cobalt se retourna pour faire face à sa psy, Sophie Carré, visiblement courroucée. Loin d'être confus, il lui adressa une petite mimique charmeuse.

— Et qu'est-ce que vous croyez ? fit-il d'un air qu'il savait assez irrésistible.

Il regarda la porte fermée, puis la psy, et fit mine d'être offusqué.

— Oh, vous ne pensiez tout de même pas que j'écoutais…

Sophie Carré leva les yeux au ciel et lui fit signe d'entrer en soupirant :

— Bien sûr que je le pense. Et je ne t'en félicite pas. Que dirais-tu si quelqu'un commettait ce genre d'indiscrétions à ton égard ?

— Je lui casserais la gueule, répondit-il laconiquement.

— Alors essaie de ne pas l'oublier la prochaine fois que tu seras tenté de jouer les espions.

Elle s'assit en face de lui, dans un fauteuil séparé du sien par une table basse, et croisa ses jambes qu'elle avait longues et fines. Sa robe, sous sa blouse ouverte, remonta jusqu'au-dessus de ses genoux, dévoilant une partie de ses cuisses.

— Est-ce que je vous ai déjà dit que vous aviez de magnifiques rotules, Sophie ?

— Comment vas-tu aujourd'hui, Corentin ? enchaîna la psy, aussi neutre que si elle n'avait rien entendu.

Le garçon s'assombrit.

— Ça, c'est un coup bas.

— Pourquoi ? C'est pourtant ainsi que tu t'appelles, il me semble.

Dans la voix de Sophie Carré résonnaient douceur et bienveillance. Malgré cela, la contrariété rendait Cobalt soudain maladroit et entravait son sens de la repartie, d'ordinaire si aisé.

— Vous savez bien..., fit-il.

— Tu n'as pas besoin de ce surnom, tu possèdes suffisamment de choses pour être toi, pour être unique, Corentin.

— Ah oui ? Quoi, par exemple ? demanda-t-il sur un ton acerbe.

— Ce n'est pas à moi de le dire. C'est à toi de devenir qui tu es.

— Vous servez à quoi, alors, si je dois faire tout le boulot ?

Sa mâchoire et son corps tout entier se crispèrent au point de lui faire mal. Il avait envie de se ruer hors de la pièce, de courir comme un dératé dans les rues, de hurler jusqu'à en tomber d'épuisement. Au lieu de cela, il darda sur son interlocutrice un regard noir, tandis qu'elle répondait à sa question d'une voix presque irritante tant elle était calme :

— Je suis là pour te mettre sur la voie, pour t'aider à comprendre que les vides peuvent être remplis par d'autres choses que celles qui t'ont mené ici.

— OK, super... Eh bien dites-moi par quoi !

Il toisa la thérapeute d'un air qu'il espérait provocant, mais qu'en vérité, il le savait, elle interpréterait comme l'expression d'une grande souffrance, d'un profond mal-être. Il commençait à bien connaître le discours des psys, leur faculté à transformer les mots, les regards, les attitudes en maux, et inversement. Des alchimistes de l'esprit.

— Comment te sens-tu physiquement ? reprit Sophie Carré. Éprouves-tu une sensation de manque ?

Soulagé d'aborder un autre sujet, pourtant grave lui aussi, Cobalt se détendit.

— Non, ça va. Vous pourrez dire à vos collègues médecins qu'ils m'ont bien sevré. De ce côté-là, rien à redire.

— Mais encore ?

— C'est plus une envie qu'un manque.

— Tu en es sûr ?

La question l'incita à réfléchir davantage.

— Oui.

Il lut dans le regard de la psy ce qu'elle lui avait dit lors de la première séance : « Ne me donne pas la réponse que tu supposes être celle que je veux entendre. »

— C'est un besoin parfois, se reprit-il.

— En ce moment ?

— Oui, avoua-t-il.

Bien qu'elle restât impassible, il se crut obligé de préciser :

— Mais c'est clairement moins violent qu'avant. Je gère !

Il se fendit d'un sourire en ajoutant :

— Et puis, c'est pas comme si j'avais le choix, hein ?

— Parlons de tes relations avec les autres patients. Tu discutes avec eux ? Tu t'es fait des amis ?

— Je ne suis pas là pour ça. Et de toute façon, chacun trimballe ses problèmes, et moi, j'ai assez à faire avec les miens.

— Pourquoi écoutais-tu à la porte d'en face, tout à l'heure ?

— Parce que je m'emmerdais.

— Nous n'avons jamais parlé des filles. Tu as une petite amie ?

Toujours un peu bougon, Cobalt secoua la tête.

— Non, je dirais plutôt que j'ai tendance à me disperser à ce niveau-là.

— Pourquoi ?

— Peut-être parce que je cherche une femme comme vous : classe, sûre d'elle, expérimentée…

— Tu veux dire inaccessible ?

— Personne n'est inaccessible, rétorqua le jeune homme.

À nouveau séducteur, il considéra la thérapeute d'un regard ostensiblement impudique, détaillant ses jambes, le décolleté et la fluidité de sa robe qui laissait deviner des seins fermes et généreux, l'arrondi de ses bras, la finesse de ses traits. Son nez brillait légèrement, comme si un film nacré s'était déposé sur sa peau. Il trouvait cela sensuel.

— Vous êtes mariée, Sophie ?

Elle ne répondit pas, l'alliance à son annulaire gauche le faisait pour elle.

— Pas grave, fit Cobalt en souriant. Ça n'empêche rien.

Qu'elle ne réagisse pas à son attitude provocante le déstabilisait un peu. Il s'attendait à une moue amusée ou à un rictus sévère, ou bien à ce qu'elle coupât court à ce petit jeu déplacé. Mais plus il devenait lourd – car il l'était véritablement –, plus elle se montrait impassible.

Cette froideur ramena ses pensées vers Dana. Elle aussi restait insensible à son charme. Il ne pensait pas se tromper sur ce point, hélas ! Il savait reconnaître quand une fille, voire une femme, faisait semblant de ne pas être touchée pour cacher son propre trouble. Mais là, il paraissait évident que ni Dana ni Sophie Carré ne l'étaient.

Et il s'en trouvait totalement mortifié.

9.

Dana

Lorsque Lise vint s'asseoir en face d'elle et que débuta la longue litanie de ses états d'âme, Dana éprouva une farouche envie de fuir. Mais voilà plusieurs jours que la jeune fille cherchait à établir le contact. Et Dana était polie. Et gentille. Alors elle resta et posa son livre pour prêter l'oreille à sa camarade.

— Et toi ? C'est venu comment ? lui demanda Lise en la fixant de ses petits yeux noirs terriblement intrusifs.

— Pardon ? Quoi ?

— L'anorexie, c'est venu comment ? Moi, ça a commencé au primaire, je devais avoir huit ans et j'étais un peu ronde ; tout le monde est rond dans ma famille, pas gros, mais rond, tu vois ; certains diraient bien portants, mais la plupart disent en surpoids, gras ou, pire, obèses… C'est terrible, ce mot, obèse, tu ne trouves pas ? Moi, je le trouve dégoûtant…

Comme beaucoup de gens qui souffrent, Lise ne parlait pas pour discuter, échanger, partager, mais pour… parler, ou plutôt pour être écoutée. Dana ne s'en plaignait pas, elle n'avait aucune envie de s'épancher. Pas auprès de Lise, en tout cas. D'autant qu'elles ne souffraient pas du même mal. Dana était un peu dépressive et cela affectait son comportement alimentaire, mais elle n'était certainement pas atteinte d'anorexie. Ça, c'était une déduction primaire.

Toutes deux avaient le même menu, ce soir-là, des pâtes en forme de petits nœuds papillons, une portion de fromage à pâte molle et une nectarine blanche. Sans doute était-ce une des raisons inconscientes pour lesquelles elle avait accepté que Lise s'installe à sa table ; elle aurait eu du mal à supporter de voir des couleurs dans l'assiette de sa camarade.

Elle devait néanmoins se concentrer pour porter chaque pâte à sa bouche, puis la mâcher et enfin l'avaler. Voilà longtemps qu'elle n'avait plus faim, et ce soir encore moins, si c'était possible. La journée avait été fatigante, son père lui manquait, penser à lui la plongeait dans un vaste chagrin. Elle détestait être ici.

Pour ne rien arranger, elle ne se sentait d'affinités avec personne. Lise avait sûrement des qualités, mais Dana n'avait rien en commun avec elle. Cette fille avait tout de « beaucoup plus » qu'elle, de « beaucoup trop » : la maigreur, la parole, la faculté de cancaner, de vouloir tout savoir sur tout et sur tout le monde. Elle ne serait jamais son amie.

La séance avec Aude Mahler s'était bien passée. Ensemble, elles avaient pu évoquer les racines du mal, d'autant plus facilement que Dana les avait identifiées depuis longtemps et luttait contre elles du mieux qu'elle le pouvait. Mais elle devait reconnaître qu'en parler faisait du bien, aussi.

Elle repensa à l'affiche dans le couloir, très symbolique : un magma de mots confinés dans un cerveau, se frayant un passage à travers des lèvres entrouvertes et s'envolant au-delà de barreaux… Quel dommage qu'elle ait autant de mal à se confier.

En revanche, Lise ne connaissait pas ce problème. La parole libératrice, c'était vraiment son domaine.

— … une vraie hantise, tu vois, j'étais obsédée par la balance. À chaque gramme que je prenais, j'imaginais déjà les moqueries, et ça ne manquait jamais : dès que je mettais les pieds dans la cour d'école, ça commençait…

Rien ne l'arrêtait, elle parlait même en mangeant, peut-être de façon automatique, pour ne pas s'en rendre compte. Une façon détournée, un leurre, une ruse, peu importait le terme, du moment que cela fonctionnait. D'ailleurs, Dana empruntait ce genre de déviation, elle aussi, en lisant à table, par exemple.

— Je peux ? résonna une voix masculine.

Lise s'interrompit en pleine phrase, tandis que Dana levait précipitamment la tête. Les deux filles répondirent en même temps, « non » pour l'une, « oui » pour l'autre.

— Bon, ben je vais choisir l'option que je préfère ! fit Cobalt en s'asseyant face à Dana.

Dépitée, Lise se tut et Dana en remercia secrètement le garçon, bien que sa présence s'avérât absolument envahissante. Son regard, trop insistant, la gênait, et les aliments colorés sur son plateau sentaient vraiment fort. Qu'est-ce que c'était ? Une quiche ? Une tarte salée ? Ça avait l'air répugnant.

Dans le silence qui écrasait le trio, Cobalt se mit à siffloter tout en mélangeant sa salade de tomates. Dana reconnut aussitôt les notes emblématiques de la série dont ils avaient parlé plus tôt, dans le couloir, et qui avait inspiré ses parents au moment de lui donner un prénom.

Une bouffée de bonne humeur la saisit. Elle n'avait pas éprouvé une telle sensation depuis si longtemps qu'il lui semblait que c'était la première fois. Ça pétillait comme les bulles de soda bien frais dans la canette que son père approchait de sa joue pour la taquiner quand elle était enfant, ça crépitait en surface et au fond de la tête. Et soudain, l'éclat de rire jaillit, comme un éternuement, offrant l'amorce d'une complicité inattendue entre Dana et Cobalt, déroutant celles et ceux qui en étaient témoins.

— Qu'est-ce qu'il y a de si drôle ? demanda Lise.

Dana enfouit sa tête entre ses mains pour essayer de se calmer. Des spasmes d'hilarité la secouaient, tout cela était aussi bon qu'absurde.

— Excuse-moi, Lise, hoqueta-t-elle, le visage toujours caché.

Elle entendit le raclement des pieds d'une chaise qu'on reculait brusquement, et supposa que Lise quittait la table, sûrement fâchée. Cette pensée la désola ; loin d'elle l'envie de mettre la jeune fille mal à l'aise.

Elle se risqua à retirer ses mains et à affronter le regard de Cobalt, qui la dévisageait avec un petit sourire auquel elle s'efforça de ne pas répondre.

— On a fait fuir Lise..., dit-elle.

— C'est grave ?

Elle se contenta de manifester son incertitude par un haussement de sourcils, avant d'accorder à nouveau son attention au plateau devant elle.

— Tu ne manges pas ? lui demanda Cobalt en découpant un morceau de sa tarte.

— Si, si.

Pour preuve, elle piqua sa fourchette dans un des petits nœuds papillons.

— En même temps, il faut reconnaître que c'est pas l'extase, commenta-t-il.

— Quoi ?

— Ton menu… Tu veux un peu de mes tomates ?

Elle secoua la tête avec l'espoir qu'il ne vît pas combien cette proposition la révulsait.

— T'aimes pas trop les couleurs, on dirait, fit-il en la détaillant sans vergogne.

— Pas trop, non. Mais toi non plus.

Le sourire de Cobalt se fit encore plus large, tandis qu'elle considérait son tee-shirt assorti au jean et aux baskets, unicolores.

— J'aime bien le noir, dit-il.

— Moi aussi. Mais je préfère le blanc.

— Même pour la nourriture ?

— Surtout pour la nourriture, précisa Dana.

Elle se dit qu'il allait la prendre pour une dingue.

— Heureusement, sinon tu crèverais la dalle ! fit-il.

Elle n'était pas sûre de comprendre. Et il s'en rendit compte :

— Je veux dire… Il n'y a pas beaucoup d'aliments noirs…

— C'est vrai, admit-elle.

— Tu lis quoi ?

Sans attendre, il saisit le livre qu'elle avait posé sur la table quand Lise s'était invitée auprès d'elle.

— *La Chute des princes*[1]…, lut-il. C'est bien ?

— Je ne sais pas si c'est bien. Moi, en tout cas, j'adore.

— Ça parle de quoi ?

Elle hésita à enchaîner. En général, ce genre de question l'exaspérait, seuls les paresseux la posaient alors qu'il

1. Roman de Robert Goolrick.

suffisait de lire la quatrième de couverture... Quoi de plus simple !

Elle fut donc étonnée de s'entendre répondre :

— C'est l'histoire de jeunes New-Yorkais dans les années quatre-vingt, brillants et obsédés par l'accumulation de millions, de mètres carrés, de signes ostentatoires de richesse, de femmes... et qui se perdent dans l'alcool et la drogue.

— Waouh... C'est pas très gai.

— Je ne suis pas une fille très gaie.

Elle se trouva cassante et s'en voulut, elle n'était pas comme cela. Enfin, il fallait croire que si... Ce garçon allait-il mettre ainsi le doigt sur tout ce qu'elle avait de plus déplaisant ?

— Peut-être qu'ils n'arrivaient pas à combler le vide, fit-il.

— Pardon ?

— Les jeunes New-Yorkais... Peut-être que tous ces excès ne leur permettaient pas de remplacer ce qui leur manquait vraiment.

Dana baissa les yeux vers son assiette, en quête d'une diversion, bien que son intérêt eût bel et bien pris le pas sur la simple curiosité.

Elle posa sa fourchette et entreprit de concentrer son attention sur la portion de fromage, dont elle commença par retirer l'emballage avec un soin maladif, avant de se rendre compte que la pâte molle lui collait aux doigts. Elle sentit physiquement les effets du dégoût prendre corps en elle, puis marquer son visage d'une grimace qu'elle savait absolument disproportionnée. Cobalt allait la trouver vraiment cinglée. Et si elle pouvait faire preuve d'une seule seconde d'objectivité, elle reconnaîtrait qu'il n'aurait pas tort.

Alors, avec une spontanéité qui la stupéfia, presque à son corps défendant, elle se lécha les doigts. Ça non plus, elle ne le faisait jamais.

— On dirait que tu as un problème avec le vide, poursuivit-elle, juste avant de se demander pourquoi diable elle avait sorti cela.

Loin de lui en tenir rigueur, Cobalt lui adressa un sourire sans joie.

— Un foutu problème, oui.

— Tu connais Jean-Paul Sartre ?

— De nom, oui. Mais je t'avouerais que ça ne va pas plus loin. Pourquoi ?

— Il a dit : « La douleur, c'est le vide. » Je suis assez d'accord.

Cobalt réfléchit un instant avant d'acquiescer.

— Et… ça te fait du bien d'être ici ? enchaîna Dana.

— Ça fait du bien à mes parents.

Il inspira profondément sans cesser de la fixer des yeux. Dana soutint son regard pendant deux ou trois secondes, avant de baisser la tête. Les yeux bleus l'avaient toujours impressionnée ; dans sa famille, on les avait d'un noir qui engloutissait les pupilles et rendait le regard liquide. Rien à voir avec l'azur miroitant et marbré lui faisant face.

L'insistance du garçon, ajoutée à la nature de leur discussion, provoquait chez Dana un ébranlement inédit, mélange d'ondulations au creux du ventre, de gorge sèche, de rouge aux joues, de cœur qui tambourine.

Qui aurait pensé que la nourriture représenterait un jour une échappatoire ? Certainement pas elle. Pourtant, elle récidiva en prenant un quartier de nectarine entre ses doigts. Trop absorbée par la confusion dans laquelle la plongeait Cobalt, elle remarqua à peine la chair humide, légèrement visqueuse, qui d'habitude la rebutait. Elle porta le fruit à ses lèvres et commença à le mâcher. Au moment de l'avaler, elle craignit de s'étouffer, imagina la scène, et mobilisa toute son énergie pour que cela n'arrive pas. Ce garçon lui faisait faire n'importe quoi.

Totalement décontenancée, elle leva à nouveau les yeux vers lui, sans savoir ce que son propre regard exprimait vraiment. Elle ne percevait rien d'autre que cette sensation inconnue d'être attrapée, cueillie, happée par quelque chose de puissant. Cobalt s'en rendait-il compte ? De tout cœur, elle espérait que non.

— Et ton surnom, alors ? Tu ne m'as pas dit..., se força-t-elle à demander.

— Tu veux dire que tu ne m'as pas cru ?

Elle eut le temps de voir son sourire, charmeur et taquin, avant de reporter son attention sur son plateau – à ce rythme-là, elle allait le terminer, ce serait une première !

— On ne t'a jamais dit qu'on ne répondait pas à une question par une question ? répliqua-t-elle.

Une nouvelle fois, et malgré son ton policé, elle se trouva offensive, presque vindicative. Autant de qualificatifs qui ne lui ressemblaient pas. Elle se risqua à jeter un coup d'œil au garçon et s'alarma de le trouver soudain plus soucieux.

— Excuse-moi, oublie, murmura-t-elle.

Le silence qui s'installa entre eux aurait pu être pénible. Il n'en fut rien. Cobalt continuait de déguster sa tarte et sa salade de tomates, l'air lointain. Quant à Dana, elle s'étonna de ne pas quitter la table et de rester là, face à ce garçon et à tous les remous qu'il suscitait en elle.

Par gêne, et peut-être aussi par mimétisme, elle ingurgita le troisième, puis le quatrième quartier de nectarine, et fut horrifiée de s'entendre déglutir bruyamment. Elle se jura de partir si son corps se mettait à faire ces bruits de tuyauterie bouchée qu'elle détestait.

Lorsqu'elle vit Cobalt reposer ses couverts sur son assiette, elle suspendit son souffle. Elle était d'une compagnie déplorable, il allait s'en aller. Tant mieux ou tant pis ? Impossible de le déterminer.

— « Co » pour Corentin, « balt » pour Balthazar, lança-t-il soudain.

Dana releva brusquement la tête et le regarda, interdite.

— Corentin, c'est moi, reprit-il. Et Balthazar, c'était mon frère jumeau.

Sa voix tremblait, ses yeux cherchaient un point d'attache qu'il finit par trouver dans ceux de Dana. La jeune fille frémit, mais tint bon, en haleine.

— Balthazar est mort, il y a deux ans. Et je ne suis pas sûr que je m'en remettrai un jour.

10.

Cobalt

Le jeune homme en resta bouche bée. Jamais il n'avait fait cette confidence avec une telle spontanéité. Même Sophie Carré avait dû lui tirer les vers du nez pour qu'il parvienne à lâcher des bribes concernant ce qui le faisait tant souffrir.

Mais face à Dana, c'était comme s'il voulait absolument qu'elle sache. Et une fois la douleur greffée aux mots passée, il en avait éprouvé une sensation inédite, mélange fulgurant de réconfort et d'euphorie, d'autant plus intense qu'il avait l'impression d'être compris. Pas cette compréhension de principe, sincère mais superficielle, fruit d'une compassion naturelle, instinctive. Non. En s'ouvrant à Dana comme il venait de le faire, il sentait qu'il pouvait être profondément, intégralement, réellement compris.

Il en eut d'ailleurs la preuve lorsqu'elle lui souffla :

— On ne s'en remet jamais vraiment.

Ses yeux noirs luisaient comme de l'encre, il crut presque y voir son reflet. Répondant à la question qu'il se posait intérieurement, Dana se découvrit à son tour :

— Moi, c'est ma mère. Il y a huit ans.

Cobalt fronça les sourcils.

— La douleur finira par passer, tu verras, mais rien ni personne ne pourra jamais te consoler totalement, poursuivit-elle, douce et grave.

Outre le fait qu'elle était suprêmement jolie et qu'elle avait une voix captivante, voilà ce qu'il aimait chez cette fille : elle ne cherchait pas à enrober ses propos dans de la guimauve, elle disait les choses telles qu'elles étaient. Tant pis si ça faisait un peu mal.

Leurs regards toujours ancrés l'un à l'autre, Cobalt vivait cet instant comme l'un des plus forts de toute sa vie. Mais soudain, des mains se plaquèrent sur ses yeux.

— Salut, toi ! murmura dans son oreille la voix désormais familière de Candice.

La jeune fille retira ses mains et tourna la chaise voisine pour s'asseoir face à lui, sans prêter la moindre attention à Dana.

— J'ai une surprise pour toi, fit-elle d'un air enjôleur.

Cobalt ne lâchait pas Dana des yeux, en espérant de toutes ses forces qu'elle remarquerait combien il était désolé. Mais le contact était rompu.

— On verra ça plus tard, répondit-il à Candice, qui s'était mise à lui caresser la nuque d'une main et la cuisse de l'autre.

Devant son manque d'enthousiasme, la jeune fille fit semblant de remarquer seulement à cet instant la présence de Dana.

— Ah, pardon, je vous dérange, peut-être ? fit-elle, un tantinet moqueuse.

— Non, tu crois ? grinça-t-il en lui jetant un regard furibond.

Il en fallait cependant plus pour décourager une fille comme Candice. Sa main remonta le long de la jambe du jeune homme et reprit avec davantage de détermination ce qu'ils avaient abandonné dans le parc. Submergé, Cobalt vit alors Dana se lever, contourner la table et passer à côté de lui pour quitter le réfectoire. La sensation qu'elle lui filait entre les doigts lui fit l'effet d'un électrochoc, mais il resta immobile, comme paralysé. Puis il finit par repousser Candice pour bondir de sa chaise.

— Dana ! Ton livre !

Il avait crié tellement fort que tout le monde le regarda, certains en souriant, d'autres en haussant les épaules. Et il ne passa pas plus inaperçu lorsqu'il traversa la salle en courant presque.

Une fois dans le couloir, il tourna la tête à gauche, puis à droite. Personne.

— Dana ?

L'ascenseur n'était pas utilisé ; la jeune fille avait dû emprunter l'escalier. Mais pour aller où ? Regagner sa chambre au troisième étage ou bien descendre au rez-de-chaussée pour prendre l'air dans le parc ?

Il se précipita vers la cage d'escalier.

— Dana ? T'es là ?

Son souffle rapide, haletant, renforça l'effet oppressant du silence. Il gravit les marches deux à deux et s'engagea d'un pas nerveux dans le couloir le long duquel étaient réparties les chambres.

Celle de Dana était vide. Résistant à l'envie d'y entrer et de déposer le livre sur le lit, il se dirigea vers la salle commune, tout aussi déserte. Les grandes fenêtres offraient une large vue sur le parc. Cobalt chercha Dana depuis son poste d'observation, une étrange amertume se déployant en lui.

— Où t'es, bordel ? marmonna-t-il.

Il revint sur ses pas. Sitôt la porte qui menait à la cage d'escalier poussée, il aperçut Candice qui l'attendait, adossée contre l'un des murs, mignonne à croquer avec sa petite jupe légère et son haut ajusté. Elle sourit et, sans dire un mot, tendit le bras dans sa direction, ce qui fit naître en lui des sensations totalement paradoxales, rejet et désir, accablement et excitation. Il était perdu et Candice se trouvait là, prête à l'emmener.

Un grand défilé s'orchestra dans son esprit désarçonné, une succession désordonnée d'images : les yeux de Dana rivés aux siens, dévorant ses faibles résistances, abattant ses fragiles palissades, sa silhouette fine et immaculée, presque fantomatique, la peau capiteuse de Candice, ses seins généreux comme il aimait, parfaits, ses lèvres entrouvertes, prometteuses, sa chute de reins étourdissante, la voix de Dana, enveloppante, les confidences, les regards, la chaleur au creux du ventre et la confusion au fond du cœur…

Il voulait s'allonger, oublier ses entraves, les poids qui l'entraînaient en arrière… Écouter Dana lui lire des histoires… Plonger son visage entre les seins de Candice… Tout ça en même temps.

Ses pensées foisonnaient jusqu'à déborder. Il regarda Candice avec une stupeur à laquelle elle fit écho à sa façon : en s'approchant, lentement, et en pressant son corps contre lui. Les bras autour de son cou, elle le poussa, l'adossa au mur, et il se laissa faire, à sa merci.

Les lèvres de la jeune fille cherchèrent les siennes, les trouvèrent facilement, et leurs langues se mêlèrent, s'emmêlèrent, tandis que les mains audacieuses et déterminées de Candice s'aventuraient sous son tee-shirt. Il gémit au contact des doigts agiles sur sa peau et ferma les yeux pour apprécier égoïstement les caresses sur son ventre, puis entre les omoplates, le long de sa colonne vertébrale et de ses flancs, jusqu'à converger vers la boucle de ceinture de son jean.

— Dis-moi que tu ne veux pas et je te laisse tranquille, murmura-t-elle.

Au lieu de répondre, il lui saisit les mains d'un geste un peu brutal, avant de la plaquer à son tour contre la porte, les bras en l'air.

Tout en elle le provoquait, son bassin tendu vers lui, son souffle chaud, les mouvements magnétiques de son corps. Et ce regard, ces iris aux reflets noisette, habilement mis en valeur par un maquillage étudié, un appel à la faiblesse, à l'abandon.

Lorsqu'elle glissa un genou entre ses jambes et remonta doucement, il ne sut résister et se mit à l'embrasser sans aucune délicatesse. Leurs dents s'entrechoquèrent, il sentit le goût métallique du sang dans sa bouche, sans savoir s'il s'agissait du sien ou de celui de Candice. De toute façon, elle semblait apprécier sa vigueur, ainsi qu'elle le lui fit comprendre en enfouissant sa langue le plus profondément possible, tout en attirant son corps contre le sien par de petites pressions irrésistiblement lascives.

Cobalt la lâcha pour pouvoir lui retirer son haut, un minuscule tee-shirt en dentelle rose poudré qui laissait entrevoir son soutien-gorge blanc. Cette fois, elle leva d'elle-même les bras pour l'aider, un sourire triomphant au fond des yeux, et tendit ses seins vers lui comme de magnifiques trophées dès qu'il dégrafa le sous-vêtement.

Il les empoigna, fasciné par leur arrondi admirable et par la blancheur piquetée de taches de rousseur de la peau. Les seins l'avaient toujours ébloui, et ceux de Candice avaient quelque chose de plein, de mature. Une pensée surgit, inopportune, le prenant par surprise. Comment étaient les seins de Dana ? On ne voyait rien sous ses grands tee-shirts informes, mais il les imaginait petits, juvéniles. À l'opposé de ceux de Candice, qu'il sentait à présent sous ses paumes.

Il se mit à les embrasser, flattant voluptueusement de la langue les larges aréoles brunes, aspirant, tétant, mordillant, tout en glissant ses mains sous la jupe de la jeune fille pour pétrir ses fesses, généreusement découvertes par une culotte très échancrée.

Candice, elle, plongea ses mains dans les cheveux du garçon et se pencha à la recherche de ses lèvres. Affairé, il ne répondit pas à son appel, enivré par la peau douce et parfumée, charnelle, si féminine. Le fin liseré de dentelle de la culotte le narguait, il s'affranchit alors de cette frontière dérisoire en insinuant un doigt curieux vers les chairs plus secrètes de Candice.

La jeune fille se cambra sous l'effet incandescent de cette inquisition et le força à se redresser. Le baiser qui s'ensuivit les enfiévra, les caresses se firent plus impatientes, encore plus entreprenantes.

En sentant la main de Candice se couler dans son boxer, Cobalt comprit qu'il ne voudrait s'arrêter pour rien au monde.

— Attends, je vais chercher une capote…, souffla-t-il.

Fut-il vraiment surpris de voir Candice en sortir une de la poche de sa jupe et la brandir devant lui, un sourire gourmand aux lèvres ? Il la prit, déchira l'emballage et enveloppa son membre tendu vers elle. Elle enroula alors ses bras autour de son cou tandis qu'il lui attrapait une jambe et la levait avec autorité. Et tous deux se propulsèrent dans un corps-à-corps frénétique, jusqu'à parvenir à une délivrance ardente mais sans joie, presque rageuse pour Cobalt.

11.

Dana

On toqua doucement à la porte restée entrouverte. C'était la même infirmière de nuit que les cinq derniers soirs, une grande femme robuste à la peau bistre, prénommée Soledad.

— Tout va bien, Dana ?

— Oui, merci.

— Si tu as besoin de quoi que ce soit, n'hésite pas, je suis là.

— D'accord.

— Tu peux me trouver dans le bureau au milieu du couloir. Et puis il y a toujours la sonnette…

Dana trouva ces précautions exagérées. Elle était juste un peu dépressive… Elle acquiesça néanmoins en esquissant un sourire, auquel l'infirmière répondit plus franchement avant de refermer la porte derrière elle.

Soledad[1], quel drôle de prénom… Surtout pour une femme vouée à s'occuper des autres. Mais c'était bien connu : on pouvait être entouré par un millier de personnes et cependant se sentir terriblement seul.

Sans véritable ami ni amie, sans autre famille que son père, hormis ses grands-parents, lointains dans tous les sens

1. Solitude en espagnol.

du terme, Dana savait ce qu'être seule signifiait. Elle n'avait pas l'impression d'en souffrir ou d'en avoir souffert. Mais force était de constater que jusqu'alors, rien n'avait été facile dans la vie de tous les jours, au sein d'un groupe ou d'une communauté, même quand ses propres tourments se trouvaient partagés et susceptibles d'être compris par d'autres. Quand on souffrait, on était seul. Point.

Assise sur son lit, les mains jointes entre ses cuisses, ses pieds touchant à peine le sol, Dana décida de se poser quelques instants avant de faire sa toilette. Les pensées se bousculaient, pêle-mêle avec de multiples sensations, contrastées au point de l'étourdir. Effervescence et épuisement l'assaillaient avec la même vigueur ; elle avait à la fois envie de courir à perdre haleine dans une clairière au crépuscule et de s'étendre de tout son long au pied d'un arbre pour s'endormir sous les étoiles.

D'abord, et pour la première fois depuis longtemps, elle avait mangé tout le contenu de son plateau. « Tout » étant synonyme de « trop », elle avait l'impression de peser dix kilos de plus qu'avant le dîner. C'était très inconfortable, son estomac ne savait plus gérer ce genre d'excès. *N'abuse pas, ce n'était pas gargantuesque non plus !* se sermonna-t-elle ironiquement.

Il n'empêchait qu'elle se sentait affreusement lourde.

Elle s'allongea sur le lit et contempla le plafond nu et blanc dans l'espoir de se vider l'esprit. Ses mains se portèrent spontanément sur son ventre, et elle fut effrayée de constater à quel point il était bombé. Elle allait exploser ! Au souvenir de tout ce qu'elle avait ingurgité, elle grimaça, au bord de la nausée. Elle évalua le volume des aliments – l'équivalent d'un poing –, le compara avec ce qu'elle savait de la taille d'un estomac – vingt à vingt-cinq centimètres de hauteur pour une contenance allant d'un demi-litre à quatre litres – et en déduisit avec une objectivité forcée que son corps pouvait tout à fait le supporter.

Un hoquet plutôt bruyant résonna étrangement dans la quiétude de la chambre, comme la conclusion de ce débat intérieur. Surprise d'en éprouver un soulagement, aussi modeste fût-il, Dana ferma les yeux. De toute façon, si elle voulait sortir rapidement de cet endroit, elle n'avait pas le choix, il fallait qu'elle mange, qu'elle prouve qu'elle était capable de surmonter son mal, d'aller mieux, d'aller bien. Quitte à tromper la terre entière.

Elle détestait être ici. Au bout d'à peine une semaine, tout lui manquait : sa vie à huis clos ou presque, son petit Janvier si doux, son père. Pendant un instant, elle les imagina blottis l'un contre l'autre sur le canapé bleu, malheureux. Et à la nausée succéda une profonde envie de pleurer.

Elle faillit se lever pour demander à Soledad l'autorisation d'appeler chez elle, avant de se raviser, perplexe. Son père et elle échangeraient des banalités, parce que quelques minutes au téléphone ne permettaient pas de se livrer intimement. Ils feraient semblant, se rassureraient réciproquement tout en sachant pertinemment que l'un et l'autre ne pouvaient se duper. Et puis ils raccrocheraient, et leur profond sentiment de solitude les engloutirait à nouveau. Alors à quoi bon ? On croyait parfois bien faire et le remède s'avérait plus douloureux que le mal.

Elle roula sur le lit pour attraper un des livres posés sur la table de nuit. En général, lire lui permettait d'arrêter de penser. Mais pas aujourd'hui. Au bout de quelques lignes, elle ferma l'ouvrage pour en saisir un autre, sans plus de résultat.

Dessiner ? Elle n'avait pas le courage de s'arracher au confort du matelas. De surcroît, son estomac semblait disposé à accomplir son laborieux travail de digestion sans trop de difficultés, alors inutile de le perturber.

De toute façon, il lui faudrait bien se confronter à ce qui l'obnubilait depuis plus de deux heures : Cobalt. Cobalt et Candice.

Quand la jeune fille s'était imposée à table, Dana s'était aussitôt sentie devenir invisible aux yeux de Cobalt. Candice absorbait l'énergie et l'attention du garçon. Et si celui-ci n'avait pas détourné le regard, Dana n'avait pas été dupe pour autant : elle était incapable de rivaliser avec Candice.

Sur l'instant, Dana en fut choquée, puis blessée. Cobalt et elle venaient de se livrer mutuellement une part douloureuse de leur intimité avec une confiance aveugle et instinctive. Peut-être se trompait-elle, mais l'émotion du jeune homme lui avait semblé sincère. D'ailleurs, elle n'avait pas hésité à se confier à son tour, par effet de miroir ou tout simplement parce qu'elle voulait lui tendre la main. Et qu'il la prenne.

Il se passait vraiment quelque chose entre eux. Et puis à l'arrivée de Candice, provocante, irrésistible, plus rien n'avait existé. Alors Dana s'était levée et avait quitté le réfectoire, hagarde. Elle sentait encore l'effet de la mortification en elle, ce saisissement qui lui donnait l'impression de se pétrifier.

Une fois dans la cage d'escalier, elle avait gravi quelques marches, avant de s'arrêter net sur le palier entre le deuxième et le troisième étage. Quelqu'un la suivait, la cherchait même...

— Dana ? T'es là ?

Cobalt ! La surprise avait fait fondre la glace qui engourdissait son esprit. Son premier réflexe avait été de s'engouffrer dans le local d'entretien, heureusement non verrouillé.

Le jeune homme était passé dans un sens, puis dans l'autre quelques instants plus tard. Entre-temps, la porte du premier s'était rouverte, elle avait entendu le glissement du tambour. Alors Dana avait patienté encore un peu ; il était hors de question de se retrouver face à Cobalt, elle ne s'en était senti ni l'aplomb ni l'envie.

C'est avec prudence qu'elle s'était décidée, une fois le silence revenu, à sortir de sa cachette, entrouvrant juste assez la porte pour évaluer si la voie était libre. Et elle ne l'était pas. Absolument pas.

Cobalt se trouvait là, une volée de marches plus bas, et il n'était pas seul. Candice l'avait rejoint. Alors, dans l'embrasure de la porte, les yeux rivés sur ce garçon et cette fille farouchement enlacés, Dana avait assisté à la scène la plus étourdissante de toute sa vie.

★

★ ★

Près de trois heures avaient passé et Dana ne parvenait pas à chasser ce qu'elle avait alors éprouvé. Comme si sa rétine, son esprit, son corps tout entier avaient gravé en eux les images avant de les transformer en sensations inédites.

Elle avait regardé Cobalt dénuder Candice, découvrir ses seins pour les embrasser, glisser la main dans sa culotte, l'aider à déboutonner son jean, la soulever pour la… pénétrer.

Pour la deuxième fois depuis qu'elle était au centre, elle s'était retrouvée dans une position de voyeuse et, en dépit de sa stupéfaction, elle devait se rendre à l'évidence : elle avait aimé cela.

Mal à l'aise, elle s'agita sur son lit et essaya de se relever, sans grande conviction. Penser à Cobalt et à Candice, à leurs corps entremêlés, lui plaisait. L'écho de leurs gémissements, et surtout des ahanements du jeune homme, l'image de la peau blanche et veloutée de Candice, le joli petit bourrelet juste au-dessus de la ceinture de la jupe, les lèvres de Cobalt sur ses seins gonflés, sa virilité dressée s'enfouissant entre les cuisses nues et généreuses…

Dana n'avait pas détourné les yeux un seul instant. Et maintenant, elle s'interrogeait. Avait-elle honte ? Non. Devrait-elle avoir honte ? Peut-être. Sans doute. Oui. Non. Pourquoi ? Enviait-elle Candice ? Non ! Elle détestait ce genre de fille. Aurait-elle aimé être à sa place ? N'importe quoi ! Être prise ainsi contre un mur, sans une once de délicatesse, non merci !

D'agacement, sa langue claqua contre son palais. Elle donnait à tout cela une importance absurde. Elle avait certes été troublée, peut-être un peu excitée, mais c'était par pure réaction physique, comme n'importe qui face à une telle situation.

Cette fois, elle prit appui sur le rebord du matelas pour se lever. Il était temps de revenir à la réalité. Sa réalité.

À l'abri de la salle d'eau, elle se débarrassa de ses vêtements, le regard fixé sur un détail de la mosaïque au-dessus du lavabo pour éviter le miroir. C'est en ouvrant le robinet de la douche qu'elle vit sa main, son poignet, son avant-bras, et la différence avec Candice lui sauta aux yeux.

Sac d'os *versus* miss Volupté.

Elle fit couler du gel douche sur son ventre et, comme souvent, se trouva incapable de se savonner. Une traînée de mousse blanche se répandit à ses pieds avant de s'échapper vers la bonde. On ne pouvait pas appeler cela « se laver ».

Elle allait finir par être vraiment sale, un comble pour quelqu'un qui prenait deux douches par jour.

— Tu crains, Dana, tu crains vraiment, marmonna-t-elle.

Se surpassant, elle versa une nouvelle dose de gel douche sur le gant de toilette fourni par le centre et commença à frotter ses jambes sans les regarder. Se tenant d'une main à la paroi coulissante, elle entreprit ensuite de se laver les pieds en s'efforçant de ne penser à rien.

Le gant, trop fin, se plissait, se chiffonnait, Dana détestait devoir l'utiliser. De guerre lasse, elle le laissa tomber dans le bac. Une noisette de gel dans la paume, elle poursuivit sa toilette en tentant d'oublier qu'il s'agissait de son propre corps. Mais comment faire abstraction de ce qu'elle sentait sous ses doigts ? Elle n'avait pas besoin de voir pour savoir que ces épaules aiguës, ces seins presque inexistants, ces hanches osseuses, ces cuisses grêles faisaient partie d'elle.

Comme si ce n'était pas suffisamment pénible, la comparaison avec ce qu'elle avait vu du corps de Candice s'imposa à nouveau. Debout sous la pluie tiède de la douche, les yeux grands ouverts, elle réussit à bloquer le défilement des images qui l'obnubilaient, hélas au profit d'un autre souvenir : la résonance des peaux moites qui claquaient, des souffles précipités et impatients, des gémissements de plaisir.

Fatiguée, elle n'avait plus vraiment le courage de s'opposer à ce flux de pensées ni aux sensations qu'elles entraînaient. Elle prit appui contre la paroi de céramique et renonça à résister. Son obsession finirait bien par s'émousser.

En attendant, elle devait terminer sa toilette. Le parfum de fleur d'oranger du gel douche la réconforta momentanément en lui rappelant la brume d'oreiller qu'elle pulvérisait chaque soir sur son linge de lit. Elle savonna son ventre, toujours aussi exceptionnellement bombé, descendit jusqu'au pubis, que sa maigreur rendait proéminent, puis glissa entre ses cuisses.

La stupeur lui fit écarquiller les yeux. Pendant un instant, elle crut à du sang, cela arrivait de temps à autre, elle n'avait jamais été régulière.

— La poisse…

Mais quand elle regarda ses doigts, elle sut que ce n'était pas cela. Les battements de son cœur s'accélérèrent tandis que sa main s'insinuait à nouveau entre ses chairs intimes.

L'onctuosité qu'elle y trouva la fit chanceler. Et bien qu'elle n'eût aucune expérience en la matière, elle savait ce que cela signifiait. Les livres, les magazines, la radio, Internet avaient depuis longtemps compensé son ignorance de certains aspects concrets de la « vraie vie ».

Pour la première fois depuis des années, son corps manifestait autre chose que du rejet, du dégoût. Une forme d'appel intérieur, doux et envoûtant, naissait en elle, sous ses propres doigts. Et c'étaient Cobalt et Candice qui se trouvaient à l'origine de cette découverte.

— Ça devient n'importe quoi ! s'irrita-t-elle en retirant brutalement sa main.

Elle coupa l'eau, se sécha succinctement avec de grands gestes heurtés, avant d'enfiler à la hâte un tee-shirt et un caleçon long et de se mettre au lit.

La nuit était presque tombée pendant qu'elle prenait sa douche, mais la pénombre lui convenait. Elle s'allongea entre les draps frais et resta immobile, les bras le long du corps, dans la posture d'une morte. Pourtant, son cœur battait comme jamais, sans qu'elle parvînt à définir si cette agitation venait de son énervement ou de la pure excitation qu'elle avait ressentie.

Elle finit par se calmer au fur et à mesure que la raison reprenait sa place. Ce garçon – ce Cobalt – était trop perturbant. Il ne pouvait rien lui apporter de bon et ce n'était certainement pas grâce à lui qu'elle irait mieux.

Alors à partir de maintenant, elle se tiendrait à distance.

Point à la ligne.

12.

Rose

Rose Delacourt avait l'habitude d'attirer les regards. Non pas qu'elle fût provocante, loin de là. On la remarquait, voilà tout ! Et ses tenues, d'adorables robes fleuries ou vichy assorties à des chaussures colorées, à plate-forme ou à talons, ses chignons bananes et les larges ceintures mettant en valeur sa taille et son opulente poitrine n'y étaient pas pour rien.

Et puis il y avait ce sourire, ample et généreux comme ses formes, qui illuminait son regard, son visage harmonieux. On la comparait souvent à un rayon de soleil. Pourtant, vingt ans plus tôt, elle était davantage rayon de lune, une adolescente taciturne vêtue de noir des pieds à la tête – collier de chien inclus –, obsédée par la minceur des filles des magazines et par la sienne.

Vingt ans. Il lui avait fallu vingt ans pour devenir celle qu'elle était vraiment : Rose. Rose Delacourt, trente-huit ans, quelques kilos en trop, pulpeuse, colorée, célibataire un peu libertine, libre et indépendante, épanouie, heureuse.

Très heureuse.

Le chauffeur du bus lui jeta un regard charmé, le regard d'un homme sur une jolie femme, ni plus ni moins. Rose lui lança un bonjour plein d'allégresse tout en passant son badge sur la borne.

Par chance, un siège venait de se libérer. Elle s'installa et commença à observer les autres passagers, ainsi qu'elle le faisait chaque matin et chaque soir, mine de rien. Une vieille dame à la coiffure vaporeuse, l'air un peu triste, qui tripotait l'ourlet de son cardigan entre ses doigts arthritiques ; un homme entre deux âges qui somnolait et dont la tête renversée en arrière laissait apparaître un médaillon suspendu à une chaînette dorée ; une femme, la trentaine, superbe silhouette longiligne dans sa tenue de sport très ajustée...

Au-delà de l'observation, Rose aimait imaginer la vie de chacune des personnes qui passaient au crible de son regard. La vieille dame se rendait-elle à un rendez-vous ? Avec un médecin qui lui annoncerait qu'elle n'avait plus que quelques mois à vivre ou, à l'inverse, qu'elle avait réussi à vaincre une sale maladie ? Ou bien allait-elle retrouver un vieil amant, amour d'une lointaine jeunesse ?

Et l'homme endormi ? Travaillait-il de nuit ? Dans un hôpital ou dans une usine ? Et que représentait sa médaille ? Un saint porte-bonheur ? Le cadeau, gravé de mots d'amour, d'une femme qui l'attendait à la maison ?

Même si elle n'avait aucun moyen de connaître la vérité, Rose ne se lassait pas de ce petit jeu avec toutes les personnes qui croisaient son chemin.

En revanche, nul besoin de mettre son imagination en branle avec les patients du centre : leur dossier donnait les réponses aux questions qu'elle pouvait se poser. Pas toutes, mais les principales, les plus évidentes, l'essence du fardeau que portait chacun de ces jeunes gens.

Elle les aimait tous. Bien que sans enfant, elle avait l'âme maternelle. Parfois, certains garçons, certaines filles la touchaient d'une façon différente, plus profondément. Elle s'y attachait, quitte à souffrir au moment du départ. Elle séchait alors ses yeux : ils allaient mieux, rien d'autre ne devait compter.

Les uns et les autres lui donnaient des nouvelles pendant quelques semaines, voire quelques mois, et puis le temps faisait son œuvre, on gardait le souvenir, mais on passait à autre chose. Rose n'en avait jamais voulu à quiconque, elle connaissait la vie.

Aucun de ses collègues n'aurait ouvertement reconnu avoir des chouchous. Ce genre de choses existait bel et bien, mais ne se disait pas. Ainsi, Charles, Chloé, Léa, Matteo et d'autres restaient-ils les secrets bien cachés de Rose, de sincères coups de cœur devenus de tendres nostalgies.

Aujourd'hui, c'était Dana qui la bouleversait. Dès l'arrivée de l'ambulance, huit jours plus tôt, Rose avait reconnu l'émotion, à la fois familière et rare, qu'éveillait en elle cette jeune fille blonde, pâle, excessivement mince. Le premier regard échangé, les yeux de velours noir de Dana dans ceux de Rose, aux reflets de chocolat au lait, confirma l'impression initiale.

Au cours de ses quinze années de carrière, Rose avait dû faire face à des cas beaucoup plus dramatiques que celui de Dana. Entre autres celui de Chloé, qu'elle garderait en mémoire jusqu'à la fin de ses jours : le cœur de l'adolescente atteinte d'une sévère anorexie avait fini par s'arrêter de battre ; c'est Rose qui l'avait découverte inanimée sur son lit, un matin de novembre.

Mais Dana n'était pas Chloé, son mal n'était pas le même. D'ailleurs, Rose ne s'attachait pas aux patients en fonction de la gravité de leur état. Dana avait juste un petit truc qui l'émouvait différemment, cela ne s'expliquait pas. Et ce matin, la rayonnante infirmière devait s'avouer heureuse de la revoir.

Arrivée à destination, elle descendit du bus et parcourut la centaine de mètres qui la séparait du centre. Comme elle aimait son travail, ce sentiment d'être utile, d'apporter du réconfort ! Elle dissimula sa robe à fleurs sous la sage blouse blanche, mais conserva quelques touches de couleur, bijou de tête et perles aux oreilles rose bonbon, ces fantaisies qui faisaient intégralement partie d'elle.

— Ah, voilà la plus belle ! la salua Maxime, un de ses collègues.

Rose lui répondit par un sourire modeste. Depuis six mois qu'il avait rejoint l'équipe, le quadragénaire fraîchement divorcé n'avait jamais ménagé ses efforts pour la séduire. Une attirance à sens unique que Rose prenait soin de ne pas alimenter, en restant ni plus ni moins aimable avec lui qu'avec les autres membres du personnel. Certains jours, cette situation la lassait ; Maxime était certes gentil, mignon, drôle – quoiqu'un peu lourd –, mais il n'était pas du tout son genre, il aurait dû l'avoir compris depuis le temps ! Les hommes que préférait Rose étaient en fait bien différents, plus graves, plus mystérieux, plus poivre et sel. Comme le père de Dana, par exemple.

Cette évocation lui fit plisser les yeux. Ici, on s'occupait des ados en souffrance. Les parents, eux, restaient la plupart du temps sur le bas-côté, d'autant plus quand leurs enfants étaient majeurs. Rose avait toujours trouvé terrible cette tenue à l'écart, comme une mise en accusation silencieuse et un peu honteuse.

Elle commença la tournée des chambres, adressant à chacun, à chacune un petit mot joyeux, une attention particulière. « Très jolie, ta coiffure en pétard, Léo ! », « J'adore ce tee-shirt, Madeleine, je me demande si je ne vais pas venir te le piquer dans la nuit ! », « Oh, en voilà un qui n'a pas eu son quota de sommeil ! ».

À ces mots, Cobalt lui jeta un regard si expressément maussade qu'elle en fut amusée. Ce garçon l'avait plus d'une fois agacée par son attitude de charmeur à deux centimes, attiré par les personnes qui lui ressemblaient, se limitant à certains critères de taille, de beauté, de charisme. En un mot : des stéréotypes.

Mais globalement, il la laissait plutôt indifférente. Elle faisait ce qu'elle avait à faire, avec bienveillance et professionnalisme, ce qu'elle appelait son « empathie élémentaire ». L'affectif, après tout, n'était qu'une option.

— Bonjour, Dana. Comment vas-tu, ce matin ?

— Bonjour, Rose. Ça va, merci.

Prête pour le petit déjeuner, la jeune fille attendait, assise sur le bord de son lit, face à la fenêtre, en pleine contemplation des arbres du parc qui miroitaient dans la lumière dorée du matin.

— C'est beau, n'est-ce pas ? murmura Rose en s'approchant.

Ils étaient si peu nombreux à se montrer réceptifs à ce genre de choses.

— J'ai aperçu un écureuil, fit Dana sur le ton de la confidence.

— Oh, quelle chance !

— Je ne pensais pas en voir en ville.

Rose l'observa du coin de l'œil. La pureté de son expression, accrue par ses vêtements blancs et les pointillés de soleil dans ses cheveux courts, la faisait ressembler à une madone moderne.

— Tu as longtemps habité à la montagne, il me semble.

— Toujours, corrigea Dana. Enfin, je veux dire… On vient juste de déménager.

— Et Lyon te plaît ?

— Je ne sais pas, je n'ai pas eu le temps…

La jeune fille semblait contrite, Rose s'en voulut de l'avoir entraînée sur cette voie. Mais se confronter à la réalité et s'exprimer sans restriction faisait partie de toute thérapie.

— C'est une belle ville, tu verras.

Dana se contenta de baisser les paupières, par assentiment ou par scepticisme, Rose ne parvenait à le définir.

— J'ai quelque chose pour toi, enchaîna-t-elle.

Elle sortit un tube de crème hydratante de la poche de sa blouse et le lui tendit. Le visage de Dana, soudain tourné vers elle, exprima une surprise sincère.

— J'espère que tu aimes le parfum de la rose thé.

— Oui, beaucoup ! Mais je ne peux pas accepter !

— Et pourquoi pas ?

— Je ne sais pas… Ça ne se fait pas…

— Bien sûr que si ! s'exclama Rose. La preuve, regarde !

— Ça me gêne.

— Il ne faut pas. Mais si tu cherches absolument un moyen de me remercier, mets-en sur ta peau chaque matin et chaque soir, et je serai comblée !

Dana lui adressa un sourire intimidé, que Rose interpréta comme une grande victoire.

— Je le ferai, murmura la jeune fille.

— Bien !

L'infirmière pivota sur ses talons, presque à regret.

— Bon, on se retrouve pour le petit déjeuner. À tout à l'heure.

Quelques instants plus tard, elle vit Dana arriver dans le réfectoire et passer tout près d'elle, des effluves de rose thé dans son sillage. Elle la suivit des yeux jusqu'à ce qu'elle s'installât près des baies vitrées… et remarqua sa contrariété lorsque Cobalt s'assit face à elle, avec ce petit air de mâle conquérant que l'infirmière connaissait bien.

— Oh toi, mon coco, je vais t'avoir à l'œil…, maugréa-t-elle à mi-voix.

13.

Cobalt

La mauvaise humeur n'avait pas quitté Cobalt depuis la veille. Le petit moment fortuit et très agréable en compagnie de Candice l'avait soulagé, mais sans effet durable. C'était le propre des « coups vite faits », ce *speed sex* qu'il avait maintenant l'habitude de pratiquer.

Très rapidement après la satisfaction du corps, il avait senti une lourde mélancolie l'envahir. Il ne regrettait rien, Candice était vraiment sexy, excitante à souhait et très entreprenante. Que demander de mieux ? Cobalt s'en rendait compte lui-même : c'était *la* question à ne pas se poser.

Il s'était couché, le corps délivré de ses tensions, mais l'esprit aride, malheureux. Parfois, il s'imaginait affamé, obligé de patienter, mais la tête pleine à craquer, ne connaissant pas le vide. La comparaison entre la fulgurance de ces corps-à-corps et la vacuité de sa vie n'était pas à son avantage. Il avait désiré Candice, il l'avait eue. Ou bien c'était elle qui l'avait eu, ce qui revenait au même ; disons qu'ils s'étaient eus. Mais si facilement que l'intérêt s'était évaporé instantanément, dès la jouissance passée.

Pourtant, qu'il le déplorât ou non, jusqu'à maintenant, il n'avait jamais ressenti le besoin, et encore moins l'envie, d'envisager ses relations sous un autre angle.

— Alors arrête de te plaindre, espèce d'abruti ! se blâma-t-il.

Sa nuit avait été tourmentée. Il s'était réveillé à plusieurs reprises, tout l'énervait : ce centre, ce lit, ces draps, les autres, lui-même. Et comme si ce n'était pas suffisant, l'infirmière l'avait taquiné sur sa mine en le surprenant au saut du lit. Elle était bien gentille, mais il aurait voulu l'y voir, cette grosse femme qui se prenait pour un personnage de dessin animé ! Elle devait être clairement moins pimpante sans son maquillage et ses soutiens-gorge à balconnet...

★
★ ★

Apercevant Dana dans le réfectoire, il se dirigea spontanément vers elle, soudain bien éveillé.

Elle le laissa s'asseoir en face d'elle, indifférente au sourire et au bonjour charmeurs qu'il lui adressa. Il ne lui faisait donc aucun effet ? Il avait pourtant cru... Refroidi, il entama son petit déjeuner en lui jetant des regards furtifs ou appuyés, auxquels elle ne répondit pas.

Il la trouvait jolie. Pas jolie comme les filles – ou les femmes – qui l'attiraient d'habitude. Non. *Vraiment* jolie. Et spéciale, en dépit de cet air buté qui, finalement, n'était pas pour lui déplaire.

— Il faudra que je te rende ton livre, fit-il.

— Quoi ?

Le regard de Dana ébrécha sévèrement son assurance. Il s'était trompé : ce qu'il avait pris pour de l'indifférence ressemblait davantage à de l'irritation, voire de l'hostilité.

— Ton livre... Tu l'as oublié sur la table, hier.

Elle se focalisa à nouveau sur son plateau.

— Aucune importance, marmonna-t-elle.

Cobalt encaissa.

— Tu ne veux pas le finir ? Je croyais pourtant que c'était un bon bouquin.

— Justement.

Désorienté, il l'observa porter une cuillerée de yaourt à ses lèvres avec une application exagérée.

— Je ne te suis pas..., dut-il avouer.

— C'est un bon bouquin, alors je l'ai lu plusieurs fois. Trois pour être précise. Je connais donc la fin et, par conséquent, je n'ai pas besoin que tu me le rendes.

Elle avait dit tout cela d'une traite, sans lever les yeux vers lui, d'un air qui lui parut excédé et supérieur. Le genre d'attitude qui d'ordinaire lui faisait passer son chemin – il n'avait pas de temps à perdre avec les pseudo-princesses arrogantes et leurs sautes d'humeur. Aussi s'étonna-t-il de pouvoir rester assis et de continuer à prendre calmement son petit déjeuner.

— Bah, je te le rendrai quand même, à l'occasion. Il ne me servira à rien, je ne lis jamais, fit-il.

L'absence totale de réaction de Dana ajouta à sa confusion. Il en venait à regretter de s'être installé à sa table. Mais partir maintenant signifierait capituler, et c'était hors de question ! Au contraire, il se laissa légèrement glisser sur sa chaise dans une posture délibérément provocatrice qu'il avait lui-même baptisée « la pose du petit branleur ». Cependant, il n'avait pas prévu que ses genoux cogneraient ceux de Dana. Celle-ci se redressa brusquement sur son siège, le dos droit, figée. Leurs regards se croisèrent.

— Excuse, souffla Cobalt, surpris.

Avec une autre qu'elle, il aurait joué de la situation et sans doute forcé le trait – il le savait, il n'était pas toujours très fin. Mais cette fille... Il n'avait pas envie qu'elle le regarde comme ça.

Soudain, elle se mit debout et prit son plateau. Il remarqua que ses mains tremblaient légèrement et décida que c'était positif : il ne la laissait pas insensible. Mais il recommença à en douter lorsque, quelques secondes après qu'elle eut quitté la table, Candice s'assit à côté de lui. Si Dana était partie, c'était peut-être à cause de l'arrivée de la jeune fille.

— Salut, beau gosse !

— Salut, répondit-il d'un ton maussade.

D'office, Candice lui tourna la tête pour l'embrasser, forçant sa langue dans sa bouche. Il esquiva avec maladresse, donnant à juste raison l'impression qu'il la repoussait.

— Ouh là, tu t'es levé du mauvais pied, on dirait !

— Je ne suis pas du matin, argumenta-t-il avant d'avaler une gorgée de café.

— C'est vrai que t'es plutôt du soir, toi...

Elle s'esclaffa malicieusement, cherchant à attirer son attention. En désespoir de cause, elle prit place sur la chaise que venait de libérer Dana, face à lui.

Cobalt leva les yeux. Évidemment, elle était craquante dans sa petite robe couleur corail, très légère et très décolletée, qui donnait à sa peau un velouté lumineux et à ses seins un volume appétissant. Ses lèvres brillantes et charnues, elles aussi, étaient un appel aux baisers.

— Je n'ai pas chassé ta copine, j'espère ?

— Quelle copine ? répliqua Cobalt du tac au tac.

Candice entama son petit déjeuner en jouant de façon suggestive avec ses aliments, sans cesser de lui sourire. Faute de pouvoir lui rendre la pareille, il fit mine de s'intéresser à ce qui se passait autour d'eux. Il détestait montrer la pire de ses facettes, celle d'un goujat minable poursuivant son chemin à peine sa braguette refermée, mais c'était plus fort que lui ; depuis toujours, il gérait mal la contrariété. Petit, il pouvait se mettre dans des colères volcaniques si on s'opposait à son bon vouloir ou si ce qu'il entreprenait n'allait pas dans le sens espéré. Plus tard, ses parents l'avaient inscrit à un club de boxe, il avait appris à décompresser et à désamorcer ses bombes intérieures. Et puis Balthazar était mort. Cobalt avait lâché beaucoup de choses, la paresse s'était peu à peu substituée à l'abattement. Il était devenu un farouche partisan du moindre effort dans à peu près tout, y compris ses rapports aux autres.

En revanche, Candice s'obstinait, elle. Cobalt le comprit lorsqu'il la sentit insinuer son pied entre ses cuisses. La caresse était agréable, elle ne tarderait pas à être franchement émoustillante, mais ce matin le garçon n'avait vraiment pas la tête à cela.

— Si je peux me permettre une remarque, il faudrait être un peu plus discrets, vous deux… Par égard pour les autres ! intervint l'infirmière Betty Boop en se plantant devant leur table.

Candice retira son pied tout en affichant un sourire mi-ange, mi-démon, tandis que Cobalt se redressait lentement sur sa chaise.

— Merci, c'est trop aimable à vous ! lança Rose en tournant les talons.

Candice la regarda s'éloigner, avant de se pencher par-dessus la table.

— Elle a vraiment un gros cul, chuchota-t-elle.

Cobalt jeta un coup d'œil morne à l'infirmière et entreprit de beurrer son dernier toast.

— C'est clair, fit-il.

— Tu aimes ?

— Quoi ?

— Les gros culs ?

— Ça dépend.

— Ah oui ? Ça dépend de quoi ?

— De la fille.

Pendant un instant, il se demanda si Candice était tout à fait normale. Il était franchement désagréable. N'importe quelle fille l'aurait envoyé promener. Mais elle restait, cherchant encore à le chauffer alors qu'il était ouvertement glacial.

— Et le mien, tu le trouves comment ? poursuivit-elle.

— Le tien ? Mais de quoi tu parles, Candice ?

Son ton et son regard pouvaient-ils exprimer davantage son agacement ? Pour la première fois depuis qu'ils se connaissaient, Candice parut déstabilisée.

— Laisse tomber, marmonna-t-elle.

Cette fille était mignonne, facile à vivre, facile à avoir, coquine et pas débile. Et lui, il ne trouvait rien de mieux à faire que de la blesser. Un pur connard.

— Désolé, je ne suis pas dans mon assiette.

Ses excuses firent mouche, elle se détendit et lui adressa une petite moue charmeuse.

— OK ! fit-elle. Alors fais-moi signe quand ça ira mieux… Tu sais où me trouver !

Sur ces mots, elle se leva et, plateau en main, quitta la table. Sa démarche faisait onduler sa robe et accentuait la volupté de ses courbes, elle le savait et en jouait sans modération, en toutes circonstances.

Cobalt la suivit des yeux, comme quelques-uns des jeunes encore en train de manger. C'est alors qu'il aperçut Dana, en pleine discussion avec Betty Boop. L'échange qui s'ensuivit le rendit perplexe : Candice regarda Dana qui la dévisagea à son tour en rougissant. Puis, constatant qu'il observait la scène, Dana sembla… gênée ? Vraiment ? Oui, elle l'était, il ne se trompait pas !

Mais pourquoi ? Elle n'avait aucune raison de l'être. Après tout, c'est elle qui avait battu froid !

Il n'y comprenait plus rien. Il sentit qu'il allait détester cette journée.

— C'est n'importe quoi, maugréa-t-il.

14.

Dana

Sans le savoir, Dana fit écho à Cobalt presque simultanément.

— C'est n'importe quoi…, murmura-t-elle à son tour.

Elle se hâta de regagner sa chambre. Il ne restait qu'une demi-heure avant la première séance du jour – expression corporelle, elle redoutait déjà.

Il fallait qu'elle se calme. Et pour ce faire, elle devait reprendre un à un les événements et les poser à plat pour qu'ils refroidissent.

Elle tourna le fauteuil face à la fenêtre et s'y assit, les genoux ramenés contre son buste, les bras autour de ses jambes repliées.

La présence de Cobalt à sa table l'avait troublée. Malgré la promesse qu'elle s'était faite, elle n'avait pas réussi à rester indifférente. Elle s'était juste montrée désagréable. Maladroitement, méchamment, bêtement désagréable.

Une espèce de gourde aussi immature qu'arrogante, voilà l'image qu'elle avait donnée d'elle. Et elle s'en voulait beaucoup.

Mais ce n'était rien par rapport aux remous que provoquait ce garçon, dans tous les sens du terme. Une véritable bousculade.

Elle se releva et alla se passer de l'eau fraîche sur le visage pour chasser ce feu qui rougissait ses joues, puis elle tamponna délicatement sa peau avec une serviette un peu rêche à son goût.

— Dana, est-ce que tout va bien ?

Rose l'interpellait depuis l'entrée de sa chambre, sans doute pour vérifier qu'elle n'était pas en train de vomir ce qu'elle avait ingéré au cours du petit déjeuner. Dana ne s'en offusqua pas, elle connaissait les procédures, le fonctionnement. Elle était seulement un peu irritée. Quand arrêterait-on de la croire malade ? Elle n'était pas et n'avait jamais été une « vraie » anorexique. D'ailleurs, pas une seule fois elle ne s'était livrée à une régurgitation forcée. Pas une seule fois ! Elle ne mangeait pas beaucoup, peut-être même vraiment trop peu, mais il n'y avait pas de quoi en faire une maladie.

Le jeu de mots la fit sourire, même s'il n'était pas drôle du tout.

— Oui, ça va, merci, Rose ! répondit-elle, polie.

Elle sentait la présence insistante de l'infirmière et se dit qu'elle allait avoir du mal à être crédible si elle restait dans la salle d'eau.

— Je me rafraîchissais, fit-elle en se résignant à lui faire face.

Rose la regarda avec une attention que Dana trouva pleine de suspicion. Le choix du terme « se rafraîchir », ses yeux brillants, son visage sans doute encore rouge après s'être aspergée d'eau froide et essuyée avec cette vilaine serviette… Tout concourait à l'accuser. Devait-elle se défendre ?

— Je n'ai pas vomi, Rose, murmura-t-elle. Je ne me fais jamais vomir.

Elle essaya de garder les yeux fixés sur ceux de l'infirmière, redoutant d'y lire de la déception, de la peine, un jugement.

— Je te crois, ma belle, fit doucement Rose.

Dana n'en était pas certaine. Mais que pouvait-elle faire de plus, de mieux, à part éviter d'autres malentendus ?

Vivement qu'elle parte de cet endroit...

— On se voit plus tard, d'accord ?

— Oui, acquiesça sagement Dana.

Elle serait volontiers restée dans sa chambre toute la journée, à bouquiner, dessiner, paresser. Au lieu de ce programme solitaire, elle devait s'infliger une séance d'expression corporelle dont elle doutait de l'intérêt et encore plus des bienfaits.

Elle n'avait pourtant pas le choix. Le pas lent, presque traînant, elle se rendit au rez-de-chaussée dans une salle tapissée de jaune pâle donnant sur le parc. Une dizaine de chaises étaient alignées le long du mur, dégageant entièrement l'espace central. Deux filles se trouvaient déjà là.

— Salut, lança Dana.

Elles lui répondirent de concert, sans vraiment prêter attention à elle. Dana leur trouva un air maladif. Leur maigreur avait quelque chose de choquant et de triste. Certes, elle-même était très mince, sans doute excessivement aux yeux des autres. Cependant, elle n'avait rien en commun avec ces filles !

Une femme entra, trentenaire menue mais athlétique, le regard azur, vif et joyeux.

— Bonjour, tu dois être Dana, n'est-ce pas ? fit-elle. Je suis Céline Le Dantec, nous allons travailler ensemble.

— Euh... Bonjour.

La femme se tourna vers les deux autres patientes.

— Léa, Morgane, comment allez-vous ?

— Bien, lança simplement l'une.

— Ça va, fit l'autre.

Leur ton démentait leurs paroles, l'ambiance n'était pas des plus détendues. Dana n'était pas du tout à l'aise malgré l'attitude chaleureuse de la thérapeute. Son regard se porta sur le pantalon de cette dernière – quasiment le même que le sien, large, à taille élastique –, puis sur ses mains qui s'agitaient gracieusement tandis qu'elle installait son iPod sur un dock.

— Alors, puisque tout le monde est en forme, nous allons pouvoir commencer ! annonça-t-elle d'une voix pleine d'entrain.

Dana eut un petit mouvement de surprise. Elles ne seraient que trois ? La thérapeute perçut son interrogation.

— Un privilège réservé à l'expression corporelle, expliqua-t-elle. Vous intégrerez un groupe plus important un peu plus tard. Pour le moment, tout se passe entre nous.

Dana en déduisit que Léa et Morgane devaient être arrivées au centre peu de temps avant elle, d'où leur air un peu perdu.

Une musique très douce, cristalline et aérienne, s'éleva depuis le dock. Céline Le Dantec adressa à ses patientes un sourire engageant et leur tendit la main.

— Venez.

Elles obéirent et s'approchèrent timidement.

— Maintenant, vous allez prendre la posture qui vous paraît correspondre le mieux à votre état d'esprit.

Les trois filles ne purent s'empêcher de s'observer, en quête d'un exemple à suivre, d'une idée à prendre. La thérapeute les en dissuada aussitôt.

— Non, ne vous regardez pas. Ce que j'attends de vous n'est pas une performance, seulement un lâcher-prise... Fermez les yeux, ou bien fixez le mur, ou le plafond, si vous préférez. Mais ne vous regardez pas, laissez votre intérieur gagner votre corps...

Décidée à jouer le jeu, Dana se concentra sur la marque laissée par une affiche qu'on avait dû décrocher du mur. Le léger contraste imprimé par l'exposition à la lumière l'inspirait, ou du moins lui permettait de faire abstraction des autres et de trouver son propre chemin.

Son dos ne tarda pas à se courber de lui-même, comme mû par une vie qui lui serait propre. Elle sentit sa tête dodeliner vers l'avant, ses épaules s'arrondir, soumises à une gravité subite, ses bras pendre le long de son corps. L'espace d'un instant, elle se demanda comment ce relâchement pouvait être interprété de l'extérieur, ce qui la fit se redresser spontanément.

— Ne te pose pas de questions, Dana..., lui souffla Céline Le Dantec. Laisse faire ton corps.

L'amollissement gagna à nouveau la jeune fille, sans qu'elle cherchât à le contourner ou à le repousser, cette fois. Son ventre lui faisait penser à une énorme éponge gorgée d'eau qui l'attirait vers le sol, une sensation désagréable au premier abord, mais peu à peu relaxante, presque grisante.

— Maintenant, vous allez bouger tout en restant sur place... Faites les mouvements que vous ressentez au fond de vous... Allez les chercher..., indiqua la thérapeute.

Malgré ses efforts de concentration, Dana ne parvenait pas à trouver autre chose qu'un fort désir d'immobilité, si tenace qu'il engourdissait tout son corps. Elle était bien ainsi, certes un peu lourde, mais décontractée. Au bout de longues minutes, sans qu'elle s'y forçât, ses bras commencèrent néanmoins à se mouvoir au rythme indolent de la musique.

En arrière-fond, elle entendit Céline Le Dantec qui s'adressait à l'une des deux filles, un chuchotement dont elle ne pouvait distinguer aucun mot.

Jusqu'à une nouvelle directive.

— À présent, touchez une partie de votre corps, sans réfléchir...

Les yeux toujours fixés sur la marque au mur, Dana obéit et ses mains se retrouvèrent sur son ventre, simplement plaquées.

— Décrivez des cercles, voilà, comme ça... de plus en plus grands...

L'élastique de son pantalon freinait un peu sa progression, mais Dana sentit nettement les os saillants de ses hanches au fur et à mesure qu'elle appliquait les consignes. Elle n'aimait pas ce qu'elle découvrait sous ses doigts. Les angles. *Ses* angles.

— Continue, Dana, c'est parfait, l'encouragea la thérapeute.

La jeune fille agrandit ses mouvements, gagna le haut de ses cuisses, le creux de sa taille, sans éprouver autre chose qu'une sorte d'inconfort. Quelques jours plus tôt, elle n'aurait même pas atteint cette étape, songea-t-elle.

La musique planante, la voix rassurante de Céline, l'absence de regard sur elle, le soleil qui filtrait à travers les stores vénitiens... En cherchant encore, elle aurait certainement pu trouver d'autres bonnes raisons à ces progrès. Mais peu importait les causes : pour quelqu'un qui, d'habitude, rejetait catégoriquement tout contact avec son corps, le résultat était formidable.

En revanche, ses camarades semblaient avoir plus de mal. En entendant l'une d'elles sangloter, elle se retourna. Morgane, assise sur une chaise, craquait.

— C'est pourtant pas compliqué, mais je ne peux pas. Foutez-moi la paix !

Agenouillée devant elle, Céline lui murmurait des paroles consolatrices. Dana regarda Léa, tout aussi décontenancée qu'elle. Devaient-elles continuer l'exercice ? Motiver Morgane ? L'aider ?

Soudain, Céline se releva, imitée par la jeune fille, et prit deux chaises qu'elle plaça à un mètre du mur.

— Nous allons passer à quelque chose d'un peu différent, fit-elle. L'exercice est très simple : vous déambulez au rythme de la musique et quand celle-ci accélère, vous faites le tour d'une des deux chaises, jusqu'à ce que la musique ralentisse.

Sa voix était toujours aussi allègre, à l'instar de son regard, et Dana se demanda s'il lui arrivait de se mettre en colère, ou de céder à l'énervement, à l'impatience, au découragement.

— La chaise qu'on veut ? s'enquit Léa.

— Tout à fait !

— Mais il n'y en a que deux et on est trois !

— C'est tout l'intérêt de l'exercice...

Cette réponse, formulée non sans malice, intrigua Dana autant que les deux autres filles. Mais elles comprirent très vite ce que Céline avait voulu dire : au moment de contourner une des chaises, Dana se retrouva face à Léa, en sens inverse. Elle voulut passer d'un côté, Léa eut la même idée. Il fallut s'adapter, se regarder, se positionner sans se toucher, bien que cette dernière précaution n'entrât pas dans les règles du jeu.

Au second tour, la même chose se produisit entre Dana et Morgane. Emportées par le rythme devenu vraiment rapide, elles manquèrent de se caramboler lorsque le passage s'avéra trop étroit pour se croiser, ce qui mit Morgane clairement mal à l'aise. Elle baissa les yeux, esquivant jusqu'à ce contact visuel. Dana prit alors les choses en main et s'écarta pour la laisser passer. Elles réussirent à se frayer un chemin, sans pouvoir éviter de se frôler.

Un troisième exercice leur fit suivre les mouvements d'étirements que leur montrait Céline. Debout, les jeunes filles allongèrent leurs bras devant et au-dessus d'elles, les tendirent comme si elles voulaient toucher les murs, le plafond, puis le sol. Le corps tout entier participait, sollicité en des points qui l'étaient rarement. Dana eut notamment l'impression que ses cervicales grinçaient tandis qu'elle procédait à de lentes rotations de la tête. De minuscules crissements résonnaient à la base de son crâne, comme une mécanique mal huilée.

— Vous avez très bien travaillé, les filles, bravo !

La thérapeute paraissait sincère et Dana ne doutait pas qu'elle le fût. Elle regagna sa chambre, le corps un peu fatigué par ces mouvements inhabituels, mais avec une certaine fierté au fond d'elle-même. C'était souvent ainsi : elle se trouvait obligée de faire certaines choses, y concédait sans conviction, parfois à reculons, avant de se rendre compte combien elle avait eu raison de ne pas abandonner.

Une surprise l'attendait sur son lit : le livre qu'elle avait oublié au réfectoire. Cobalt était donc entré dans sa chambre pendant son absence. Elle hésita entre céder à la contrariété et passer outre. Après tout, elle avait été si désagréable qu'il n'avait sûrement pas eu envie de lui rendre l'ouvrage en mains propres. Et puis, de toute façon, elle ne voulait plus rien avoir à faire avec ce garçon. Alors c'était très bien ainsi.

Elle s'allongea en repoussant le livre du bout du pied comme s'il était sale. Ou brûlant. Ou infecté. Ou tout cela à la fois. Avant de se redresser et de le saisir pour le poser sur sa table de nuit, à côté des autres.

— Qu'est-ce que tu peux être nouille…, marmonna-t-elle.

Elle s'absorba dans le récapitulatif de la séance qui venait de s'achever, une façon de faire le point et d'en mettre en relief ses bienfaits. Tandis qu'elle était en pleine réflexion, l'image de Cobalt s'interposa subitement. Elle continua de cogiter sans chercher à la chasser. La séance aurait-elle été différente s'il avait été là ? Elle devait l'admettre, il lui aurait été plus difficile de s'adonner aux exercices de cette façon, le naturel lui aurait clairement fait défaut. Et quelque part, elle se désolait de reconnaître que le jeune homme modifiait sa façon d'être. *Tu devrais surtout arrêter de penser à lui, ça ne rime à rien*, se sermonna-t-elle.

Son regard se porta sur le livre de Goolrick que Cobalt venait de lui rendre. Elle songea de nouveau à ses héros, à cette arrogance qui les rendait superficiels et leur donnait une illusion d'invulnérabilité. Puis, une pensée en entraînant une autre, elle revit Cobalt et Candice, étroitement mêlés, en accéléré. Ce qui conférait au souvenir de cette scène un aspect encore plus indécent. Et encore plus envahissant. Pour preuve, cette chaleur qui l'empourprait de l'intérieur dès que le jeune homme entrait dans le champ de ses réflexions.

— Arrête ça tout de suite ! s'ordonna-t-elle.

Elle se leva d'un bond, au risque de provoquer un vertige, s'installa devant la petite table, et sortit feuilles et crayons. Dessiner lui ferait le plus grand bien.

L'inspiration ne lui manquait pas. De mémoire, elle esquissa le portrait de Rose, la seule personne qui lui vînt à l'esprit – après Cobalt, force était de le reconnaître –, puis elle entreprit de représenter la vue qu'elle avait de sa fenêtre, les grands arbres du parc, leurs troncs larges et massifs s'évasant à la base comme pour mieux se tenir droits.

Au fur et à mesure qu'elle crayonnait, elle avait l'impression que tout ce qui était jusque-là embrouillé trouvait place, se fixait avec justesse, faisait sens.

Ce retour au calme l'entraînait inévitablement à réfléchir plus posément. Elle avait été dure avec Cobalt pour des raisons qui s'avéraient difficilement avouables. Y compris et surtout pour elle-même. Et elle n'avait aucune idée de la façon dont elle devait aborder cette découverte.

15.

Candice

À bien des niveaux, le séjour de Candice au Centre Aurore faisait figure à la fois de sursis, de rédemption et surtout de seconde chance à saisir d'urgence si elle voulait éviter d'avoir de gros ennuis.

Du haut de ses dix-neuf ans, elle cumulait de nombreuses sorties de route sur fond d'alcool et de drogue. Elle ne s'était jamais cherché d'excuses, pour la simple et bonne raison qu'elle n'en avait aucune : son cadre familial était tout ce qu'on pouvait trouver de plus équilibré, ses parents s'aimaient depuis des lustres, avaient une vie professionnelle, sociale et culturelle absolument épanouie. Quant à son frère et ses deux sœurs, ils étaient tous trois des exemples de réussite dans à peu près tout ce qu'ils entreprenaient : études, sport, musique, jusqu'à leurs petits boulots d'été.

Au milieu de cette famille parfaite, Candice faisait tache et elle le savait depuis longtemps. Au point de se demander, à l'adolescence, si elle n'avait pas été adoptée. Mais les albums de photos, les vidéos, y compris celles des quatre accouchements, les souvenirs régulièrement évoqués lors des traditionnelles réunions familiales avaient fini par balayer ses soupçons.

Et puis il y avait cette indéniable ressemblance physique. Les quatre enfants et leurs parents étaient des copies les uns des autres. Gènes, cheveux, yeux, forme du visage, stature, éducation, principes inculqués, stimulation intellectuelle, amour dispensé… Aucune distinction n'avait été faite au sein de la fratrie.

Alors pourquoi Candice était-elle si différente ? Tandis que son frère et ses sœurs excellaient ici et là, elle enchaînait bêtises et échecs. Ah, si, elle pouvait se targuer d'avoir été la première – et, à ce jour, la seule de la fratrie – à avoir goûté aux cigarettes, à l'alcool, au sexe, au cannabis, à avoir un penchant pour les tenues provocantes, le maquillage voyant, les tatouages, à collectionner les expulsions du lycée, les errances post-beuveries, et à avoir visité la cellule de dégrisement d'un commissariat… Le vilain petit canard qui ne deviendrait jamais un beau cygne tout blanc.

Pourtant, Candice était une très jolie fille. Elle l'avait compris très tôt, peut-être un peu trop, et ne s'était jamais lassée d'optimiser ses atouts et de s'en servir sans réserve. *Si la nature m'a donné ces seins et ce cul, ce n'est pas pour les cacher !* ainsi qu'elle le disait à ses sœurs, beaucoup moins éveillées quant à leur propre féminité. Attirer le regard des garçons et des hommes, puis attiser leur désir lui avait toujours plu. Était-ce mal ?

Elle maîtrisait ce qu'elle était, consommait ce dont elle avait envie, croquait les garçons qui lui plaisaient, n'avait jamais fait de rencontres qu'elle pût regretter.

De toute façon, tout cela n'était qu'un jeu, son cœur restait sec, elle n'éprouvait ni honte ni remords. Elle ne risquait rien puisqu'elle était invincible. À peine se sentait-elle touchée par le chagrin qu'elle infligeait à sa famille.

Mais alors qu'elle croyait gérer parfaitement sa façon d'être, un accident était survenu, remettant tout en question. Il avait suffi d'une soirée un peu trop arrosée et de quelques cachets porteurs d'excitantes promesses pour que sa vie dérape : coma éthylique, pompiers, urgences, réanimation, hospitalisation, parents en pleurs.

L'alarme était sévère. Candice avait fait peur à tout le monde, y compris à elle-même.

Finalement, ce ne fut pas très difficile d'arrêter l'alcool. De toute manière, elle n'aimait pas spécialement boire, cela rendait juste les choses – encore – plus faciles.

En revanche, son goût pour certaines herbes ne fit que grandir au fil des mois qui suivirent. Et le jour où elle se retrouva devant un juge pour possession de cannabis, elle prit conscience qu'elle ne contrôlait plus rien et que cette lente dégringolade la conduisait vers un véritable désastre.

Contrairement au choc psychologique, la case prison avait été évitée. En contrepartie, Candice devait suivre une cure de désintoxication, qu'évidemment elle avait acceptée.

Quelques semaines après cette amère expérience, elle entrait au centre, un peu crâneuse en apparence, mais au fond d'elle pas très fière.

Ah, les thérapeutes n'allaient pas en revenir, elle représentait un sacré défi : le profil à la Cosette, très peu pour elle ! À aucun moment de sa vie elle n'avait manqué d'amour ni de quoi que ce fût. Rien n'expliquait ces sorties de route. Rien ne les justifiait, si ce n'était le vice qu'elle sentait en elle depuis toujours, cette attirance inextinguible pour ce qui était mauvais, nocif, malsain. « Pourquoi t'obstines-tu à te saboter ? » lui avait demandé sa mère en larmes, un an plus tôt. Ce jour-là, les mots avaient glissé sur Candice sans l'atteindre, elle avait haussé les épaules et passé la nuit à boire, à fumer, à embrasser des garçons, à entraîner l'un d'eux, un parfait inconnu, dans les toilettes.

Un joli petit canard pourri à l'intérieur, voilà ce qu'elle était.

★

★ ★

Ses deux premiers jours au Centre Aurore l'avaient ébranlée. Il était évident que la plupart des filles et des garçons internés souffraient d'un *vrai* problème, profond, violent, peut-être incurable. Candice, elle, gérait tout cela comme une reine. Le sevrage à l'hôpital n'avait pas été si difficile, elle n'en avait tiré que plus de force. Oui, elle gérait.

Cobalt était très vite entré dans sa ligne de mire, et réciproquement. Rien d'étonnant, tous deux détonnaient au milieu des filles trop maigres ou trop grosses, des garçons à la mine grise et au regard fuyant, toutes et tous en mode « huître », fermés aux autres.

Cobalt était beau gosse. Ses boucles brunes et ses yeux bleus, sa démarche et son look y contribuaient généreusement. Ce petit côté *bad boy* propre sur lui faisait craquer Candice. Sans compter qu'il s'était trouvé confronté aux mêmes ennuis qu'elle. Ça rapprochait forcément.

Mais ce qui lui avait plu immédiatement, c'était sa façon de regarder les autres. Les filles. Elle.

Ils ne mirent pas longtemps à se remarquer et à reconnaître dans leur regard ce que l'un et l'autre cherchaient à assouvir – « la petite faim », comme l'appelait Candice, de préférence à ce que certains nommaient « la petite mort », bien trop conceptuelle pour elle.

Elle avait adoré.

Et puis, dès que Cobalt avait obtenu ce qu'il voulait, il s'était détourné. Si elle voulait être honnête, Candice devait admettre qu'elle n'avait été ni subtile ni avare quant aux moyens employés pour l'attirer entre ses cuisses. Mais les garçons, Cobalt inclus, fonctionnaient tous de la même façon.

Pourtant, elle aurait volontiers prolongé leur petite aventure : ce garçon lui plaisait bien, un peu plus que d'autres, en tout cas. Alors le voir s'intéresser à cette Dana n'égratignait pas seulement son orgueil. Franchement, que pouvait-il bien trouver à cette espèce d'intello qui se la jouait poupée fragile ? Elle avait un joli visage, d'accord, mais elle ne ressemblait à rien avec ses fringues informes… Et puis son air à la fois sinistre et supérieur avait de quoi agacer un mec comme Cobalt qui, à l'évidence, ne cachait pas son attirance pour les filles sexy et directes. Tout ce que cette Dana n'était pas !

Ses pensées dérivèrent ainsi pendant le reste de la séance de relaxation, à laquelle elle ne se montrait pas le moins du monde attentive. Elle jeta un coup d'œil à Cobalt, allongé sur le tapis à côté du sien, admira son profil, nez droit et lèvres appétissantes, les infimes frémissements de ses paupières fermées, avec l'envie grandissante de le chevaucher hardiment.

Un sourire conquérant s'épanouit sur son visage au fur et à mesure que le plan germait en elle.

Cobalt et Dana ? Ah oui ? Tant que Candice n'avait pas abattu toutes ses cartes, qu'ils ne s'emballent pas !

16.

Dana

Cette nouvelle journée au centre avait commencé par un pénible rituel : la pesée. Une épreuve pour la plupart des filles concernées.

Dana, elle, se sentait en confiance. Elle ignorait si elle avait pris du poids, mais elle savait qu'elle n'en avait pas perdu.

Une fille sortit du bureau de l'infirmière, l'air tracassé. Les nouvelles n'avaient pas dû être bonnes pour elle. Prise ou perte de poids ? Personne n'aurait su le dire, car les deux cas de figure pouvaient représenter un échec, un drame, une catastrophe.

Dana comprenait la déception et les conséquences d'un amaigrissement. Mais lors des premières pesées, elle avait été stupéfaite de constater que certaines filles vivaient très mal le fait de s'être « alourdies » de quelques centaines, voire dizaines, de grammes. Y compris quand leur santé, parfois leur survie, dépendait de ces chiffres, froidement affichés par la balance.

Dana n'était jamais entrée dans ce genre de considérations, raison pour laquelle elle ne se sentait pas comme ces filles. Si on lui avait collé d'office l'étiquette « anorexique », c'était selon elle par pure facilité.

Pour l'heure, cependant, il lui fallait attendre le verdict du jour, comme tout le monde.

Lise sortit du bureau, les traits crispés.

— Ça va ?

Dana n'avait pu s'empêcher de lui poser la question. Elle ne ressentait aucune curiosité à l'égard de la jeune fille, mais elle ne manquait pas d'empathie.

— Deux cent soixante, assena Lise d'un ton lugubre.

En plus ou en moins ? Lise avait été en surpoids, et aujourd'hui, elle se trouvait en insuffisance pondérale. Alors, dans un sens comme dans l'autre, tout devait être compliqué à gérer pour elle…

Elle s'apprêtait à lui en demander davantage lorsque Rose, son infirmière préférée, passa la tête par la porte entrebâillée.

— Dana ? Tu veux bien venir ?

La jeune fille acquiesça et pénétra dans le bureau où flottaient les effluves d'agrumes d'une bougie parfumée, plutôt agréables.

— Comment vas-tu, ma belle ?

— Bien, fit Dana. Mieux qu'il y a neuf jours, en tout cas.

— Ah, voilà qui fait plaisir à entendre !

Rose était contente pour elle, sincèrement, Dana n'en doutait pas. De son index joliment laqué de magenta, l'infirmière releva délicatement le menton de la jeune fille.

— Et voyez donc cette peau ! Éblouissante !

Son air enthousiaste fit sourire Dana.

— C'est grâce à votre crème…, avança-t-elle.

— Taratata ! Tu as une très belle peau, avec ou sans crème.

Devant la moue sceptique de la jeune fille, elle ajouta :

— Ou disons qu'elle ne fait que révéler et sublimer ces atouts dont tu cherches absolument à ignorer l'existence !

Dana se mit à rire.

— Vous aimez bien exagérer, Rose...

— Oui, mais jamais sur ce sujet ! admit cette dernière dans un joyeux éclat de rire.

Puis, redevenant sérieuse :

— Tu es belle, Dana, sache-le et ne laisse jamais personne te persuader du contraire.

Elle la regarda longuement avec une émotion visible qui mit la jeune fille mal à l'aise. Parler de son physique n'était ni une habitude ni un souhait.

Heureusement, Rose ouvrit le dossier posé sur son bureau.

— Bien, dis-moi comment se passent tes séances avec les thérapeutes.

— J'aime bien la psychothérapie en individuel.

— J'ai lu le compte rendu d'Aude Mahler...

Dana rougit légèrement ; le Dr Mahler était la personne à laquelle elle se confiait le plus volontiers.

— Je m'entends bien avec elle, dit-elle, à court de paroles.

— C'est important de pouvoir trouver des interlocuteurs de confiance.

— Oui. La relaxation avec Jean Capucin me fait beaucoup de bien, aussi.

— Je n'en suis vraiment pas surprise. Il est bon !

À ces mots, un petit rire fusa des lèvres de Rose. Dana ne put s'empêcher de supposer que le thérapeute et l'infirmière entretenaient une relation. Devant son air interrogateur, cette dernière se justifia :

— Je pensais juste qu'il serait impossible de dire la même chose de Céline Le Dantec, par exemple.

— Oh…, s'étonna Dana, un peu choquée.

Le visage de Rose s'illumina d'un sourire amusé.

— Bigre, détrompe-toi, j'adore Céline ! Je me suis mal exprimée : on peut dire de Jean qu'il est « bon », mais ça prend une autre tournure de dire de Céline qu'elle est « bonne »…

Face à elle, Dana se laissait gagner par sa bonne humeur. Rose s'éventa du revers de la main tout en reprenant son sérieux. Elle compulsa le dossier de Dana pendant quelques secondes, avant de la regarder à nouveau.

— Tu vas commencer l'art-thérapie aujourd'hui, je suis sûre que tu vas adorer !

— Je n'ai pas trop compris en quoi ça consistait exactement.

Au moment où elle disait cela, elle se rendit compte une fois de plus combien elle détestait ne pas savoir ce qui allait se passer. Ne pouvait-elle pas se laisser guider ? Surprendre ? Car après tout, que risquait-elle ? Son besoin d'anticiper se faisait plus vif depuis qu'elle était au centre, et pourtant, elle savait pertinemment que rien ne lui permettait de maîtriser quoi que ce fût. Jamais.

— Je ne te dirai qu'une seule chose : tu vas être comme un poisson dans l'eau ! la rassura Rose.

Dana ne demandait qu'à la croire.

— Bien ! Et si tu grimpais sur ce formidable outil technologique ? fit l'infirmière en indiquant la balance.

— Mmhh.

Dana retira ses espadrilles et posa les pieds sur la surface froide. La tête droite, les yeux fixés sur la fenêtre, elle attendit le verdict. Qui tardait à tomber. Rose regagna son bureau sans hâte, saisit les chiffres sur son ordinateur, concentrée.

Dana y vit d'emblée un mauvais signe. Les prémices d'un vertige se faisaient déjà sentir.

— Il y a un problème ? lâcha-t-elle.

— Aucun !

Fébrile, elle remit ses espadrilles en scrutant le visage de Rose, qui finit par se fendre d'un large sourire.

— Quarante-neuf, annonça-t-elle.

Dana n'était pas certaine de comprendre.

— Quarante-neuf ? bredouilla-t-elle.

— Tu as franchi les quarante-neuf kilos, c'est formidable, Dana !

— Franchi ? De beaucoup ?

— Cent grammes !

Dana entreprit de faire un rapide calcul, s'embrouilla, recommença tandis que Rose orientait l'écran de son ordinateur vers elle pour lui montrer sa courbe de poids, ascendante.

— Tu as pris exactement sept cents grammes depuis que tu es parmi nous, fit-elle, presque triomphante.

— Mais... comment c'est possible ?

Rose se tapota la tempe du bout de l'index.

— C'est ici que tout se passe, ma belle !

Dana se mordilla la lèvre inférieure. Un sentiment de fierté et de joie mêlées la submergeait. Très vite, ses pensées déviièrent et une question lui vint spontanément. Elle la tourna plusieurs fois dans sa tête, se demandant si elle était prête à accepter une réponse moins optimiste qu'elle l'espérait.

— Je t'écoute, l'encouragea Rose.

— Je vais bientôt pouvoir sortir ?

À son sourire qui restait figé, Dana comprit que Rose ne répondrait pas de façon catégorique. D'autant que sa question était tout sauf précise : une semaine ou un mois pouvaient correspondre à ce « bientôt », qui ne voulait en définitive pas dire grand-chose.

— Tu es sur la bonne voie, ne lâche rien, fit l'infirmière.

Sa voix vibrait dans les graves, comme venue d'une autre qu'elle. Sans quitter Dana des yeux, elle se leva. Il était temps de partir. La jeune fille s'étonna de le regretter. Son regard se porta sur le buste de Rose, l'étoffe de la blouse que tendaient ses seins énormes, puis son visage bienveillant.

Elle ne comprit pas ce qui lui arrivait, ce raz-de-marée émotionnel au cœur duquel se mêlaient envie de pleurer, de rire, de se lover dans les bras assurément réconfortants de la plantureuse infirmière.

Rose amorça dans sa direction un geste qu'elle fit mine de ne pas comprendre. Au lieu de quoi elle tourna les talons et se dirigea vers la porte, sans un mot.

★

★ ★

Il lui fallut une bonne demi-heure pour redescendre de cet étrange petit nuage où elle s'était perchée. Quarante-neuf kilos… Sept cents grammes… Pouvait-elle appeler son père pour partager cela avec lui, ou bien quelqu'un du centre s'en chargeait-il ? Elle n'avait pas pensé à demander.

Une bouffée de tristesse gonfla soudain en elle. Depuis qu'elle était majeure, son père comptait pour partie négligeable aux yeux des institutions. Il restait en périphérie. Comme c'était dur. Comme c'était injuste.

Elle consulta l'heure ; elle avait encore le temps avant la séance.

L'infirmier accepta volontiers de lui rendre son téléphone. Dana retourna s'isoler dans sa chambre et, le cœur battant, appuya sur la touche correspondant au numéro préenregistré.

Son père décrocha après la première sonnerie.

— Dana ?

Deux syllabes seulement et tant de désarroi en résonance.

— Papa…

— Est-ce que… tu vas bien ?

L'entendre s'avérait encore plus dur qu'elle ne l'avait imaginé. Elle le savait angoissé à la simple vue de son nom inscrit sur l'écran. Il faut dire qu'il avait l'expérience de tant de mauvaises nouvelles annoncées par téléphone… L'accident de sa femme, son décès, les multiples malaises de Dana au cours des années qui avaient suivi… À tel point qu'il ne pouvait s'empêcher d'envisager le pire dès que son portable vibrait.

— Oui, ne t'inquiète pas, s'empressa-t-elle de lui dire.

Sa voix, étranglée, bizarre, incitait pourtant à penser tout le contraire. Elle devait rectifier le tir tout de suite, avant d'aggraver bêtement le chagrin de son père.

— J'ai dépassé les quarante-neuf kilos, papa, j'ai pris sept cents grammes, dit-elle d'une traite.

Dana eut l'impression que tous deux abordaient vraiment le « problème », au cœur de leur vie mais trop souvent tu, davantage par excès de pudeur que par déni, contrairement à ce qu'avaient avancé certains médecins. Ces quelques mots, puis le silence, loin d'être embarrassant, révélaient tant de choses.

— Je… je ne sais pas quoi dire…, balbutia son père.

La gorge serrée par l'aveu de son émotion, Dana réussit cependant à réagir avec une certaine dérision.

— Tu veux dire que je t'ai cloué le bec, à toi, le plus grand bavard de l'univers ?

Elle l'entendit rire doucement à l'autre bout du fil.

— Je suis si heureux, ma doucette... Et si fier de toi...

— Moi aussi, papa ! se surprit à reconnaître Dana.

À nouveau ce silence, plein et vaste, nécessaire pour se retrouver.

— Comment ça se passe ? On s'occupe bien de toi ? J'imagine que oui, vu ce que tu viens de me dire... Mais raconte-moi.

— Ça va, c'est un peu long, mais ça va, je t'assure, résuma Dana. Mais dis-moi, toi, comment tu vas.

— Je travaille beaucoup...

— Ça te plaît ?

— C'est un bon boulot, très stimulant. Mais tu me manques, ma fille, tu me manques vraiment.

Dana savait qu'il regrettait cette confession à l'instant même où elle jaillissait de sa bouche. Les larmes lui montèrent aux yeux, autant en entendant ces mots qu'en imaginant son père seul dans le tout nouvel appartement.

— Toi aussi, papa..., fit-elle dans un souffle.

Inutile d'évoquer le retour tant qu'il n'était pas fixé.

— Et Janvier ? Il va bien ?

— Oh, figure-toi qu'il m'a fait transpirer, ce petit filou ! L'autre soir, en rentrant du travail, impossible de le trouver. J'ai fouillé partout, dans le moindre recoin, sous les meubles, sur les meubles, derrière les meubles... Bref, j'ai fini par le débusquer, tu ne devineras jamais où...

— Dans le panier de linge sale ? suggéra Dana.

— Mais comment le sais-tu ? s'exclama son père.

— L'expérience...

— Mmhh, je suis sûr que vous communiquez par télépathie, tous les deux.

— J'aimerais bien !

Un nouveau silence assombrit leur conversation en ramenant le propos sur la situation et leurs solitudes respectives.

— Tu lui feras des câlins pour moi, d'accord ?

— Promis !

— Je vais te laisser, maintenant, j'ai une séance d'art-thérapie.

— C'était bon de t'entendre, ma Dana.

— Pour moi aussi, papa.

Elle le sentit sur le point de lui demander de l'appeler encore, aussi souvent que possible, de le tenir au courant. Et elle savait qu'elle le frustrait terriblement. Comme elle se détestait de lui infliger cette épreuve...

Ils s'embrassèrent virtuellement et raccrochèrent, chacun aux prises avec sa propre émotion. La journée pouvait – devait – suivre son cours, vaille que vaille.

Dana consulta l'heure. Si elle ne se dépêchait pas, elle serait en retard, c'était certain. Elle remit son téléphone à Maxime, l'infirmier, et pressa le pas jusqu'à la salle réservée aux activités, au rez-de-chaussée.

Des fauteuils bas placés en arc de cercle, ainsi que de gros coussins de sol, encourageaient à la détente. Presque tous étaient déjà occupés, il ne restait que deux coussins, côte à côte. Dana aurait préféré un fauteuil, tant pis. Elle aperçut des visages qu'elle connaissait : Candice, sûre d'elle et alanguie, Lise, le regard fureteur, Morgane, raide et fuyante.

Puis Dana eut la bonne surprise de voir arriver Céline Le Dantec, dont les séances d'expression corporelle lui apportaient plus qu'elle ne l'avait cru.

Cette dernière salua la petite assemblée et la parcourut des yeux avec sa bienveillance coutumière, tout en sortant des blocs de feuilles d'un meuble à tiroirs.

Elle se tourna soudain vers la porte restée ouverte.

— Entre ! lança-t-elle de sa voix enjouée. Nous n'attendions plus que toi pour commencer.

Cobalt fit alors son apparition et, au grand dam de Dana, se dirigea droit sur la seule place libre, à côté d'elle.

— Parfait ! fit Céline Le Dantec. Aujourd'hui, vous allez travailler deux par deux. L'exercice consiste à vous observer et à dessiner votre voisin…

— Et si on ne sait pas dessiner ? demanda un garçon.

— Faites appel à votre imaginaire, exprimez ce que vous voyez avec des couleurs, des figures géométriques, des traits, une simple silhouette esquissée, tout ce qui peut vous permettre de représenter celui ou celle qui se trouve en face de vous.

Pendant que la thérapeute donnait ces indications, Dana se maudissait de ne pas être arrivée plus tôt. Elle aurait préféré n'importe qui, même Candice, à celui que le sort lui avait désigné comme partenaire.

Cobalt.

17.

Cobalt

Candice jeta un regard ambigu au jeune homme. Il crut y lire une certaine contrariété, vite muée en une expression de défi ou de provocation, il ne savait pas vraiment. Et de toute façon, il s'en moquait un peu. Le duo qu'il devait constituer avec Dana promettait d'être bien plus intéressant.

Il tourna son coussin vers elle et constata qu'elle faisait de même, à contrecœur cependant, c'était flagrant.

Elle s'installa, les avant-bras en appui sur ses genoux, les jambes sagement serrées. Il adopta la même posture, néanmoins plus décontractée, ses pieds effleurant ceux de Dana. Il trouva son frémissement et son léger recul amusants, voire un peu ridicules. Que craignait-elle ? Il n'allait pas lui sauter dessus !

Quoique… Un encouragement de la part de la jeune fille et il sentait qu'il ne lui faudrait pas grand-chose pour déployer son arsenal de séduction. Il adorait ça, craquer et faire craquer, voir dans l'œil de l'autre le trouble qu'il pouvait générer, et se sentir lui-même emporté.

Mais avec Dana, il avait affaire à un bloc de glace. Plus réfrigérante que jamais, elle ne lui accordait pas la moindre attention.

Non, il se trompait. C'était clairement pire que de l'indifférence : elle repoussait tout contact, qu'il fût visuel, verbal ou physique.

— Voilà des feuilles et des crayons, fit Céline Le Dantec en passant parmi eux. À vous d'observer et de représenter votre camarade !

— C'est pas gagné…, marmonna une jeune fille.

— Le but n'est pas de produire un dessin d'art, mais simplement de donner votre vision de l'autre, répéta Céline.

En dépit de sa propension à une certaine désinvolture, Cobalt tenait à accomplir cet exercice du mieux qu'il le pouvait. Dana n'allait pas lui faciliter la tâche : elle avait un peu plus ramené ses jambes contre elle et se tenait les yeux fermés, en repli.

Aussi prit-elle Cobalt par surprise lorsqu'elle les ouvrit soudainement et le regarda avec une assurance inattendue. Il se sentit déstabilisé par les iris noirs dont l'intensité semblait l'aspirer. Cette fille ne faisait pas que piquer sa curiosité, elle aiguisait son être tout entier.

Captivé par le mouvement de ses paupières battant vivement, il se laissa observer sans parvenir à déceler autre chose qu'une profonde concentration de la part de Dana. Ses yeux allaient du visage du jeune homme à la feuille, qui se noircissait peu à peu sous la pointe du crayon à dessin.

Il en profita pour la contempler, à sa façon, d'un œil de velours bleu auquel elle restait totalement insensible. Son cou, ses mains, sa silhouette, tout était fin chez elle, extrêmement fin, mais il devinait que ce n'était pas qu'à cause de sa maladie. La nature l'avait faite ainsi, de la même manière qu'elle avait fait de Candice une créature voluptueuse ou du Dr Sophie Carré une femme admirablement proportionnée.

Non, Dana était peut-être très – trop ? – mince, mais il la trouvait vraiment jolie. Ses traits étaient parfaits, délicats, ses cheveux d'une couleur inhabituelle, mais en harmonie avec ce qu'elle dégageait. Seuls ses choix vestimentaires étaient contestables. Ses pantalons larges à ceinture élastique ne ressemblaient à rien.

— Tu me montres ? fit-il.

— Quoi ? s'étonna-t-elle.

Il avait déjà remarqué qu'elle était souvent distraite, ailleurs.

— Le dessin…

— Je n'ai pas fini.

Malgré la sobriété de sa réponse, il ne s'attendait pas à ce qu'elle s'adressât à lui avec cette légèreté dans la voix. Elle savait donc lâcher du lest ; quelle heureuse découverte.

— Oh, prends ton temps, on n'est pas pressés.

À ces mots, l'expression de la jeune fille changea imperceptiblement, plus interrogative que lorsqu'elle le dessinait. Il faillit ajouter qu'il adorait quand elle le regardait comme ça, avec cette petite torsion des lèvres. Au lieu de cela, il souffla :

— Et puis ce n'est pas comme si on avait des tas de trucs à faire après, hein ?

L'ébauche d'un sourire lui fit plisser les yeux.

— Tu ne commences pas ? lui demanda-t-elle.

— Si, dit-il sans bouger d'un centimètre.

— Ah oui ?

Imperturbable, son regard continuait d'alterner entre le visage du garçon et sa feuille.

— Je dessine dans ma tête, en fait, précisa Cobalt.

Il sentit au tressautement de ses épaules qu'elle n'était pas loin de rire. Elle baissa les yeux en secouant la tête. Se rendait-elle compte combien il avait envie de l'embrasser ?

— Alors, tu me montres ? insista-t-il.

— Sois patient.

— Nan…

— Si.

— J'ai jamais su.

— Il faudra apprendre.

Il ne put s'empêcher de voir dans ce court échange des sous-entendus aussi favorables qu'encourageants. Elle avait bien dit « il faudra » ? Pas « il faudrait » ? La conjugaison n'était pas son fort, mais ce choix sonnait très agréablement à son oreille.

— J'ai jamais été un bon élève. Allez, montre !

Devant le petit air appliqué qu'elle affichait, il se risqua à lui tapoter le pied du bout d'une de ses baskets. Elle se raidit, surprise, lui faisant craindre d'être allé trop loin. Mais elle poursuivit son esquisse sans changer de position.

— T'es super sérieuse, fit-il remarquer.

Les lèvres de Dana s'étirèrent dans l'amorce d'un sourire amusé, soulignant la forme de ses jolies pommettes.

— Et super cruelle, ajouta Cobalt.

Elle crayonna encore quelques instants, avant de tendre son dessin devant elle pour le contempler.

— Et moi, je peux voir ?

C'est avec une certaine gravité qu'elle retourna la feuille. Il remarqua que ses mains tremblaient un peu et que ses yeux s'écarquillaient, comme par anticipation du moment où il réagirait face à son portrait. Et dire qu'il était stupéfait aurait été un euphémisme.

— Ça te plaît ? s'enquit-elle dans un souffle.

Il la dévisagea comme si elle venait d'apparaître devant lui.

— Si ça me plaît ? Tu me demandes si ça me plaît ? fit-il.

— Euh, oui...

— Tu veux rire ? C'est le truc le plus dingue que j'aie jamais vu !

— Le plus dingue ? s'étonna Dana, vaguement inquiète.

— Je veux dire... le plus incroyable !

Il lui prit le dessin des mains, doucement, et ce faisant frôla ses doigts. Il aurait alors juré la sentir flancher.

Pourtant, toute son attention était attirée par le portrait qu'elle venait de réaliser. Il s'était vu de nombreuses fois en photo, jamais en dessin. Et ce qu'il avait sous les yeux l'ébranlait plus qu'il n'était capable de l'avouer. C'était lui, mais dans une dimension différente, plus profonde, presque plus vraie. Dana le voyait donc ainsi ? Il n'en revenait pas.

— Tu vas croire que je suis narcissique...

C'était tout ce qu'il réussit à dire, il s'en consternait lui-même.

— T'es une putain de grande artiste, Dana ! s'entendit-il prononcer, sans doute un peu trop fort, car plusieurs jeunes se retournèrent, Candice la première.

Gênée, mais les yeux brillants de plaisir, Dana rougit.

— À ton tour, dit-elle simplement.

— Je ne peux pas rivaliser, là...

— Ce n'est pas le but.

— OK, tu l'auras voulu.

Elle fuit son regard tandis qu'il s'appliquait plus ou moins à la dessiner.

— Tu m'apprendras ?

— Tu en as envie ?

Le sous-entendu était certainement involontaire, mais Cobalt décida de s'en amuser ouvertement.

— Ça, c'est sûr que j'en ai envie, tu n'imagines pas à quel point.

Il ne pouvait en jurer, mais cette fois, Dana semblait comprendre où il voulait en venir. Pour preuve, ses joues qui s'empourpraient à nouveau, la rendant encore plus craquante. Elle ramena ses genoux contre elle et baissa la tête.

— Vous n'avez plus que cinq minutes, annonça Céline Le Dantec.

— Cinq minutes ou cinq heures, ça ne changera rien, chuchota Cobalt en posant son crayon. Je crois que je suis à jamais perdu pour le monde artistique.

— Fais voir !

— Je te préviens, c'est nul.

Il la laissa se pencher vers lui pour s'emparer du dessin. Leurs visages se trouvaient à une dizaine de centimètres l'un de l'autre et Cobalt dut réprimer son envie farouche d'embrasser la jeune fille. L'espace d'un instant, il imagina glisser sa main sous son tee-shirt, caresser sa peau certainement douce et veloutée, découvrir son corps, ses secrets, ses mystères.

Si Dana s'en rendit compte, elle le cacha avec brio. Il en fut doublement excité.

— Tu es dur ! commenta-t-elle, le dessin à la main.

— Carrément… Si tu savais…

Candice aurait aussitôt compris l'allusion et pouffé de rire. Joueuse comme elle l'était, sans doute l'aurait-elle même gratifié d'une petite caresse très ciblée. Mais Dana n'était pas Candice.

— Je peux te demander quelque chose ? s'enquit-elle.

— Tout ce que tu veux.

Elle retourna la feuille et pointa son index sur le dessin.

— Tu me vois vraiment comme ça ?

— Comme quelqu'un de recroquevillé dans une coquille d'œuf ? Oui.

Il ne sut s'il la vexait ou l'intriguait.

— Ou plutôt enfermée, prisonnière, précisa-t-il. Et puis c'est à peu près tout ce que je suis capable de dessiner sans me ridiculiser totalement.

— Tu n'es pas ridicule.

Elle changea de position pour se replacer face à Céline Le Dantec, au milieu de l'arc de cercle.

— Obsédé, mais pas ridicule, murmura-t-elle.

Cobalt tourna brutalement la tête vers Dana. Cette fille était finalement pleine de surprise !

— Oups, fit-il, pris de court, mais encore plus aiguillonné.

Bien qu'elle ne lui offrît que son profil, il était persuadé qu'elle souriait intérieurement. Voilà qui changeait tout !

Ragaillardi, il prit appui sur ses bras tendus vers l'arrière, et allongea ses jambes. Céline Le Dantec procéda au ramassage des copies et chacun se rendit compte que la séance commençait vraiment à cet instant : au fur et à mesure que la thérapeute dévoilait les compositions, le groupe devait deviner de qui il s'agissait. Son auteur ainsi que son sujet pouvaient s'exprimer à volonté.

Aucun dessin n'était réellement élaboré : quelques traits basiques, des tentatives de fantaisie ou de dérision, de la poésie aussi, parfois. Un dénominateur commun se détachait cependant : personne ne se reconnaissait vraiment dans son portrait. Lise se trouvait beaucoup plus grosse que Tristan ne l'avait représentée, Justine n'avait pas l'impression d'avoir la silhouette élancée que Morgane lui avait faite, Enzo ne se voyait pas musclé comme Candice le dépeignait.

Un murmure d'admiration parcourut la petite assemblée lorsque Céline présenta le portrait fait par Dana. Tout le monde reconnut Cobalt.

— Waouh, encore plus beau qu'en vrai ! s'exclama Candice, non sans ironie.

Dana parut terriblement gênée et Cobalt en fut agacé. L'émerveillement était quasi unanime, mais il la soupçonnait d'être le genre de fille à ne retenir que les sarcasmes sans importance ou les regards jaloux, comme celui de Lise.

— C'est magnifique, Dana, commenta Céline Le Dantec. Tu es très douée.

Beaucoup acquiescèrent, tandis que la jeune fille baissait la tête.

— Cobalt ? Tu veux dire quelque chose ?

— Non. À part que Dana dessine hyper bien.

— Et toi, Dana ?

— Non, rien.

Elle pouvait se montrer exaspérante à esquiver ainsi les paroles gentilles ou valorisantes. Le type de comportement qu'en général Cobalt abhorrait, méprisait ou raillait, chez les garçons comme chez les filles. Mais Dana savait faire quelque chose d'unique : l'atteindre là où personne n'allait jamais.

Une pure magicienne.

18.

Rose

Dès que Dana avait quitté son bureau, Rose s'était trouvée confrontée à un dilemme : devait-elle ou non contacter le père de la jeune fille ?

Elle hésita. Longuement. Puis, après avoir tourné dans tous les sens ce problème qui, en définitive, n'en était pas un, elle compulsa le dossier de Dana et saisit son téléphone.

— Monsieur Lenoir ? Bonjour, ici Rose Delacourt, du Centre Aurore…

— Oh, bonjour, que se passe-t-il ? J'ai eu Dana au téléphone, il y a à peine une heure !

Sa voix trahissait une réelle panique. L'infirmière en fut émue, comme chaque fois qu'elle se trouvait face à l'anxiété des parents, plus habitués à apprendre des mauvaises nouvelles que des bonnes.

— Ne vous inquiétez pas. Je ne savais pas qu'elle vous avait appelé, je voulais juste vous dire qu'elle fait beaucoup de progrès, elle est très déterminée.

— C'est ce que j'ai cru comprendre, en effet. Je suis vraiment heureux qu'elle remonte la pente.

— Et vous pouvez l'être, car c'est effectivement le cas !

La tension était totalement retombée pour laisser place à un silence embarrassant. Rose se sentait rarement prise au dépourvu et pourtant, à cet instant, elle avait perdu tous ses moyens. C'est avec stupeur qu'elle s'entendit alors évoquer l'anniversaire de Dana qui aurait lieu quelques jours plus tard.

— Peut-être pourriez-vous venir au centre et participer à la petite fête que nous organisons toujours pour les résidents à cette occasion ? L'équipe thérapeutique est d'accord sur le principe…

— D'accord sur le principe ? tonna Simon Lenoir. Vous êtes en train de me dire qu'il faut qu'une équipe thérapeutique ait donné son feu vert pour que je sois autorisé à participer à l'anniversaire de ma propre fille ? Voilà à quoi j'en suis réduit ? J'ai presque l'impression d'être un criminel susceptible de lui faire du mal. Comme s'il fallait absolument l'éloigner de moi, alors que je suis littéralement bouffé par l'angoisse et l'impuissance ! Ma fille me manque atrocement ! Chaque jour, je me retiens pour ne pas venir au centre, ne serait-ce que pour l'apercevoir. Mais ça, tout le monde s'en fout.

— Je comprends votre sentiment, monsieur Lenoir.

— Je ne pense pas, non.

Rose se rembrunit. Simon Lenoir s'emportait, mais dans le fond, il n'avait pas tort.

— Excusez-moi, je suis un peu amer, fit-il.

— Vous avez toutes les raisons de l'être.

Elle sentit sa surprise à l'autre bout du fil, sans pour autant être capable de le réconforter efficacement.

— Dana est sur la bonne voie, les choses vont retrouver leur place, vous allez pouvoir continuer votre chemin ensemble. Dana aura… Dana a besoin de vous.

Simon Lenoir lui répondit par un profond soupir.

— Dites-moi comment elle va *vraiment*, ce qu'elle fait, si elle a des amis. Donnez-moi des détails, quémanda-t-il.

Rose lui offrit une multitude de précisions, sans toutefois mentionner Cobalt – qui représentait bien plus qu'un détail.

— En ce moment, elle participe à sa première séance d'art-thérapie.

— Oui, elle me l'a dit.

— Elle va aimer, j'en suis persuadée !

— Le dessin compte beaucoup pour elle, vous le savez certainement. Est-ce qu'elle pratique ?

Rose ne pouvait que rester évasive sur le sujet, mais ne se montra pas moins rassurante. Elle continua de discuter avec Simon Lenoir jusqu'à le sentir un peu moins à vif. Puis un silence s'installa entre eux, comme une attente, un « deux points, ouvrez les guillemets », ainsi que Rose nommait ce genre d'instants.

— Vous viendrez, n'est-ce pas ? insista-t-elle avec beaucoup de douceur.

— Vous savez bien que oui.

Infirmière jusqu'au fond de son âme, Rose aurait volontiers outrepassé son rôle pour courir jusqu'à lui et adoucir son tourment. Des parents, elle en voyait passer des dizaines par an, des couples aimants ou déchirés, des mamans seules, combatives bien qu'épuisées, des papas aussi, parfois, en minorité. C'était ainsi. Mais force était de le reconnaître, au-delà de son implication de père angoissé, Simon Lenoir avait ce petit truc particulier qui faisait vibrer Rose.

Elle raccrocha après les salutations d'usage, affreusement plates à ses yeux. Quel dommage de ne pouvoir lui dire les choses autrement, avec plus de légèreté ou de profondeur, sans doute les deux à la fois.

— Mais qu'est-ce qui t'arrive ? marmonna-t-elle en soupirant bruyamment.

Elle se leva, se posta à la fenêtre en dodelinant de la tête.

— Espèce de nunuche, tu sais très bien ce qui t'arrive…, se tança-t-elle.

*

*   *

Une heure plus tard, un coursier se présentait à l'accueil du Centre Aurore. La secrétaire appela aussitôt Rose, destinataire d'un somptueux bouquet… de confiseries ! Les fleurs en bonbons étaient accompagnées d'une petite carte avec ces mots :

Des douceurs
pour me faire pardonner d'en avoir manqué.
Simon L.

Évidemment, Rose fondit. Et pas seulement parce qu'elle était une incorrigible gourmande.

Profitant de sa pause déjeuner, elle rappela Simon Lenoir. Comment résister ? Leur conversation s'avéra beaucoup plus détendue. Des bonbons comme point de départ, ils en arrivèrent à parler des chats, que tous deux adoraient, de la musique gothique qui avait « bercé » leur adolescence, de la solitude, de la beauté, de la vie. Jusqu'à se promettre de poursuivre cette discussion « en chair et en os », un de ces jours.

— Autant vous prévenir tout de suite, ce sera très « en chair », avec ce que vous venez de m'envoyer ! s'exclama Rose.

Son audace pleinement assumée fit rire Simon.

— Vous avez quelque chose de prévu mardi soir ? lui demanda-t-il.

— Et vous ?

— Vous aimez le vin ?

— Pas seulement.

— Vous me rassurez !

Ce jour-là, et pour la première fois depuis qu'elle était employée au centre, Rose reprit son travail en retard. Les plus attentifs de ses collègues crurent lui voir des yeux plus brillants et un air plus radieux qu'avant le déjeuner. Certains la soupçonnèrent d'avoir rejoint un amant, car sa vie amoureuse variait au rythme des saisons. Mais personne ne lui fit la moindre remarque.

Seule Rose savait qu'en quelque sorte, ils avaient tous raison.

19.

Dana

Avant même la fin de la séance d'art-thérapie, Dana en était convaincue : quelqu'un d'aussi profondément ému par la simple esquisse de son portrait ne pouvait être complètement mauvais.

Cobalt, en l'occurrence.

D'ailleurs, pourquoi avait-elle décrété que ce n'était pas bon de le côtoyer ? Parce qu'il lui révélait ce qu'elle ignorait d'elle-même ? À cause du tourbillon chaud et onctueux qu'il provoquait dans son corps comme dans sa tête ? Ces questions fermées lui permettaient seulement de gagner du temps et d'esquiver en vain l'inévitable.

Pendant qu'elle l'observait pour faire son portrait, ses sensations l'avaient submergée. Elle avait mis un point d'honneur à ne rien montrer, mais pour la première fois depuis longtemps, son corps lui procurait autre chose que de la répulsion et de la souffrance. Il manifestait clairement son refus d'être privé.

Dana n'en revenait pas. Une inoffensive séance thérapeutique et un simple face-à-face avaient suffi pour créer ce qu'elle percevait comme un déclic. Déclic qui n'aurait évidemment pas eu lieu si elle avait dû former un binôme avec Tristan, Lise, Candice ou Morgane. Et tout cela la conduisait à mi-chemin entre panique et fascination.

À l'issue de la séance, plusieurs jeunes se précipitèrent vers elle, sous le regard souriant de Céline Le Dantec, certains pour lui exprimer leur admiration, d'autres pour lui demander de faire leur portrait, un de ces jours.

Dana répondit gentiment à chacun, en surmontant tant bien que mal sa gêne. En réalité, son attention était presque intégralement captée par Cobalt, qui se trouvait dans son champ de vision, adossé au mur face à l'entrée de la salle. Qui attendait-il ? Elle ou Candice ?

Cette dernière quittait justement la pièce. Tout en discutant avec Tristan, très curieux, Dana la vit s'arrêter devant Cobalt et s'entretenir avec lui. Impossible de le coller davantage, ses seins devaient complètement s'écraser contre le buste du garçon ! La respiration de Dana se fit plus rapide. Cobalt allait-il enlacer la jeune fille ? L'embrasser ? La suivre ? La repousser ?

— Bon, ben on dit que ça peut le faire, alors ? questionna Tristan.

— Quoi ?

— Mon portrait...

— Ah oui, oui, bien sûr, on voit ça bientôt.

— OK. Alors, à plus, Dana.

Toute à son observation, elle eut vaguement conscience de saluer le jeune homme d'un petit mouvement de tête.

Entre-temps, Candice avait disparu.

Mais Cobalt était toujours là.

— Je t'offre un café pour fêter ça ? lança-t-il tandis qu'elle sortait enfin de la salle.

— Pour fêter quoi ?

En entendant sa propre voix, Dana fronça les sourcils. Elle se montrait si froide, si cinglante. Une vraie bêcheuse.

— Je ne sais pas, lui répondit Cobalt sans sembler affecté le moins du monde. Mais on va bien trouver !

— Je ne bois pas de café.

— Ah oui, c'est vrai, c'est pas vraiment blanc, le café…

Se moquait-il ? Trouvait-il cela ridicule ? Ou bien tentait-il seulement de la décrisper ?

— Un verre de lait ? Tu ne peux pas refuser, là !

Il réussit à la faire sourire.

— De l'eau gazeuse, ce sera très bien.

Elle fuit son regard, qu'à cet instant elle imaginait amusé, et lui emboîta le pas en direction du distributeur de boissons, dans le grand hall d'entrée.

— Le parc, ça te dit ? fit-il en lui tendant une petite bouteille de Perrier.

Elle acquiesça, surprise que cette décision ne soit pas passée par son cerveau.

À l'extérieur, la brise douce offrait une fraîcheur bienfaisante et laissait sur la peau l'impression d'une tendre caresse. Dana frissonna.

— Tu as froid ?

— Non, c'est juste le contraste avec l'intérieur.

Ils avancèrent côte à côte dans l'allée constellée de taches de soleil mouvantes, jusqu'au banc où, quelques jours plus tôt, Cobalt et Candice…

Dana secoua la tête.

— Non ? releva Cobalt.

Son petit air taquin n'échappa pas à la jeune fille. Décidément, il se montrait très attentif. Elle espérait ne pas s'être trahie.

— Tu poses beaucoup de questions, lui fit-elle remarquer.

— Tu ne donnes pas beaucoup de réponses, rétorqua-t-il.

Elle se mordilla les lèvres pour s'empêcher de sourire trop ouvertement. Ils s'assirent sur le fameux banc pour siroter leur boisson. Du coin de l'œil, Dana vit Cobalt prendre une posture plutôt avachie, les jambes allongées devant lui. Elle se demandait s'il pensait à ce qui s'était passé avec Candice. Elle, en tout cas, gardait les images bien en tête, aucun doute là-dessus. Décontenancée, elle but une gorgée d'eau gazeuse, avec une prudence excessive.

— Alors ? lança-t-il.

Manquant de s'étouffer, Dana se rattrapa de justesse.

— Alors quoi ?

— Eh ! On ne t'a jamais dit qu'on ne répondait pas à une question par une question ? lui rappela-t-il.

— Tu copies...

Il souriait, elle en était certaine. Elle-même appréciait beaucoup la nature de leur échange, même s'il était un peu étrange et pas très fourni.

— Je peux te demander quelque chose de personnel ? osa Cobalt.

— Tente toujours.

— T'as un copain ?

— Un copain ?

— Dana..., fit-il d'un ton sermonneur qui amusa la jeune fille.

— Non, je n'ai pas de copain.

— Et... tu en as déjà eu un ? T'es pas obligée de me le dire si tu me trouves trop indiscret.

— Non, souffla-t-elle.

Elle le sentit tourner la tête vers elle, en quête de précisions.

— Non, je n'ai jamais eu de copain.

— Pourquoi ?

— Parce que ça ne m'intéresse pas.

— C'est une drôle de raison.

— C'est une drôle de question.

La bouteille d'eau gazeuse lui offrit à nouveau l'occasion de se trouver une contenance.

— Tu dessines depuis longtemps ?

— Depuis toujours. Mais surtout depuis que ma mère est morte.

— C'est arrivé comment ?

Dana se referma. Il allait sans doute penser qu'il était allé trop loin, mais ce n'était pas le cas. Se confier ainsi n'était pas dans ses habitudes : la plupart des psys auxquels elle avait été présentée connaissaient déjà son histoire et elle se rendait compte qu'elle n'avait jamais eu à parler à quelqu'un qui en ignorait tout.

Elle fit rouler la petite bouteille entre ses mains, l'air ailleurs, presque dur tant elle était crispée. Pourtant, ce fut avec une voix calme, sans émotion apparente, qu'elle décida de se livrer :

— Elle allait à un concert de rock avec une amie. Leur route a croisé celle d'un chauffard… Il s'en est sorti avec des côtes cassées et deux ans de prison avec sursis.

Cobalt lui jeta un regard horrifié dont elle perçut l'intensité.

— C'est dégueulasse.

— Et toi ? enchaîna-t-elle très vite.

— Moi ?

— Ton frère…

La jambe droite du jeune homme se mit à tressauter, si fort qu'une des lattes du banc, légèrement disjointe, vibra. Il souffla comme s'il allait plonger et se lança, le corps et la voix électriques :

— Je ne sais pas si tu te rappelles l'attentat qui visait des touristes, il y a deux ans, en Égypte.

— Je m'en souviens.

— Eh ben, c'était les vacances, on est partis à quatre et on est revenus à trois.

— Oh…

Cobalt termina son café, les yeux rivés au sol. Il froissa le gobelet en carton, avant d'entreprendre de le déchiqueter. Dana eut l'impression que, comme elle, il ne parlait pas souvent du drame qui avait bouleversé sa vie.

— Les terroristes ont été tués au moment de l'assaut de la police, mais je ne suis pas sûr que ça m'ait apporté la moindre consolation.

Sa voix était devenue sombre, étouffée, pleine de colère refoulée et de révolte accumulée pendant des mois. Dana se dit qu'il était sur le point de craquer, pas forcément en cédant à une crise de larmes, mais en suffoquant littéralement de chagrin. Jamais elle ne s'était sentie aussi proche de quelqu'un qu'à cet instant. La communion par la douleur, une même et incommensurable souffrance qu'elle comprenait et face à laquelle elle se savait impuissante. Elle avait appris à intégrer la sienne, à la rendre moins acérée ; en cela, le temps se révélait un allié, ce n'était pas un mythe. Mais il avait fallu des années. Cobalt, lui, n'en était pas encore arrivé à cette étape.

— Je vois très bien ce que tu veux dire, renchérit-elle. Je souhaite tout le mal du monde au chauffard qui a tué ma mère. Pendant des années, l'idée même qu'il puisse continuer de vivre m'a complètement ravagée. Jusqu'à ce que je me rende compte que ça ne me soulagerait pas spécialement s'il avait écopé de la prison à vie…

— Tu crois ?

— Disons que j'essaie d'y croire.

La conversation prenait un étrange tournant. Stupéfaite de pouvoir ouvrir son cœur avec autant de facilité, Dana percevait en elle une exaltation indéfinissable, presque indécente tant elle lui semblait inopportune, générant des fourmillements dans ses doigts et au niveau de ses pommettes. Elle espéra que Cobalt ne remarque rien de son émoi pendant le silence qui s'ensuivit.

— Pourquoi tu ne manges que des aliments blancs ? reprit-il.

Elle savait que quiconque la côtoyait s'interrogeait à ce sujet. Or, à part les psys – et encore –, personne ne lui posait jamais la question frontalement. Cobalt n'hésitait pas, lui, et Dana se surprit à apprécier.

— Je ne devrais peut-être pas te demander ça, ajouta-t-il, mais j'aimerais bien savoir.

L'ultime réserve de Dana tomba sous l'effet du ton de Cobalt, persuasif, tout en douceur et témoignant d'un intérêt sincère.

— Ma mère était une femme très maternelle, ce qu'elle exprimait énormément à travers l'alimentation, expliqua-t-elle. Pour elle, bien nourrir sa famille était essentiel, elle passait un temps fou à cuisiner des plats pour mon père et moi. Le problème, c'est qu'elle préparait des montagnes de bouffe, comme si on était dix à la maison. C'était sa passion, elle adorait ça, mais moi, je trouvais que ça tournait à l'idée fixe : il fallait que je mange, que mon père mange, même quand on n'en avait pas envie. Elle était arrivée au point de se mettre en colère si on lui donnait l'impression de rechigner. Mon père a bien essayé de la raisonner, mais son obsession n'a fait qu'empirer au fil du temps.

Dana s'arrêta quelques secondes. Sa respiration lui semblait bruyante et elle ne parvenait pas à en ralentir le rythme. Il ne lui arrivait pas souvent de parler aussi longtemps.

— Je me souviendrai toute ma vie du dernier repas qu'elle a préparé, juste avant de s'en aller pour ce foutu concert... Un plat avec une variété de chou rouge cuisiné au miel et du rôti de bœuf. La viande était saignante, ça formait une flaque dans mon assiette, ça me donnait envie de vomir. Déjà que je n'avais pas très faim... Ma mère s'est fâchée. Mon père réussissait en général à la calmer, mais ce jour-là, il n'était pas encore rentré du travail. Alors j'étais là, seule face à elle et à sa colère qui montait. Elle ne comprenait pas pourquoi je pleurais. Tout ce qui comptait, c'était les heures qu'elle avait consacrées à l'exécution de sa recette. Et puis son amie est arrivée, il était temps de partir pour le concert. Ma mère m'a fait un petit bisou rapide sur le front tout en se plaignant de mon ingratitude, et elle m'a laissée comme ça, face à cette horrible assiette.

Dana se redressa sur le banc et posa ses mains à plat, de chaque côté de ses cuisses, comme pour s'arrimer à quelque chose et faire cesser les tremblements qui l'agitaient.

— Je n'oublierai jamais ses derniers mots : « Il faut manger pour devenir solide, ma chérie. Et moi, je t'aime plus que tout et c'est pour ça que je veux que tu sois la plus solide de toutes les petites filles. »

Elle n'osa pas regarder Cobalt. Néanmoins, elle savait qu'il ne la quittait pas des yeux et que tout son être se concentrait sur ses paroles. Sur elle.

— Voilà, conclut-elle, essoufflée.

Avoir verbalisé son souvenir lui procurait un calme inattendu, sans doute également causé par la tristesse et une soudaine fatigue.

Ces confidences faites, sa coquille se refermait sur elle, comme une ombre matérielle. Mais elle ne s'y trouvait pas seule, Cobalt avait réussi à s'infiltrer. Elle le comprit lorsqu'elle le sentit poser sur ses lèvres un baiser tendre, chaud, plein de désir contenu et de douceur insoupçonnée.

20.

Cobalt

Des filles, Cobalt en avait embrassé beaucoup. Des femmes aussi, un peu moins, mais tout de même quelques-unes. En revanche, des filles comme Dana, jamais.

Une onde bouleversante le traversa lorsqu'elle entrouvrit les lèvres sous la pression des siennes. Il aurait prédit la menthe ou le miel, mais Dana avait un petit goût de fleur d'oranger. Découvrir ce qui ne se voyait pas l'enchantait ; être surpris par ce qu'il avait cru deviner et qui s'avérait différent, sans pour autant être décevant, le faisait vibrer.

Il adorait le parfum de la fleur d'oranger.

Puis, sans que rien le laissât prévoir, Dana le repoussa d'une main, qu'elle retira précipitamment, comme si ce contact la brûlait.

— Non ! s'exclama-t-elle.

Éberlué, Cobalt la dévisagea. Elle semblait manquer d'air, sa respiration se faisait haletante, ses yeux cherchaient en vain un point d'attache.

En d'autres circonstances, voir le trouble qu'il suscitait l'aurait amusé ; mais pas avec Dana.

— Pourquoi non ? lui demanda-t-il, le plus délicatement possible.

Elle secoua la tête.

— C'est pas une réponse, ça..., fit-il gentiment.

Il remarqua qu'elle tremblait. Ce qui décupla son envie de la prendre dans ses bras, pour la réchauffer, la rassurer, la protéger, autant de choses qui d'ordinaire l'effleuraient à peine.

— Excuse-moi, murmura-t-elle.

— T'excuser ? Mais de quoi, Dana ?

— Je ne sais pas.

— On s'est juste embrassés, il n'y a rien de grave.

Le regard qu'elle lui jeta lui fit regretter d'avoir dit cela, même s'il ne saisissait pas bien ce qu'elle lui reprochait. Il la vit respirer plus profondément, inspirer de grandes goulées d'air qu'elle expulsait dans un long souffle nerveux.

— Alors ça n'a sans doute pas la même importance pour moi, lâcha-t-elle.

Cobalt sentit la contrariété picoter ses nerfs.

— Ce n'est pas du tout ce que j'ai voulu dire ! se défendit-il.

Dana s'obstinait à ne pas le regarder. Lui, par contre, ne s'en privait pas. Derrière la posture de rejet qu'elle affichait, il était sûr de percevoir un ardent tumulte intérieur. Il voulut lui prendre la main, mais cette simple amorce de mouvement la fit se contracter.

Le désarroi de la jeune fille le percuta de plein fouet, stoppant net l'agacement qui commençait à poindre – qu'est-ce qu'elle croyait ? Il n'allait pas lui sauter dessus comme un gros bourrin !

En proie à la confusion, il reprit sa position sur le banc, un peu avachi, les jambes allongées devant lui, tandis que

Dana, le buste raide et penché en avant, glissait ses mains jointes entre ses cuisses étroitement serrées.

L'entendre respirer aussi péniblement bouleversait le garçon. Il fallut à l'un comme à l'autre quelques poignées de secondes pour retrouver un semblant de calme. Puis les mots glissèrent de la bouche de Cobalt comme une confession murmurée dans l'ombre.

— Tu me plais, Dana. Tu me plais vraiment.

Elle baissa la tête. Que pensait-elle ? Il entretenait des rapports si simples, si directs avec les autres. Avec Dana, il avait l'impression de devoir avancer sur des œufs. Chaque mot, chaque attitude pouvait compromettre… quoi ? Leur relation ?

— Il y a un truc entre nous, tu le sens, non ?

Une fois de plus, il regretta de n'avoir pas réfléchi. Il venait de prendre un risque idiot en lui posant cette question sur le ton de l'affirmation, de l'évidence. D'après ce qu'il avait perçu, elle n'était pas le genre de fille qu'il fallait pousser dans ses retranchements.

Pourtant, il comprit qu'elle pouvait le surprendre bien plus qu'il ne le croyait lorsqu'elle se tourna vers lui et le regarda droit dans les yeux.

Les pupilles noire d'encre l'aspirèrent, il en eut presque le souffle coupé.

— Oui, fit-elle.

— Oui ?

— Oui, il y a un truc.

Elle détourna à nouveau la tête, mais le contact ne se rompit pas, l'émotion restait.

— Je n'ai pas l'habitude, c'est tout, je ne sais rien, dit-elle en toute humilité.

— Je t'apprendrai…

D'agacement, il claqua aussitôt sa langue contre son palais. Était-il allé trop loin ? Se montrait-il prétentieux ? Il n'avait jamais été aussi peu sûr de lui et il affichait tout le contraire. Un vrai abruti.

Et pour ne rien arranger, Dana se mit à pouffer de rire. D'abord en toute discrétion, par de légers esclaffements qui agitaient ses épaules et faisaient dodeliner sa tête sur son long cou de danseuse. Puis jaillirent des hoquets, qu'elle contint à grand-peine.

Cobalt ne pouvait lui donner tort, il avait été ridicule. « *Je t'apprendrai...* » Encore heureux qu'il n'ait pas lâché une phrase du style : « Laisse faire les spécialistes, bébé. »

Il ne se laissa cependant pas prendre au dépourvu et décida de profiter de ce relâchement.

— Je peux être très con quand je m'y mets, tu sais. On est comme ça, nous, les mecs.

— Oh, je pense que les filles ne sont pas en reste, parfois ! objecta Dana. Mais non, tu n'as rien de con, je me disais juste qu'on commence à avoir beaucoup de choses à s'apprendre mutuellement : le dessin, la patience...

Comme c'était bon de se tromper, se dit-il. Il adorait la façon qu'avait Dana de l'aborder.

— Je peux te faire écouter un truc ? lança-t-il à brûle-pourpoint.

— Si tu veux.

Il sortit son iPod et des écouteurs de la poche de son sweat et balaya rapidement ses multiples listes musicales.

— Tiens, tu me diras ce que tu en penses.

— D'accord.

Il veilla à ne pas mettre le son trop fort, juste ce qu'il fallait pour pouvoir apprécier l'harmonie des instruments et de la voix sans heurter l'ouïe de la jeune fille.

Il l'observa pendant tout le temps que dura la chanson. La concentration dont elle faisait preuve, les paupières frémissant légèrement sur ses yeux clos, lui donnait le sentiment qu'elle prêtait davantage que de l'attention à ce qu'il lui proposait. Elle écoutait *vraiment*.

Comme bercé en profondeur, le haut de son corps se mit à osciller, si lentement qu'il fallait être particulièrement près pour pouvoir le remarquer. Elle semblait aimer et il devait reconnaître en éprouver une satisfaction un peu orgueilleuse.

Le morceau terminé, elle retira les écouteurs de ses oreilles, les essuya avec le bas de son tee-shirt – personne ne faisait cela à part elle ! – et les lui rendit. Il nota combien son expression était à présent détendue.

— J'aime beaucoup… C'est qui ? murmura-t-elle de cette voix grave qui l'ébranlait tant.

— Tricky, un mythe de la musique trip-hop. Moi aussi, j'aime beaucoup. Surtout cette chanson[1].

— Tu écoutes beaucoup de musique ?

— C'est ma passion depuis toujours, et encore plus depuis la mort de mon frère. Comme le dessin pour toi. Sauf qu'avec la musique, je n'ai rien à faire, juste écouter, ça ne demande aucun talent.

— Tu pourrais jouer d'un instrument…

— Je suis trop paresseux. La preuve, j'ai même pas été foutu d'avoir mon bac.

— Moi, je l'ai eu de justesse, tu sais. Après avoir redoublé deux fois.

Le regard qu'elle glissa vers lui était si charmant qu'il se creusa la tête pour essayer de trouver autre chose qui pût la faire récidiver. Mais elle enchaînait déjà.

---

1. Le titre que fait écouter Cobalt à Dana est *The Only Way*.

— Il y a un philosophe que j'adore et qui a évoqué la passion pour la musique comme étant un aveu[1]. Pour lui, elle permet d'en apprendre beaucoup sur quelqu'un.

— C'est pas faux. Et qu'est-ce que tu penses avoir appris de moi à travers cette chanson ?

Elle le dévisagea, timide et réfléchie.

— Une certaine sensibilité ?

— Tu n'as pas l'air sûre…

— On ne peut jamais l'être totalement.

Il esquissa un sourire amusé.

— Je peux te poser une question ? fit-il.

Elle hocha la tête.

— Tu es toujours aussi sérieuse ?

— Mais ce n'est pas moi qui suis sérieuse, c'est… tout ça !

L'ardeur de son ton parut la surprendre elle-même. Elle lâcha Cobalt des yeux, tandis que sa respiration s'affolait à nouveau.

— Non ? Tout ça n'est pas sérieux pour toi ? ajouta-t-elle d'une voix vacillante.

Cobalt s'était rarement senti aussi désarçonné. D'habitude, c'était lui qui menait le jeu. Là, il faisait comme il pouvait, il improvisait et le résultat n'était pas brillant. Pour preuve, son incapacité à trouver une réponse sensée à la question de Dana, cette difficulté qu'il avait à exprimer ce qu'il ressentait au fond de lui.

Cette fille l'excitait et l'anesthésiait à la fois. Elle aiguisait, puis aspirait son corps, cerveau inclus, et rendait dérisoires

1. « La passion de la musique est en elle-même un aveu. Nous en savons plus long sur un inconnu qui s'y adonne que sur quelqu'un qui y est insensible et que nous approchons tous les jours. » (Emil Cioran, dans *Syllogismes de l'amertume*.)

ses principaux atouts. L'image d'une mante religieuse dissimulée derrière un visage d'ange lui vint à l'esprit.

— Bon, je crois que j'ai compris, fit-elle en se levant soudain.

Cobalt bondit sur ses pieds et lui attrapa le bras. La voir partir lui était insupportable. Elle se dégagea brutalement.

— Ne me touche pas ! grinça-t-elle entre ses dents.

— Pourquoi tu réagis comme ça ? Et puis qu'est-ce que t'as compris ? cria-t-il en se plantant devant elle pour lui couper la route.

Elle tremblait véritablement de colère.

— Écoute, tout ça n'a aucun sens. Alors on va faire comme s'il n'y avait rien eu. Toi, tu reprends tes habitudes de petit *lover* compulsif, et moi je me dépêche d'aller mieux pour partir d'ici le plus vite possible.

Bien que d'un noir profond, ses iris flamboyaient.

— *Petit* lover *compulsif ?* Tu me vois vraiment comme ça ? bredouilla Cobalt.

— Comment tu appelles un mec qui en quelques jours drague une infirmière, une secrétaire médicale, une patiente et... encore une autre patiente ? Moi, en l'occurrence. Enfin, ça, c'est juste la partie émergée... Et je ne te parle même pas de ton incapacité à me dire que tout ça est sérieux pour toi !

Stupéfaite par ses propres paroles, elle resta campée devant le jeune homme, qui ne parvenait pas à cacher combien il était affecté. Il cligna des yeux, en surchauffe. Une infirmière ? Une secrétaire médicale ? Il avait déjà oublié.

Dana l'avait donc observé, beaucoup plus qu'il ne l'avait cru, et ce qu'elle avait vu se retournait contre lui.

La colère se mêlait à une tristesse ravageuse.

— Je… je ne suis pas ce que tu crois…, fit-il, à vif. Je ne suis pas que ça…

Elle soupira, sans aucun dédain, plus par impuissance. Du moins l'espérait-il.

— Tu crois vraiment que je te drague ? ajouta-t-il. C'est ce que tu penses ?

— Écoute, Cobalt, tout ça est un jeu pour toi, je ne dis pas que c'est bien ou mal, je ne te juge pas. Mais en ce qui me concerne, j'ai trop de problèmes à régler pour pouvoir me permettre ce genre de choses.

— Mais c'est n'importe quoi ! objecta-t-il.

— Effectivement.

— Je veux dire… Tu te trompes, ce n'est pas un jeu pour moi !

— Peu importe. On oublie, d'accord ?

— Non. Pas d'accord.

Les yeux de la jeune fille s'étrécirent, formant deux plis verticaux entre les sourcils. Elle sembla soudain exténuée, comme si l'épuisement venait de lui tomber dessus.

— Laisse-moi, Cobalt. Laisse-moi tranquille.

Sur ces paroles, assenées en tremblant, elle tourna les talons et s'engagea dans l'allée. Cobalt la regarda s'éloigner, l'œil et le cœur orageux, sans trouver le bon mot, le bon geste pour la retenir.

Complètement dépité, il sentit une douleur comme il en avait peu connu le déchirer de l'intérieur. Les sensations déferlaient par bouffées : la souffrance et le soulagement de s'être confié à propos de Balthazar, les révélations de Dana, leurs lèvres offertes et fiévreuses, son bouleversement, son impression désastreuse de tout faire de travers, de ne pas être à la hauteur de cette fille qu'il voulait tant.

Il avisa un arbre et, dans un cri étouffé, donna un coup de poing sur le tronc. Puis un deuxième, un troisième…

Ce n'est que lorsque les chocs provoquèrent des flashs aveuglants qu'il s'arrêta. Il se rendit alors compte que ses jointures étaient en sang, méchamment écorchées, et que la douleur gonflait en surface sans pour autant amoindrir ce qu'il ressentait au fond de lui.

— Fait chier, gronda-t-il.

Il s'essuya maladroitement sur son sweat, avant d'enfouir ses mains meurtries dans ses poches et de s'affaler sur le premier banc venu.

— Fait chier ! répéta-t-il, en criant cette fois-ci.

Il devait se calmer. Sinon, la moindre contrariété risquerait de le pousser à franchir le portail du centre, et le moins que l'on pût dire, c'est qu'il était très loin de pouvoir résister à certaines tentations. Serait-il prêt un jour, d'ailleurs ? Il en doutait. Mais en attendant de le vérifier, mieux valait rester à l'écart.

Il n'avait tout de même pas fait ces efforts pour rien.

Quant à Dana… Non, il n'avait aucune idée de la façon dont il pouvait la faire changer d'avis, mais il ne renoncerait pas à elle aussi facilement.

Ça, il en était certain.

21.

Dana

Hors d'haleine, Dana traversa le hall d'accueil pour se diriger vers les ascenseurs. Par chance, l'un d'eux venait d'ouvrir ses portes. La jeune fille s'y précipita et pressa nerveusement le bouton du troisième étage.

Une fois dans sa chambre, elle rabattit la porte sans la refermer totalement, avant de se jeter sur son lit pour s'y recroqueviller en chien de fusil. Son cœur cognait, le sang pulsait dans ses veines avec une vigueur qui lui semblait anormale. Elle se sentait dans un désordre invraisemblable.

Jamais elle n'aurait cru que son premier baiser se déroulerait ainsi. Elle y avait déjà pensé, bien sûr, imaginé des garçons aux traits imprécis, des ambiances, des situations. Mais un garçon comme Cobalt et un centre médico-psychologique pour décor allaient un brin au-delà de ses projections les plus poussées.

Elle n'arrivait même pas à savoir si elle avait aimé. Le souvenir de l'instant où ses lèvres s'étaient entrouvertes au contact de celles de Cobalt lui laissait juste une impression confuse d'exaltation et de frustration mêlées.

Elle avait cédé au vertige des confidences, des regards complices, des paroles qui tissaient un lien unique, du basculement intérieur qui faisait glisser vers l'*autre*.

Et elle commençait à peine à percevoir les délices que pouvait entraîner ce baiser quand Cobalt avait tout gâché.

À moins que ce ne fût elle ?

Quelle vaste erreur…

Lire la distrairait certainement. Elle se tourna pour attraper le premier livre de la pile posée sur sa petite table de chevet. Au bout de quelques lignes, elle en choisit un autre, puis encore un, avant d'abandonner. Toutes ses lectures se trouvaient parasitées par Cobalt : Cioran, évoqué quelques instants plus tôt sur le banc ; Goolrick, qui avait été le sujet de leur première discussion ; Laferrière, avec ces garçons et ces filles qui se veulent, se cherchent, se trouvent[1]… Même *Bel-Ami* de Maupassant ramenait ses pensées vers le jeune homme : « Norbert de Varenne parlait d'une voix claire, mais retenue, qui aurait sonné dans le silence de la nuit s'il l'avait laissée s'échapper. Il semblait surexcité et triste, d'une de ces tristesses qui tombent parfois sur les âmes et les rendent vibrantes comme la terre sous la gelée. »

C'était si juste. Sous ses airs de séducteur sûr de lui, Cobalt vibrait de tristesse.

Dana finit par abdiquer. Ce garçon pouvait se vanter d'avoir mis un sacré bazar dans ses pensées. Mais elle allait reprendre le fil de son existence et son rôle de patiente appliquée. Les amourettes n'avaient pas leur place ici. D'ailleurs, elle n'était certainement pas prête à cela.

Elle s'installa à la petite table qu'elle avait transformée en bureau et entreprit de dessiner. Sans aucune réflexion préalable de sa part, l'esquisse du visage de sa mère apparut peu à peu sous la mine de son crayon.

1. Dana lit *La Chair du maître.*

La révélation de si lointains secrets la concernant lui avait laissé comme un arrière-goût au fond du cœur. C'était vraiment l'impression qui restait. Elle s'en voulait d'avoir donné à Cobalt une si piètre image de celle qu'elle n'avait jamais cessé d'aimer, en dépit de ses névroses insupportables. « *Il faut manger pour devenir solide, ma chérie, manger, manger, manger !* »

Dana secoua la tête. Elle ne s'était jamais défaussée sur quiconque, mais elle savait pertinemment que l'accident – la mort – de sa mère n'avait qu'un rapport dérisoire avec les troubles qui l'affligeaient. La peine serait éternelle, bien sûr, Dana ne se consolerait jamais vraiment, mais l'origine de ses troubles alimentaires ne se trouvait pas là. La vérité, c'est que l'obsession maternelle de la nourriture, les heures passées devant des assiettes trop remplies, les viandes sanguinolentes et les descriptions des parties de l'animal dont elles étaient issues, les sauces riches, les pâtisseries outrageusement crémeuses, les ruses pour se débarrasser de cette surabondance, c'était cela le nœud du problème de Dana. Un nœud très serré qu'elle s'épuisait à défaire depuis des années... Elle se rappelait même les sacs de congélation remplis et cachés sous les vêtements pour pouvoir enfin quitter la table, le chien qui grossissait à vue d'œil sans que sa mère remarquât rien...

Pourtant, la psychose de sa mère n'avait jamais entamé l'amour que lui portait Dana, même dans les pires moments, ceux trop proches du délire et de la folie. Elle ne l'aurait ni plus ni moins aimée si elle avait été « normale ». Mais la jeune fille n'avait pu s'empêcher de se demander, à plusieurs reprises, comment la vie aurait tourné s'il n'y avait pas eu l'accident, ce drame. La question s'avérait cruelle et sans réponse, alors elle avait cessé de se la poser. Elle avait bien assez à faire pour aller mieux.

Elle posa son crayon et observa son croquis. Certains pratiquaient l'écriture spontanée. Elle, c'était le dessin. Celui-ci représentait sa mère, sécateur à la main, penchée au-dessus d'un massif de rosiers dans le jardin de la maison perchée. Dana se souvenait parfaitement de cet instant, ce n'était pas la première fois qu'elle le dessinait. Elle devait avoir sept ou huit ans et s'était mise à contempler sa mère depuis la fenêtre de sa chambre. Elle avait admiré ses gestes précis tandis qu'elle coupait les roses pour en faire un bouquet, le délié de son bras, l'inclinaison de son cou, la concentration sur son visage.

Puis, se sentant observée, sa mère avait levé la tête en direction de la maison. Elle avait aperçu Dana et lui avait souri avec une expression que la jeune fille n'oublierait jamais.

Quelques secondes de bonheur pur. De celles que l'on garde en soi comme un trésor infini. Que l'on range dans un coin de son esprit, de la même façon qu'elle rangeait à cet instant le croquis dans sa grande pochette cartonnée.

Chaque chose, chaque événement, chaque personne à sa place. Et aujourd'hui, celle de Dana était ici, dans ce centre. Elle devait faire son possible pour aller mieux, et non se laisser entraîner dans une histoire qui n'était pas faite pour elle.

Pourtant, force était de reconnaître qu'elle avait adoré discuter avec Cobalt. Au-delà de son attitude parfois exaspérante, ce qu'il donnait à voir de lui en tête à tête – ses confidences, son désarroi – avait quelque chose de profondément sensible et touchant. Et malgré ses tentatives pour se persuader du contraire, Dana devait admettre que c'était cette facette qui l'emportait.

Même avec si peu de recul, elle se rendait compte de l'absurdité de sa sévérité. Elle avait choisi de mal comprendre les propos du jeune homme, alors qu'elle savait parfaitement qu'il ne s'agissait que de maladresse.

Elle n'en était pas fière. D'autant moins qu'à cette petite bassesse se greffait la véritable raison de son esquive : le tourbillon au creux de son ventre, cette confusion inédite et délicieuse qui ne s'émoussait pas, loin de là.

C'était tellement plus commode de faire porter à Cobalt la responsabilité de ce qu'elle ne se résolvait pas à assumer. Commode, mais déloyal. Et terriblement inconfortable.

Elle remit de l'ordre sur son bureau, avant de se caler dans son fauteuil, face à la fenêtre. Quelle journée... Midi n'avait pas encore sonné et il s'était déjà passé tant de choses. En dépit de la fatigue, surtout émotionnelle, Dana devait réfléchir et trouver la réponse à l'unique question qui méritait d'être posée : que voulait-elle *vraiment* ?

★

★ ★

Son plateau en main, Dana balaya le réfectoire des yeux. La plupart des tables étaient déjà occupées ; il ne restait que quelques places auprès de garçons et de filles solitaires, ainsi qu'une table totalement libre.

En d'autres circonstances, c'est vers celle-ci qu'elle aurait foncé. Elle hésita, pesa une dernière fois le pour et le contre, inspira et se dirigea vers la silhouette sombre qui, exceptionnellement, tournait le dos à tout le monde.

Cobalt la regarda s'asseoir en face de lui avec une expression qu'elle ne sut interpréter. Irritation ? Mépris ? Colère ?

Elle esquiva en se concentrant exagérément sur la composition de son déjeuner – elle allait devoir manger tout cela ?

Elle avisa sa main droite bandée. S'était-il blessé ? Elle voulut lui poser la question, mais n'osa pas.

Après avoir picoré une fleurette de chou-fleur arrosée d'un filet de vinaigrette, elle se risqua à jeter un coup d'œil au jeune homme. Il eut la même idée qu'elle ; lorsque leurs regards se carambolèrent littéralement, Dana en resta bouche bée.

Une fois de plus, Cobalt la surprenait. Il n'était ni fâché ni agacé, tout en lui se résumait en un mot, un cri muet : pourquoi ?

Elle attendit qu'il parlât le premier, mais sans doute trouvait-il l'occasion d'une légitime revanche à ne pas le faire.

Au comble de l'embarras, Dana résista à l'envie cuisante de quitter la table et porta machinalement un morceau de poulet à sa bouche pour le mâcher sans plaisir, les yeux baissés. Puis, une fois assurée de l'avoir avalé sans risquer de s'étouffer, elle se lança :

— Je suis désolée.

Cobalt continua de la mettre au supplice en s'abstenant d'enchaîner. Pire, il l'ignorait, son attention se portant exclusivement sur sa julienne de légumes – très colorée et sentant fort l'oignon, un supplice pour Dana.

Au bout de la quatrième fourchetée et du énième coup d'œil parfaitement vain, Dana ne souhaitait qu'une chose : attraper le garçon par les épaules et le secouer pour qu'il daignât lui parler, ou au moins la regarder.

Il termina son assiette, la sauça méticuleusement avec du pain, avant de s'attaquer au dessert, une part de tarte aux pommes. Face à lui, Dana prenait ses propres atermoiements de plein fouet. Laisser tomber ? Insister ? Oublier ?

— Je ne vois pas pourquoi, fit soudain Cobalt.

Prise de court, Dana sursauta.

— Quoi ?

— Je ne vois pas pourquoi tu es désolée.

La voix du jeune homme, tout comme son regard, recélait une sorte d'amusement provocateur. Dana devait le reconnaître, cette réaction était légitime, mais elle en fut néanmoins irritée.

— C'est toi qui as raison, poursuivit-il, tout ça n'a pas de sens.

Dana eut du mal à faire abstraction du petit vertige affolé qui prenait corps en elle.

— De toute façon, j'aime pas les anorexiques, assena Cobalt en jetant brutalement sa fourchette sur la table.

— Et moi, je déteste les drogués, répliqua-t-elle sur le même ton péremptoire.

Ces mots dits, chacun s'attacha à considérer son plateau, comme si c'était la chose la plus importante au monde.

Dana bouillonnait, cependant. Sa repartie lui semblait si faible par rapport au ressentiment qu'elle éprouvait. Cobalt venait de la réduire à ce qu'elle n'était pas et, dans sa bouche, le terme prenait quasiment valeur d'insulte.

D'accord, elle était fragile, monomaniaque, neurasthénique, sans doute un peu dépressive, mais elle n'était pas anorexique !

Pour preuve, et quitte à en être malade, il ne lui fallut que quelques secondes pour terminer son ramequin de fromage blanc. Elle espérait que Cobalt en prenait bonne note.

Sitôt fini, elle quitta la table, déposa son plateau vide devant l'infirmière, sans voir que celle-ci lui adressait un sourire, et sortit du réfectoire.

Regagner sa chambre par les escaliers était au-dessus de ses forces. Son estomac, lourd et plein comme un œuf, ne lui avait jamais paru aussi… vivant. Pendant un instant, elle craignit que son corps ne la lâche.

Elle entendit des pas derrière elle, mais ne se retourna pas, trop pressée de s'engouffrer dans le premier ascenseur libre. Les portes se refermèrent avec une lenteur qui lui parut surnaturelle et dont quelqu'un profita pour se précipiter à ses côtés. Être seule relevait de l'impossible dans ce centre.

Irritée, elle redressa la tête.

Cobalt.

Évidemment.

— T'es chiante, Dana, dit-il.

La jeune fille exprima sa stupéfaction par un « hein ? » qui jaillit comme une petite explosion choquée. Tous deux se défièrent du regard, l'azur de l'un se heurtant au noir velouté de l'autre.

— Il faut croire que tu déteins salement sur moi, alors ! rétorqua Dana.

Les portes s'ouvrirent, découvrant le couloir vide sans que Dana y prêtât plus attention que Cobalt. Le tourbillon intérieur gonflait, chaud et doux, envahissant et enveloppant à la fois.

— Ah oui ? fit le garçon.

Il s'approcha d'elle avec ce sourire plein de morgue qui donnait envie à Dana de lui dire quelques vérités bien senties, et coupa court à toute discussion en prenant l'initiative de ce qu'ils désiraient tous deux : un long baiser, aussi tendre que ravageur.

Irrésistible.

22.

Cobalt

— Comment allez-vous, aujourd'hui ? Morgane, tu veux bien commencer ?

Valentin Dubourg ouvrait chaque séance de psychothérapie de groupe avec cette question rituelle et la désignation de la première personne invitée à y répondre. Cobalt écouta distraitement ce que chacun voulait exprimer. En vérité, seule une personne l'intéressait : sa voisine de droite, Dana. Il lui tardait de savoir ce qu'elle allait dire quelques dizaines de minutes après qu'ils avaient échangé leur premier vrai baiser – suivi d'un deuxième, puis d'un troisième.

Lui se trouvait encore sur un petit nuage. Il adorait les filles, leurs lèvres, leur corps, leurs seins, les mystères de leur intimité, leurs soupirs. Et il adorait Dana.

L'entraîner jusque dans son lit n'était pas un but en soi, mais tout de même, il y pensait, forcément. Parce qu'il en avait une prodigieuse envie. C'était aussi simple que cela.

Les garçons et les filles à sa gauche livraient les uns après les autres leur état d'âme du jour. Le tour de Cobalt approchait ; il ne restait que Tristan et Lise. Comme d'habitude, cette dernière ne manquerait pas de s'approprier un généreux temps de parole pour développer ses multiples impressions, angoisses et autres ressentis pour lesquels personne, à part Valentin Dubourg, n'arrivait à compatir vraiment.

— Cobalt ? le héla le thérapeute.

Déjà ?

— Oui, pardon, s'excusa-t-il, je réfléchissais à ce que venait de dire Lise...

L'intéressée se pencha pour lui jeter un regard incrédule, auquel il répondit par une expression faussement sérieuse.

— À toi, lui rappela Valentin Dubourg.

— Je vais bien, je ne me suis jamais senti aussi bien depuis que je suis ici.

— Comment expliques-tu cela ?

— Je ne l'explique pas, je le sais, c'est tout.

Sous les yeux du thérapeute qui le considérait avec une profonde attention, il ajouta :

— On ne peut pas toujours tout expliquer, si ?

Valentin Dubourg lui fit un sourire signifiant absolument le contraire, mais n'insista pas. Se confier face à un groupe ne convenait pas à tous, et pas forcément à un garçon comme Cobalt. Des patients très introvertis se révélaient parfois très communicatifs, tandis que d'autres, apparemment beaucoup plus à l'aise, ne lâchaient rien. Cobalt faisait partie de ceux-là.

— Dana ? Et toi, comment te sens-tu aujourd'hui ? poursuivit le psy.

Cobalt se surprit à retenir son souffle.

— J'ai pris sept cents grammes depuis que je suis ici, se lança-t-elle à mi-voix.

— Et comment intègres-tu cela ?

— Bien, très bien.

Cobalt se doutait qu'elle n'allait pas clamer haut et fort ce qui venait de se passer entre eux, mais il ne s'attendait pas à une telle réponse. De plus, il n'était pas au courant de cette information, à l'évidence capitale pour la jeune fille. Si on lui posait la question, il serait obligé de l'avouer : oui, il était vexé. Un peu.

— Tu veux nous dire autre chose ? demanda le psy.

Cobalt supposa qu'elle avait fait signe que « non » de la tête lorsqu'il entendit Candice prendre la relève.

Le tour de table s'acheva, et la séance se poursuivit, sans qu'il écoutât qui que ce soit. De toute façon, c'était toujours la même chose : une fille ou un garçon plus prolixe parlait de son mal-être, avant de laisser la place à d'autres qui, à leur tour, s'épanchaient sur leurs problèmes. Rares étaient les vrais échanges car personne ne savait réellement écouter. Les monologues se succédaient, avec la souffrance pour seul fil conducteur.

Le regard de Cobalt glissait de temps à autre vers Dana. Il se repaissait alors de son profil sage et pur, essayait d'attirer un peu de l'attention qu'elle accordait aux autres, et se sentait floué de ne pas en recueillir autant. Cette fille était abusivement sérieuse, ce qui ne faisait qu'attiser son désir de l'entraîner sur son territoire.

Il tenta de suivre la conversation en cours sur le thème de la solitude, lui semblait-il, mais uniquement parce que Dana venait d'intervenir pour donner son avis : être seule représentait l'étape indispensable pour une introspection que les autres – son père, les psys – venaient ensuite conforter ou contredire. Toutefois, selon elle, il ne fallait pas tout attendre d'autrui.

Cobalt lut la contestation chez bon nombre de patients. Mais cela ne déstabilisa pas Dana pour autant.

— C'est avant tout sur soi-même qu'il faut compter, conclut-elle.

Valentin Dubourg lui donna en partie raison, mais tempéra son propos en insistant sur les vertus de la parole et de l'écoute, de l'empathie et de la bienveillance. *Un psy ne peut pas affirmer le contraire...*, se dit Cobalt.

Dana approuva ces observations avec une réserve qui n'échappa pas au jeune homme. Elle lui faisait penser à une amazone, frêle mais décidée, une guerrière diaphane et solitaire. Qu'il brûlait d'envie de retrouver en tête à tête.

La séance se termina enfin. Avait-elle déjà été aussi longue ? La plupart des patients s'éparpillèrent rapidement, excepté deux filles désireuses de poser des questions à Valentin Dubourg, et Candice, qui jetait des œillades sans beaucoup d'équivoque à Tristan, apparemment de plus en plus réceptif aux signaux incandescents qu'elle lui lançait. Il ne tarderait pas à être croqué à son tour, on ne résistait pas à une fille comme Candice, pensa Cobalt.

Il mit quelques secondes à remarquer la trajectoire des regards formant un triangle entre Candice, Tristan et lui, ainsi que le désir de provocation qui enflammait littéralement la jeune fille.

— On y va ? fit-il en se tournant vers Dana.

Elle marmonna ce qui ressemblait à un « oui », et s'engagea vers le couloir. Son visage était fermé, Cobalt s'en inquiéta. Qu'avait-elle vu dans cet étrange ballet ? Ou cru voir ? Et comment l'interprétait-elle ?

Par ailleurs, Candice ne cessait de l'observer, y compris pendant qu'elle s'adressa à Tristan pour lui proposer de faire un billard avec elle.

— Et si je gagne, j'ai le droit de faire de toi ce que je veux !

Cobalt ne pouvait être dupe : elle s'était exprimée suffisamment fort pour qu'il l'entende. Les filles agissaient ainsi, parfois.

Et s'il l'avait si clairement entendue, Dana également. Il la vit se presser en direction des ascenseurs, et la rattrapa de justesse alors qu'elle se précipitait à l'intérieur de l'un d'eux.

— Tu vas où ? souffla-t-il en bloquant la porte.

— Je remonte.

— Tu ne veux pas venir te balader dans le parc ?

Elle afficha à nouveau cette expression glaçante qui l'exaspérait et l'excitait tout autant – il n'arrivait pas à déterminer ce qui l'emportait et n'y comprenait plus rien.

— Avec moi, ajouta-t-il.

Cette précision eut le mérite d'ébrécher le masque sévère de la jeune fille. Elle se fendit même d'un soupir plein de renoncement et le suivit sans un mot.

*

* *

Les gravillons de la cour crissaient sous leurs pas, bientôt étouffés par les copeaux couvrant l'allée ombragée du sous-bois. Ils marchèrent côte à côte jusqu'au banc le plus éloigné du bâtiment, à l'abri de tous les regards, hormis peut-être ceux des membres du personnel des cuisines qui prenaient leur pause à proximité.

Les bras écartés en appui sur le dossier, Cobalt prenait garde à ne pas effleurer les épaules de Dana. Il la sentait à fleur de peau et en devinait vaguement les raisons. Devait-il engager la conversation sur ce sujet ou bien la laisser venir à lui en douceur ? Depuis qu'il la connaissait, il avait l'impression de ne jamais s'être posé autant de questions. C'était épuisant.

— Alors ? fit-elle soudain.

— Alors quoi ?

— Elle a réussi ?

Il pensait savoir sur quel terrain elle l'amenait, mais avec une fille aussi singulière, comment en être vraiment sûr ?

— Précise..., dit-il.

— Candice... Elle a réussi à te rendre jaloux ?

— Est-ce que j'ai l'air jaloux ?

Elle lui jeta un coup d'œil mi-sérieux, mi-espiègle.

— Il me semble t'avoir déjà dit qu'on ne répondait pas à une question par une question ! lui rappela-t-elle.

— Oui, tu me l'as déjà dit.

— Alors ?

— Alors, il faut croire que je ne suis pas très obéissant.

Elle lui donna un coup de coude dans les côtes ; il en fut ravi, mais ne se retint pas de gémir avec exagération.

— Tu es jaloux ? Réponds ! insista-t-elle.

— Jaloux ? Moi ? Je ne sais même pas ce que ça veut dire !

— Ça ne te fait rien qu'elle drague un autre garçon juste devant toi ?

— Pourquoi ça me ferait quelque chose ?

Il eut droit à un second coup de coude.

— Sois sérieux, s'il te plaît, le pria Dana.

— Tu veux dire, sérieux comme toi ? Bof, ça fait pas envie...

Il espérait que sa taquinerie ne serait pas mal interprétée. Affronter les effets d'un nouveau quiproquo ne le tentait pas vraiment – à part s'il débouchait sur un baiser ravageur.

Mais elle restait impassible. Privé de tout indice, il décida d'opter pour un dialogue sincère.

— Pour être jaloux, il faut être amoureux.

— Tu n'es pas amoureux ?

— De Candice ? Non.

— Oh…

Il tourna la tête pour la dévisager. Elle gardait les yeux obstinément fixés devant elle, les mains jointes entre ses cuisses serrées. Sa nuque raide lui donnait une allure altière, un peu fière, et créait une sorte de distance, ou de barrière. Il était difficile d'approcher quelqu'un comme elle, pourtant Cobalt adorait cette posture.

— Tu as l'air étonnée…

— Il ne faut pas être devin pour comprendre que vous vous entendez très bien, rétorqua Dana.

Sa voix avait baissé au moins d'une octave, Cobalt en était complètement électrisé.

— Je ne sais pas ce que tu sais, ou ce que tu crois savoir, fit-il. Mais l'amour et le sexe sont deux choses différentes.

— Oui, je suis au courant.

À sa façon de répondre, Cobalt craignit de l'avoir vexée.

— Bien sûr, dit-il gentiment.

Un long silence s'ensuivit, confirmant au garçon combien il aimait ces instants où il pouvait presque entendre les pensées galoper dans l'esprit tourmenté de Dana.

— Tu as déjà été amoureux ? lui demanda-t-elle.

— Une fois. Enfin, j'ai cru que je l'étais, mais je me trompais.

— Elle était comment ?

Il émit un petit rire surpris.

— Je ne suis pas sûr que ce soit une bonne idée de te le dire.

— Pourquoi ? fit-elle en pivotant vers lui.

Ses joues, subitement rouges, et ses yeux, toujours aussi fascinants, lui donnaient follement envie de l'embrasser. Mais la discussion devenait plus qu'intéressante ; s'aventurer sur ce genre de terrain ne manquait jamais d'enseignements.

— Il faudrait que tu prêtes serment avant que je te raconte quoi que ce soit.

— C'est si terrible à entendre ?

— Ouais.

— D'accord.

— Bon, t'as été prévenue. Répète après moi : je jure de ne porter aucun jugement…

— Je jure de ne porter aucun jugement…

— … sur ce que je vais entendre…

— … sur ce que je vais entendre…

Cobalt leva ensuite sa main, paume tournée vers elle.

— Tu dois taper, lui signala-t-il.

— Ça, c'est pour conclure un marché !

— Tu préfères signer de ton sang avec une plume d'aigle ?

Il s'estima chanceux de la voir sourire et taper dans sa main, non sans une certaine timidité.

— Je t'écoute, dit-elle en reprenant sa position favorite.

— Elle s'appelait Bénédicte.

Quelques secondes s'écoulèrent, bien trop longues.

— Oui ? l'encouragea Dana.

— Elle était très classe, blonde, belles jambes, poitrine d'enfer, sourire gourmand, toujours parfumée, toujours maquillée, elle adorait séduire, ça lui plaisait de faire baver tout le monde.

— Tout le monde ?

— Disons tous les mecs entre dix et quatre-vingt-dix ans.

— Et toi, tu avais quel âge ?

— Quinze. J'étais fou d'elle, je la voulais plus que tout. Et je l'ai eue.

— Quinze ans… C'est vraiment jeune.

— Surtout qu'elle en avait quarante-deux.

— Oh…

— Et pour tout te dire, c'était une des meilleures amies de ma mère.

— Oh…

— Tu dis beaucoup « oh », Dana Scully, plaisanta-t-il.

— Seulement quand je suis surprise !

— Surprise ou choquée ?

— Peut-être un peu les deux, reconnut-elle.

Il leur fallut quelques instants de silence pour intégrer ce qu'ils venaient d'échanger.

— Et ta mère ? Elle l'a su ?

— Aucune idée. Trois mois plus tard, Bénédicte a déménagé à l'autre bout de la France. Possible qu'il y ait eu un rapport de cause à effet, je ne sais pas, personne n'en a jamais parlé, en tout cas. Tu vas rire, mais j'ai cru que j'allais en crever, jusqu'à ce que je me rende compte que la vie pouvait continuer sans elle.

— Et… c'est elle qui t'a cherché ou bien c'est toi ?

Cobalt regarda Dana d'un air amusé.

— T'es super curieuse, en fait !

Le visage de la jeune fille s'enflamma tout entier, le pourpre gagna son cou, ses oreilles, sa gorge.

— Oui, admit-elle.

— C'est bien ce qui me semblait... J'étais ado, obsédé par le sexe, je ne pensais qu'à ça. Et elle, à cette époque, venait d'être larguée par son mari pour une nana de vingt ans de moins qu'elle. Elle était en plein doute, elle faisait un peu n'importe quoi. C'est venu comme ça, naturellement. Quand deux personnes ont envie l'une de l'autre, elles finissent toujours par se trouver, tu sais.

Cobalt jetait de petits coups d'œil à Dana pour essayer de capter son regard, en vain.

— Je suppose, oui.

— Et toi, alors ?

— Moi ?

— Hé, rappelle-toi, une question, une réponse ! la taquina-t-il.

— Qu'est-ce que tu veux savoir ?

— Tout !

— Il n'y a pas grand-chose à raconter, dans la mesure où je ne suis jamais sortie avec un garçon.

— Même pas un petit bisou ? Un petit tripotage ? Une main qui glisse dans la culotte ?

— Rien du tout.

— Comment c'est possible ? T'es canon ! Et pas débile !

— Tu es gentil, mais tout le monde n'est pas de cet avis.

— Je suis sûr que t'as envoyé balader des dizaines de mecs.

Elle plissa les yeux sans pouvoir retenir un sourire timide.

— Non, pas des dizaines, quelques-uns seulement, précisa-t-elle.

— Pourquoi ? Ils ne te plaisaient pas ?

Elle réfléchit avant de répondre :

— Je ne sais pas.

— Comment ça, tu ne sais pas ? Quand quelqu'un te plaît, tu le sais !

Il eut l'impression qu'elle se recroquevillait intérieurement et en éprouva un sentiment inédit, difficile à définir, entre ivresse et attendrissement.

— T'as jamais eu de désir pour un mec ?

— Je crois que...

La suite ne semblait pouvoir venir sans un petit coup de pouce.

— Dis-moi, Dana.

— Je crois que je ne me suis jamais sentie concernée. Ce genre de choses, c'était pour les autres, pas pour moi.

— T'avais peut-être pas rencontré les bonnes personnes.

Cette fois, elle se tourna vers lui, sans toutefois oser le regarder trop franchement, seulement par à-coups.

— Peut-être.

— Tu te caresses, parfois ?

Il pensa avoir droit à un regard scandalisé. Il se trompait.

— Ça m'arrive, oui, répondit-elle à mi-voix.

Une question brûlait les lèvres du jeune homme. Une question purement égocentrique qui ne manquerait pas de montrer la moins subtile de ses facettes. Il était souvent lourd, il le savait et s'en fichait royalement, on le prenait comme il était ou bien on passait son chemin. Avec Dana, cependant, il était inenvisageable de prendre ce risque. Alors au lieu de lui demander si elle pensait à lui lorsqu'elle se caressait, il opta pour une déclaration.

— Tu me plais, Dana.

L'aveu n'avait rien d'un scoop, mais à cet instant, il ne trouvait rien de plus juste à dire.

Elle baissa la tête. Ses longs cils translucides donnaient à ses paupières un aspect soyeux, presque irréel. Des détails qu'il ne remarquait pas vraiment chez les autres filles revêtaient avec elle une importance particulière.

Du bout de l'index, il lui releva le menton, lentement. Elle ouvrit les yeux et, une fois de plus, les iris de velours noir le captivèrent, il se sentit attrapé au plus profond de lui. Il adorait cette sensation.

Le corps fléchi l'un vers l'autre, ils se rapprochèrent, visage offert, lèvres bientôt unies, délicates, caressantes, de plus en plus audacieuses, de plus en plus fiévreuses.

— Tu me plais, Dana, répéta-t-il dans un murmure. Tu me plais et j'ai envie de toi.

Il ne s'attendait pas à ce qu'elle lui répondît. Pas si tôt. Et pourtant, c'est bel et bien ce qu'elle fit.

— Moi aussi…

23.

Dana

Elle n'en revenait pas de s'être ouverte ainsi. *Moi aussi...* À un moment ou à un autre, son esprit aurait sans doute exprimé ce qu'elle éprouvait, mais par le biais de ces deux mots, c'était son corps qui avait parlé, spontanément, sans fioritures.

La sensation ne la quittait pas depuis qu'elle et Cobalt s'étaient embrassés. Ses lèvres restaient hypersensibles et colorées d'un carmin naturel, tandis que subsistaient en elle des vagues de velours, chaudes et onctueuses, qui l'engourdissaient tout entière et donnaient à ses gestes, à ses mouvements une indolence inédite.

Voilà donc pourquoi on en faisait une telle histoire... Dana commençait à saisir ce qu'elle avait maintes fois lu dans les livres ou entendu raconter, ici ou là. Elle se rendait surtout compte que les descriptions, aussi précises et justes pussent-elles être, étaient dérisoires et fades face à la réalité de ce qu'elle avait vécu quelques minutes plus tôt.

Et de ce qu'elle désirait désormais découvrir. Elle osait à peine en imaginer les effets, l'ampleur, le bonheur cataclysmique.

La citation d'un poète qu'elle admirait surgit opportunément : « Le baiser est flèche, et la volupté est jet d'eau[1]. » C'était exactement ce qu'elle ressentait.

En chemin pour sa séance de thérapie individuelle, elle brûlait d'envie de dire à tout le monde qu'elle venait de recevoir – et de donner – un vrai baiser. On l'aurait certainement dévisagée bizarrement, on se serait même sûrement moqué d'elle. Dix-neuf ans, presque vingt, ce n'était pas vraiment précoce.

Étonnamment, cela la fit sourire. Elle s'assit sur une chaise à côté de la porte du bureau d'Aude Mahler et attendit en se demandant si elle devait lui en parler ou non.

— Bonjour, Dana, viens !

Surprise en pleine réflexion, elle suivit la psy sans avoir eu le temps de trouver une réponse.

Elle prit place dans son fauteuil habituel, la fenêtre et les arbres en ligne de mire. Elle aimait beaucoup cette pièce, l'ambiance y était apaisante avec ces meubles aux couleurs claires et ces stores qui filtraient la lumière estivale pour n'en garder que la douceur.

Depuis combien de temps Aude Mahler l'observait-elle lorsqu'elle s'en rendit enfin compte ? Un peu honteuse, elle se força à retrouver une expression plus neutre que celle qu'elle pensait inscrite sur son visage, sans doute un peu béate.

Une question lui vint en tête : le baiser avait-il changé quelque chose ? Est-ce que ça se voyait ? Elle se sentit bête et se fit l'impression d'avoir douze ans.

— J'aimerais que nous abordions un sujet bien précis, aujourd'hui, annonça la psy.

---

1. Dans *Sens-plastique* de Malcolm de Chazal.

Une légère appréhension saisit Dana. Elle se livrait à Aude Mahler sans réelle difficulté, mais elle n'était cependant pas prête à parler de tout avec elle.

Pour tenter de se mettre en condition, elle posa les avant-bras sur les accoudoirs du fauteuil et se redressa, le dos impeccablement plaqué contre le dossier. Puis elle regarda la psy, avisa son collier d'inspiration africaine, s'attarda sur les détails de son pull corail ajouré au niveau de l'encolure, sur le blush marquant un peu trop fortement les pommettes.

Aude Mahler semblait avoir compris la nécessité de ces quelques secondes de préambule à la séance. Comme chaque fois, elle les respecta en laissant la jeune fille s'adapter à sa guise, avant d'engager la conversation.

— Tes restrictions alimentaires, Dana... Comment les expliques-tu ?

Alors que ce sujet avait toujours été l'un des plus pénibles à évoquer, Dana fut étonnée de s'entendre répondre sans réserve, quoique avec émotion, de façon claire, fluide, sincère.

Était-ce le fait d'en avoir parlé à Cobalt un peu plus tôt qui rendait la confidence si facile ? Elle avait la sensation que le garçon avait comme ouvert une porte.

Aude Mahler opinait en silence sans rien montrer, mais Dana, elle, se surprenait à donner quantité de précisions sur la névrose de sa mère et son rapport à la nourriture, sur la surabondance et les excès d'hier conduisant aux traumatismes d'aujourd'hui.

De telles révélations ne se faisaient évidemment pas sans générer de trouble au plus profond d'elle ; le mental gagnait le corps qui, à travers ses tremblements, traduisait alors l'invisible. Elle n'avait pas l'impression de se sentir soulagée.

Parler ne résolvait pas le problème, ça le faisait seulement exister autrement, ça remuait tout.

— Aucun aliment coloré ne te tente jamais ? lui demanda la psy.

— Non.

— Même ceux que tu aimais quand tu étais enfant ? Car tu aimais certaines choses, n'est-ce pas ? Fruits, légumes, bonbons, gâteaux…

— Je peux manger du miel crémeux, quand il est très clair. Et des cœurs de laitue, des endives, de la génoise, des meringues…

— Tu n'as pas répondu à ma question, Dana. Quand tu étais petite, tu mangeais des fraises, des petits pois ou encore de la confiture, n'est-ce pas ?

— Oui, admit Dana.

— Restons sur la confiture. Laquelle était ta préférée ?

— La myrtille. Notre voisine en préparait des dizaines de pots chaque année avec la récolte de son jardin. Elle nous en donnait une partie, j'adorais.

— Je te comprends, c'est aussi ma favorite. Pourquoi as-tu arrêté d'en manger ?

Dana dut réfléchir. La question était pertinente, mais la réponse, elle, risquait d'être plus absurde car la raison l'était clairement, elle en avait conscience.

— Un jour, ma mère avait préparé des magrets de canard avec une sauce aux myrtilles. Elle en avait fait une telle quantité qu'on en a mangé pendant quatre jours. Le quatrième jour, elle nous a fait une crise terrible, à papa et à moi. Elle a pris nos assiettes et les a littéralement jetées dans l'évier. Ça faisait de grandes traces noires, des éclaboussures sur la crédence, on aurait dit du sang séché…

Dana grimaça à ce souvenir. Ses narines la picotaient comme si elle allait pleurer. Pourtant, elle n'en avait aucune envie. Elle n'avait jamais pleuré pour cela.

Aude Mahler, quant à elle, griffonnait sur son carnet en la quittant des yeux le moins possible.

— Ma mère se plaignait de se donner beaucoup de mal pour des ingrats qui, dans le fond, ne l'aimaient pas, poursuivit Dana. Il fallait toujours qu'elle fasse un lien entre la nourriture et notre amour. Elle disait qu'elle cuisinait des montagnes de choses parce qu'elle nous aimait, et si on en laissait dans nos assiettes, elle en déduisait que ce n'était pas réciproque.

Le regard de la psy redoubla d'attention, encourageant Dana.

— Ça devenait invivable. Aucune autre preuve d'amour n'avait de valeur : les innombrables cadeaux de mon père, mes dessins, les spectacles qu'on organisait pour elle, les petits mots déposés sur le frigo ou dans son sac pour qu'elle les trouve quand elle serait au travail... On n'arrêtait pas. Mon père était fou d'elle et elle ne voyait rien.

— Est-ce que tu lui en veux ?

— À mon père ?

— Non, à ta mère.

Dana ne put cacher son étonnement. Toujours immobile, elle cligna des yeux, en quête de la réponse la plus juste.

— C'est... c'est une sacrée question, murmura-t-elle.

Aude Mahler lui adressa un sourire ténu, tout en approuvant d'un geste de la tête.

— Elle était malade, fit Dana. On ne peut pas en vouloir à quelqu'un d'être malade.

— Et toi, te considères-tu comme étant malade ?

— Non.

Ça n'allait pas suffire, Dana le sentait bien.

— Je sais ce que vous allez me dire : l'anorexie *est* une maladie. Sauf que je ne suis pas anorexique.

— Comment qualifies-tu ton problème ?

— Je suis parfois un peu dépressive…

Aude Mahler continuait de noter scrupuleusement chaque parole prononcée. Dana jugea honnête d'ajouter :

— J'ai quelques phobies alimentaires et je n'aime pas spécialement manger.

L'euphémisme n'échappa pas à la psy, elle le vit à son regard.

— Disons que la nourriture n'est, pour moi, absolument pas une source de plaisir, précisa-t-elle.

— T'arrive-t-il de vouloir être moins maigre ?

— Je n'ai jamais réfléchi à ça.

— Et si tu y réfléchis, penses-tu que tu aimerais ?

— Je trouve ça joli chez les autres, admit-elle sobrement.

— J'aimerais que tu fermes les yeux, que tu te concentres et que tu essaies de t'imaginer avec quelques formes. Tu peux t'aider en prenant quelqu'un d'autre comme modèle, quelqu'un que tu juges agréable à regarder.

L'image de Candice et de sa généreuse féminité surgit sans aucune difficulté. Ses seins lourds et fiers, ses cuisses bien pleines, ses hanches épanouies… Les mains et les lèvres de Cobalt sur ce corps aimable… Si le jeune homme craquait physiquement pour une fille comme Candice, comment pouvait-il avoir du désir pour elle ? Elles étaient aux antipodes l'une de l'autre.

Elle s'agita dans son fauteuil, soudain mal à l'aise.

— Essaie encore, Dana…

À chaque tentative, c'était Candice qu'elle voyait, personne d'autre. Elle ne se projetait pas, mais elle comparait, et dans la balance, rien ne penchait en sa faveur – la métaphore était facile, mais surtout plus juste que toute autre !

— Je n'y arrive pas.

— Ce n'est pas un exercice évident, tempéra la psy. Je te propose de t'entraîner, autant de fois que possible, à des moments différents, lorsque tu es au calme ou en compagnie des autres, et nous en reparlerons la prochaine fois.

— D'accord.

Aude Mahler se leva et traversa un rai de soleil pailleté de poussière en se dirigeant vers la porte. Dana l'imita, un peu étourdie de s'être tant confiée. Quelle journée…

Sitôt la porte ouverte, elle poussa un petit cri de surprise : Cobalt attendait juste en face, adossé au mur.

La thérapeute observa alternativement sa patiente qui s'empourprait et le garçon, souriant.

— Bien, à vendredi, Dana, fit-elle.

— Oui, à vendredi.

Consternée d'entendre sa propre voix transformée par la confusion, la jeune fille s'engagea d'un pas vif dans le couloir. Cobalt la rattrapa et chemina à ses côtés, la démarche presque sautillante.

— Hé, tu ne serais pas en train d'essayer de te sauver ?

— Non, ce n'est pas ça, se défendit Dana.

— C'est quoi, alors ?

Elle lui jeta un coup d'œil et sentit sa contrariété fondre instantanément.

— Pas la peine de me faire ton regard de… filou.

— Filou ? Moi ?

— Oui !

— Dana Scully, tu dois être la seule fille dans tout l'univers à utiliser le mot « filou ». Je vais vraiment finir par croire que tu es une extraterrestre.

Dana s'immobilisa et soupira, vaincue mais amusée.

— Arrête de m'appeler Dana Scully, s'il te plaît.

— D'accord ! Mais qu'est-ce que tu me donnes en échange ?

— Mon amitié ? proposa Dana.

— Bof... T'as pas autre chose ? répliqua Cobalt avec une petite moue sceptique.

Il se rapprocha, la jeune fille recula. Il récidiva jusqu'à la bloquer contre le mur. Sans qu'elle s'y attendît, il amorça le geste de lui caresser la joue, et elle ne put faire autrement que de détourner la tête. Le sourire quitta le visage du garçon. Il fourra les mains dans ses poches, une expression plus grave, presque inquiète, désormais plaquée sur ses traits.

— Excuse-moi, la séance a été un peu étrange, murmura Dana.

— Tu veux en parler ?

— Non, ça va aller. Il faut que je remette de l'ordre.

— Je comprends. Ça me fait cette impression aussi, parfois.

Elle lui jetait des coups d'œil qu'elle savait en parfaite contradiction avec son attitude, mais c'était plus fort qu'elle. Ce garçon était plus fort qu'elle.

— Je vais remonter dans ma chambre, il faut que je me repose, je suis épuisée, dit-elle dans un souffle.

— Je t'accompagne.

Devant l'air désarmé de la jeune fille, il ajouta :

— Histoire de m'assurer que tu ne tombes pas dans les pommes ou quelque chose de ce genre ! Je n'attenterai pas à ta pudeur, je te le jure !

En faisant mine de cracher pour sceller son serment, il réussit à la faire sourire.

Mais une fois devant la chambre de Dana, dans le couloir désert, il ne tint pas sa promesse et l'embrassa ; d'abord avec une délicatesse forcée, puis plus ardemment à partir du moment où elle lui fit comprendre qu'à cet instant, elle attendait cela plus que tout.

24.

Simon

Depuis qu'il avait proposé à Rose Delacourt de passer une soirée avec lui, Simon Lenoir ne cessait de le regretter. Il avait adoré discuter avec elle, se sentir glisser en douceur dans la confidence. Elle était charmante, réconfortante, drôle, sérieuse quand il le fallait, sexy... Autant de qualités qu'il appréciait. Mais qu'elle fût membre de l'équipe thérapeutique qui s'occupait de Dana avait quelque chose de dérangeant.

Pourtant, s'il voulait être honnête, ce n'était pas vraiment cela qui le rendait si hésitant. Et il lui avait fallu réfléchir un long moment avant de parvenir au cœur du problème.

Combien de femmes avait-il fréquentées depuis la mort de Clémence ? Comment ces relations s'étaient-elles passées ? Voulait-il vraiment faire ce genre de bilan ? Malgré sa consternation, il s'y efforça.

Trois. Elles étaient trois. Y compris celle dont il avait fait la connaissance lors d'une formation et dont il ne se souvenait même pas du prénom, juste du regard noisette d'une intensité irrésistible et des lèvres au goût de caramel. Elle l'avait cherché et n'avait eu aucun mal à le trouver. Il s'était laissé entraîner jusque dans sa chambre, où il lui avait alors littéralement sauté dessus, en proie à un manque qu'elle avait su réveiller, puis assouvir.

Quelque temps après, c'est lui qui avait pris l'initiative de séduire Maud. S'étaient ensuivies deux semaines de passion vorace, avant qu'il ne disparaisse sans lui donner la moindre nouvelle. Un véritable salaud.

Mais aurait-elle compris s'il lui avait dit que tant de choses en elle lui rappelaient Clémence ? Le grain de sa peau, la tonalité de sa voix, ses pommettes marquées, sa façon d'incliner la tête... Maud ressemblait à Clémence, mais elle n'était pas Clémence. Ce genre d'aveu pouvait être plus violent qu'une disparition pure et simple.

Il y a deux ans, il avait tenté de vivre une histoire plus solide avec Dorothée, une pétillante trentenaire employée au service culture de la communauté de communes et nouvellement installée dans le village voisin. Des réunions de travail avaient débouché sur la découverte d'affinités partagées et enfin d'une certaine attirance réciproque.

Leur relation avait duré trois mois, sans que Dana en ait rien su. Ou bien n'avait-elle pas été aussi aveugle que Simon le pensait... Quoi qu'il en soit, Dorothée avait rapidement voulu davantage, et Simon avait été incapable de lui offrir plus que ces quelques étreintes fiévreuses qui le laissaient à la fois pantelant de plaisir et assailli par la culpabilité.

Trois femmes pour des instants fugaces, orageux, primaux, sans cœur ni âme. Son corps en avait été satisfait et repu, presque apaisé. Mais au fond de lui l'avait toujours taraudé cette horrible sensation de tromper Clémence.

Aujourd'hui, il s'apprêtait à passer la soirée avec Rose et, sans qu'il pût expliquer pourquoi, son état d'esprit était tout autre. Tout ce qu'il arrivait à déterminer se résumait ainsi : cette femme était aux antipodes de celles susceptibles de l'attirer – Rose cumulait les « trop », trop de couleurs, trop de formes, trop de voix –, et pourtant, il avait incroyablement envie de la voir.

Ce paradoxe le tracassait, mais il était négligeable par rapport à son appréhension de ne plus savoir comment faire avec une femme... C'était aussi simple et aussi consternant que cela.

La question ne s'était jamais posée avec Maud, Dorothée et l'Inconnue. Alors pourquoi maintenant ? Pourquoi avec Rose ?

★

★ ★

Il lui fallut tant de temps pour se préparer qu'il arriva en retard au rendez-vous, fixé dans un bar à vin que Rose avait proposé de lui faire découvrir. Choisir sa tenue avait été un invraisemblable casse-tête : rien n'allait. Finalement, il avait enfilé un jean en toile enduite et un polo noir.

Restait le problème des chaussures. Baskets ? Boots à lacets ? Mocassins ? Les nerfs en pelote, il avait choisi les Chelsea noires dans lesquelles il se sentait si bien, tout en craignant pourtant de commettre une grave faute de goût.

— Je suis désolé, dit-il simplement en se présentant devant Rose, déjà installée à une table en terrasse.

— Moi non plus, je n'étais pas à l'heure, lui répondit-elle avec un petit sourire.

Sans même penser à lui serrer la main ou à lui faire la bise, il s'assit face à elle, droit comme un i, horriblement mal à l'aise.

— Et en plus, j'arrive les mains vides, les fleuristes étaient fermés.

— Tant mieux ! s'exclama Rose. Comme ça, je ne pourrai pas vous accuser d'être responsable d'un nouveau petit bourrelet disgracieux !

— Vous êtes très belle, s'entendit-il prononcer.

— Et surtout très affamée !

Cette femme savait y faire pour détendre l'atmosphère. Et il pensait vraiment ce qu'il venait de lui dire : elle était très belle, et elle ne le devait pas qu'à sa robe d'une sobriété sur laquelle il n'aurait pas misé – noire, cintrée, décolletée, superbe – et à sa coiffure mettant en valeur son visage aux proportions et à l'expression harmonieuses.

— Il faut que je vous avoue quelque chose, dit-elle.

— Allez-y…

— Regardez cette carte : vins, cochonnailles et fromages… Cet endroit est l'antre du diable.

— Ça tombe bien, nous ne sommes pas des anges.

Rose ne put s'empêcher de rire.

— Oh, mon Dieu, je viens de glousser comme une sombre idiote, dites-moi que vous n'avez rien entendu !

— Je n'ai rien entendu, je ne vois pas du tout de quoi vous parlez, renchérit-il.

Rose l'amusait franchement, il commençait à se libérer de la tension accumulée ces dernières heures. Mais il comprit qu'il le montrait bien mal lorsqu'elle lui demanda :

— Vous avez hésité, n'est-ce pas ?

— Oui.

— Mais vous êtes venu quand même.

— Oui.

Le regard de Rose à cet instant détruisit quelque chose en lui, un mur, une palissade. Il eut l'impression de se débarasser du boulet qu'il sentait attaché à son pied depuis si longtemps. De soulagement et de surprise, il en eut presque le souffle coupé. Troublé, il se plongea dans la lecture de la carte, sans parvenir à en distinguer la moindre ligne. Il dévisageait Rose par à-coups, tandis qu'elle se concentrait sur son propre menu.

— C'est une affaire sérieuse, dit-il.

Elle releva la tête, interrogative.

— Manger, précisa Simon.

— Absolument ! Tout ce qui est vital est une affaire sérieuse ! Vous avez choisi ?

— Je crois que je suis nul pour faire des choix, ce soir. Si vous m'aviez vu devant mon dressing...

Ses traits se marquèrent d'un rictus dépité. Il se passa la main sur le visage.

— Je ne sais même plus draguer, lâcha-t-il un peu honteux.

Mais pourquoi se dévoilait-il de cette façon ? Il se faisait l'effet d'un débutant maladroit.

— Alors, laissez-vous faire. Ayez confiance, lui souffla Rose.

Autour d'eux, les gens passaient, s'asseyaient, riaient, se chuchotaient des secrets, commentaient l'actualité, se disputaient, se taquinaient... Des musiciens de jazz s'installèrent non loin de la terrasse et entamèrent un récital d'airs connus.

Cet environnement coloré, joyeux, un peu anarchique revigorait Simon, dont l'attention ne se portait que sur Rose.

À la faveur de l'énorme ardoise de charcuteries et de la bouteille de vin rouge qu'on leur apporta, il lâcha du lest et retrouva le plaisir qu'il avait eu à discuter avec Rose au téléphone. Le tutoiement s'imposa rapidement, les confidences reprirent là où elles s'étaient arrêtées. Voir Rose l'écouter, froncer les sourcils, sourire, s'émouvoir tout en se délectant de jambon cru et de saucisse sèche lui procurait des sensations nouvelles, une effervescence qu'il croyait révolue.

— Et toi, les hommes ? Raconte ! lui demanda-t-il après avoir résumé le quasi-néant de sa propre vie amoureuse des huit dernières années.

Rose réfléchit pendant quelques secondes, les yeux dans le vague, avant de soupirer :

— Ah, les hommes...

Il but quelques gorgées de vin pour lui laisser le temps de développer. Mais elle n'en fit rien.

— J'espère que tu te rends compte que ce n'est pas une réponse, lui dit-il gentiment.

— Tout est dans les points de suspension. Tu les as bien entendus, n'est-ce pas ?

— On n'entend qu'eux, en effet, et pourtant, on ne peut pas dire qu'ils soient très éloquents.

— Disons que les hommes passent, mais ne restent pas.

— Tu en souffres ?

— Pas du tout ! s'exclama-t-elle avec un petit rire léger. C'est un choix. Un mode de vie. Je les ai tous aimés, profondément, que ce soit pour un soir ou un an. Mais j'aime aussi mon indépendance, ma liberté, mes instants de solitude. Pour rien au monde je ne voudrais vivre au quotidien avec un homme. Je ne veux que le meilleur !

Simon laissa ces paroles trouver leur chemin dans son esprit. Elles résonnaient étrangement, comme en adéquation avec quelque chose dont il aurait eu envie sans pour autant oser le formuler. Depuis leur conversation téléphonique, Rose ouvrait en lui des dizaines de portes verrouillées jusqu'alors.

— Tu es une drôle de femme, Rose Delacourt.

— Tu n'es pas mal non plus dans ton genre, Simon Lenoir.

Soudain, des hordes d'hommes et de femmes de tous âges débouchèrent sur la place, drapeaux, fanions et trompettes à la main. Un vacarme extravagant s'éleva, on aurait dit un accès d'hystérie collective.

À la grande surprise de Simon, Rose se mit à siffler bruyamment, deux doigts entre les lèvres.

— Combien ? demanda-t-elle à un passant bariolé de bleu-blanc-rouge.

— Deux zéro ! hurla ce dernier.

Puis Rose reprit son air mi-sérieux, mi-malicieux.

— Tu aimes le foot ? s'étonna Simon.

— Pas spécialement, mais j'aime tout ce qui peut rendre les gens heureux.

Les supporters passèrent leur route, et les heures défilèrent. Lorsque le patron s'approcha pour les prévenir que le bar allait fermer, ils n'en crurent pas leurs oreilles.

Étourdis, plus encore par l'intensité de leurs discussions que par le vin, ils se retrouvèrent sur le trottoir éclairé par la lumière jaune d'un réverbère. Simon s'aperçut que Rose était presque aussi grande que lui, perchée sur ses talons compensés.

— Bon, je vais appeler un taxi, fit-il.

— Tu n'es pas venu en voiture ?

— Je ne conduis pas... plus... depuis huit ans.

Il s'en voulut de terminer une aussi bonne soirée sur ce détail morbide. Ce n'était ni élégant ni opportun. C'était nul. Aussi fut-il plus qu'étonné lorsque Rose glissa sa main dans la sienne et tira légèrement sur son bras.

Le cœur de Simon s'emballa.

— J'habite à deux pas, dit-elle avec une douceur irrésistible.

Ce fut plus fort que lui : il la prit dans ses bras. Partagé entre le sanglot qui menaçait d'exploser et le désir purement charnel de cette femme, il la laissa à son tour l'enlacer et lui caresser les cheveux avec tendresse, comme à un enfant blessé.

Maud, Dorothée, l'Inconnue avaient su capter sa peau, son sexe, sa surface. Rose, elle, franchissait les frontières. Elle l'atteignait en entier, jusqu'au cœur de son être. Il se sentait vivant. Complètement vivant.

L'envie d'elle se révéla dans toute son intensité, se manifestant de façon irréfutable, au point qu'elle ne put l'ignorer.

— Moi non plus, je n'ai pas du tout envie, murmura-t-elle avec malice à son oreille.

Cinq minutes plus tard, elle lui ouvrait la porte de son appartement et l'accueillait entre ses lèvres, entre ses cuisses, heureuse et capiteuse, émue par sa fougue d'homme un peu perdu, sa soif et sa faim, sa générosité restée en sommeil pendant si longtemps.

Au petit matin seulement, il s'endormit en paix. Lorsqu'il se réveilla, Rose était déjà partie travailler. Il erra dans les pièces, toutes à l'image de leur propriétaire : foisonnantes.

Sur la table de la cuisine, un petit mot griffonné sur une feuille :

Je t'aime bien, toi.

Il sourit en chuchotant :
— Moi non plus, Rose…

25.

Cobalt

La question était revenue à plusieurs reprises dans l'esprit de Cobalt : sur quoi se fondait son attirance pour Dana ? Malgré les séances de thérapie, les différents ateliers et les groupes de parole, son emploi du temps laissait de la place à l'oisiveté, dans cet espace fermé qu'était le centre, où tout donnait l'impression d'être amplifié : la lassitude, la perception que l'on pouvait avoir des autres, la nature des rapports humains. Dans un autre cadre, Cobalt aurait certainement remarqué Candice, mais pas Dana, et cette pensée le perturbait.

Pendant quelques jours, il avait douté de sa propre sincérité. Il se connaissait bien assez pour se savoir être un pur petit salaud dans ses relations avec les filles. Et si des remords l'avaient parfois assailli face à certaines de ses conquêtes en crise parce qu'il les quittait trop tôt, trop salement, ce genre de choses arrivait rarement. D'ailleurs, la plupart du temps, son choix se portait naturellement sur des filles aussi entreprenantes, impertinentes et volages que lui.

Or, Dana était douce, délicate, cérébrale, fragile. Rien de ce qui le séduisait d'ordinaire. Pourtant, elle lui plaisait intégralement. Et, il finissait par l'admettre, le fait de se trouver en vase clos avait son importance, mais l'ennui n'avait rien à y voir.

Il adorait être avec elle. Discuter de tout et de rien, surtout de tout. Lui confier ses tourments, des morceaux de sa vie dont il ne parlait avec personne, pas même avec sa psy préférée, Sophie Carré. Lui faire écouter de la musique et regarder ses yeux s'agrandir ou s'étrécir selon qu'elle se montrait curieuse, surprise ou émue. La laisser lui lire des passages de ses livres favoris, alors que lui-même n'en avait pas ouvert un seul au cours de ces dernières années. Effleurer son bras, caresser sa joue, ses cheveux, sa nuque. L'embrasser en douceur, mais aussi à en perdre haleine. Aujourd'hui, il le savait, il était amoureux.

Et en parallèle de cet attachement qui se révélait à chaque instant, il avait envie d'elle – très, très envie –, et son corps réagissait d'une façon de plus en plus flagrante à l'attraction charnelle qui grandissait en eux et entre eux, attraction que l'absence ne faisait qu'accentuer davantage.

Inévitablement, il pensait à elle le soir dans son lit et cédait au brasier qu'elle avait entretenu le jour. Tout son être réclamait d'aller au-delà des caresses plutôt prudes qu'elle consentait à accepter et de celles, clairement plus ardentes, qu'il se dispensait à lui-même.

Le désir de la jeune fille d'aller plus loin existait bel et bien ; Cobalt sentait parfaitement son trouble devenir tumulte, l'abandon de Dana, millimètre par millimètre, ce glissement dont ni l'un ni l'autre n'aurait pu nier l'existence. Néanmoins, elle restait sur la réserve dès lors qu'il s'agissait de manifester quoi que ce fût dans ce sens. Ce qui jetait Cobalt dans une fébrilité indescriptible.

— Tu en as envie, Dana, lui dit-il un matin, affirmatif à juste raison.

— Oui.

— Tu sais que je le sais.
— Oui.
— Alors qu'est-ce qui te retient ?
— Rien. Tout. Toi.
— Moi ? Je te retiens ?

Elle baissa la tête, embarrassée, et cala ses mains jointes entre ses cuisses serrées, ainsi qu'elle le faisait si souvent.

— Tu crois toujours que je joue, c'est ça ? enchaîna Cobalt.

Elle ne répondit pas, le renvoyant à son impuissance. Lui seul parlait, mais il avait l'impression d'être bâillonné, comme chaque fois qu'il se sentait incompris.

— Je ne vois pas comment te prouver que tu as tort.
— Tu ne peux pas, souffla-t-elle.
— Super...

L'énervement provoqué par la frustration générait en lui des fourmillements de la tête aux pieds. Il se mit debout dans l'espoir de faire passer son irritation, aussi physique que mentale, avant de s'accroupir devant Dana.

Il dégagea les mains de la jeune fille pour les prendre entre les siennes.

— Je peux être quelqu'un de bien, tu sais. Ce que je ressens pour toi... je ne l'ai jamais ressenti pour personne. Et pour entendre un mec comme moi dire ça, il faut se lever tôt.

Cet aveu, extirpé non sans mal, fit réagir Dana. Mais Cobalt ne parvint pas à traduire ce qu'il lisait dans ses yeux. Peine ? Doute ? Agacement ? Cette fille le rendait fou, il était perdu.

— Pourquoi tu ne veux pas me croire ?
— Parce que je suis comme ça.
— Tu parles d'une réponse ! siffla-t-il entre ses dents. Il faut vivre les choses quand elles se présentent, Dana. Tu

connais la vie, tu sais que tout peut s'arrêter en un claquement de doigts, qu'on peut mourir du jour au lendemain, dans cent ans… ou dans une heure…

— Il faudrait éviter !

— Carrément !

— Tu prêches pour ta paroisse, là.

Cobalt soupira.

— Il n'y a que les intellos dans ton genre pour sortir des trucs pareils.

— Tu préfères que je te dise que tu n'es qu'un capricieux ?

Malgré sa tentative de taquinerie, le regard de Dana en disait long sur son désir. Certainement bien plus qu'elle ne l'imaginait. D'ailleurs, ses yeux n'étaient pas les seuls à exprimer le tumulte qui l'habitait : ses lèvres entrouvertes, sa respiration, son corps, inconsciemment incliné vers lui, semblaient l'appeler, s'offrir à lui…

Mais dans sa crainte de passer pour un lourdingue – ce qu'il était certes un peu –, Cobalt dut une fois de plus faire preuve de tact et continuer de tirer sur les rênes de son désir autant qu'il le pouvait.

Jusqu'à ce qu'elles finissent par lâcher.

⋆
⋆ ⋆

La nuit avait été orageuse, à tous points de vue : le ciel s'était littéralement déchiré en mille morceaux, tandis qu'un véritable incendie prenait corps en Cobalt.

Il se réveilla au terme d'une poignée d'heures de sommeil, épuisé et hagard, l'œil noir. Ses propres caresses avaient le mérite de soulager la pression, mais seulement par défaut. Au final, elles s'avéraient plutôt frustrantes.

À peine s'installa-t-il pour prendre son petit déjeuner que Betty Boop – ainsi qu'il la surnommait – se planta devant sa table.

— J'aimerais que tu viennes me voir dans mon bureau tout à l'heure, je voudrais te parler.

Voilà qui tombait mal. Il n'avait envie de discuter avec personne, encore moins avec une femme qui portait des boucles d'oreilles en forme d'ananas.

C'est de Dana qu'il avait envie. Point à la ligne.

— À propos de quoi ? bougonna-t-il.

— Nous en parlerons dans mon bureau.

Il décida de se couper du monde en écoutant un peu de musique. Son instinct l'arrêta sur un album tout à fait de circonstance : « *Nobody Wants to Be Here and Nobody Wants to Leave*[1] ».

Les écouteurs enfoncés dans les oreilles, il suivit Rose des yeux, reluquant mécaniquement ses larges hanches et ses amples fesses qui se balançaient sous sa blouse. Se rendant compte de ce qu'il était en train de faire, il se reprit. Ce n'était pas avec ce type de comportement qu'il allait pouvoir contredire l'idée que Dana semblait parfois se faire de lui.

D'ailleurs, où était-elle ? Avait-elle déjà mangé ? Pourquoi ne l'avait-elle pas attendu ? L'évitait-elle ?

Tous ces points d'interrogation lui coupèrent l'appétit. Il alla déposer son plateau à moitié plein sur le chariot.

— Cobalt ? Viens, s'il te plaît, lui rappela Betty Boop.

1. « Personne ne veut être ici et personne ne veut s'en aller ». Album du groupe The Twilight Sad. Cobalt écoute en particulier le titre *In Nowheres*.

— Mais j'ai une séance de gym, là, objecta-t-il.

— Je sais, mais ce ne sera pas long.

Il lui emboîta le pas jusqu'à son bureau, en maugréant intérieurement.

— Assieds-toi, je t'en prie, fit Rose.

Il obtempéra sans se départir de son air maussade.

— Je voulais te parler de Dana, commença l'infirmière.

— De Dana ? Pourquoi ?

— J'ai cru comprendre que vous vous entendiez plutôt bien.

— Plutôt, oui. Ça pose un problème ?

— Aucun, à partir du moment où cela n'affecte pas sa thérapie, ni la tienne.

— C'est le cas, non ? Dana a même pris du poids…

— Tout à fait, le coupa Rose, et l'équipe est d'accord sur ce point, votre bonne entente semble avoir une influence positive sur elle.

— Et sur moi aussi.

— Je n'en doute pas un seul instant.

— Alors pourquoi je suis ici ?

Il sentait l'agacement gonfler en lui, traduit par une nette agressivité dans son ton, mais à ce moment précis, arrondir les angles était au-dessus de ses capacités.

— J'ai quelque chose à te demander, lui répondit calmement Rose.

— À moi ?

— Oui, à toi. C'est bientôt l'anniversaire de Dana, mardi prochain exactement…

— Je ne savais pas, fit Cobalt, un peu déconcerté.

— Nous nous sommes dit que tu voudrais apporter ta contribution à la petite fête qu'il est d'usage d'organiser pour chaque anniversaire ayant lieu au centre.

Cobalt s'enfonça dans son siège, bêtement contrarié par le fait d'avoir été mis au courant de cette date d'anniversaire par Betty Boop.

— Cette proposition ne paraît pas t'emballer.

— Si, si ! se défendit-il.

— Nous pensions que tu pourrais préparer un gâteau avec le diététicien qui s'occupe d'elle.

— Euh, je ne suis pas sûr que ce soit une très bonne idée. La nourriture, c'est pas vraiment sa passion.

L'infirmière le regarda avec un petit sourire qui lui donna l'impression d'être un profond idiot.

— Justement, reprit-elle. Venant de toi, ce sera différent. Son rapport à la nourriture commence à changer, et tu n'y es pas étranger, c'est certain.

Il fit son possible pour ne pas montrer son étonnement. Ce que lui disait Rose avait valeur de révélation pour lui. Cela signifiait que le personnel soignant les observait sans relâche, analysait leurs moindres faits et gestes. Certes, c'était leur travail. Mais le savoir avait quelque chose de perturbant.

— Un gâteau blanc, alors ! lâcha-t-il sans l'avoir vraiment voulu.

— Essentiellement. Mais le diététicien t'en dira plus sur ce point.

Les mains croisées sous le menton, l'infirmière, plus Betty Boop que jamais, le dévisagea longuement.

— Alors, nous pouvons compter sur toi ?

— Ouais.

Rose l'observa d'une façon qu'il trouva étrange, au moins autant que le silence qui s'ensuivit.

— Je peux y aller ? fit-il.

— Oui, oui.

Il eut le sentiment qu'elle avait encore quelque chose à lui dire. Mais il n'avait pas la moindre envie de savoir quoi, cette femme le mettait mal à l'aise. Il se leva, pressé de s'échapper.

— Cobalt ?

Elle ne le laisserait donc jamais en paix ? Il se retourna par politesse.

— Merci, fit-elle.

— De rien.

Lorsqu'il repassa par le réfectoire, Dana n'était toujours pas là. Un coup d'œil à la pendule lui indiqua qu'il était neuf heures moins le quart ; aucune séance ne commençant avant neuf heures, la jeune fille devait se trouver à l'étage.

Il gravit donc les escaliers quatre à quatre pour regagner les chambres. Celle de Dana était vide. Le fuyait-elle ? Apparemment. Après la nuit qu'il venait de passer, le doute se mit à vriller dans sa tête, la frustration polluait ses pensées et leur donnait un goût amer.

Il détestait les filles complexes. Mais il adorait Dana.

Tout cela allait le rendre fou.

Tant pis.

26.

Candice

Quelque chose se tramait entre Cobalt et Dana. Candice en était persuadée. Depuis plusieurs jours, le jeune homme ne manquait pas une occasion de se placer à côté d'elle ou bien de l'entraîner dans le parc. C'était simple : quand on voyait l'un, l'autre n'était jamais très loin.

Quant à Dana, elle rougissait dès qu'il lui adressait la parole – une vraie gamine.

Et puis il y avait eu la séance d'art-thérapie, si révélatrice. Les regards ne trompaient pas. En outre, le portrait du garçon exécuté par Dana – très réussi, il fallait l'admettre – semblait les avoir considérablement rapprochés, d'une façon qui désarmait Candice.

Elle avait essayé de titiller Cobalt en affichant ostensiblement son petit jeu avec Tristan, un garçon plutôt mignon et facile à attraper. En vain. Cobalt restait impassible. C'était même à se demander s'il l'avait remarqué.

Rien ne durait jamais, elle le savait. Mais cette histoire qu'elle avait engagée avec Cobalt ne pouvait pas déjà s'arrêter, il était trop tôt. Et puis d'habitude, c'était elle qui décidait quand il était temps de passer à autre chose.

Elle comprit pourtant que tout lui échappait lorsqu'elle le surprit en train d'embrasser Dana. Pas un petit bisou d'ado, du bout des lèvres. Non, un vrai baiser, à pleine bouche, de ceux qui annoncent que l'on est sur le point de se jeter l'un sur l'autre. Ils n'étaient certainement pas allés plus loin, mais ce n'était qu'une question de jours.

Reconnaître l'évidence griffait son orgueil ; Cobalt l'avait bel et bien laissée tomber pour cette maigrichonne mal fagotée, et dire qu'elle était vexée aurait été un euphémisme.

Elle n'était cependant pas fille à renoncer facilement, et la séance d'activités physiques lui paraissait tout à fait propice pour une nouvelle offensive. Dana n'y participerait pas ; les filles comme elle, les « sacs d'os », ne tenaient pas cinq minutes face à un punching-ball ou sur un stepper.

Aussi Candice mit-elle un soin tout particulier à se préparer, choisissant un short et un haut dont la longueur, réduite à son minimum, ne manquerait pas de lui attirer une multitude de regards, concupiscents de la part de certains garçons, agacés pour la plupart des filles.

Un peu de gloss sur les lèvres, sa cascade de cheveux rassemblée en une queue-de-cheval qui se balançait très joliment au moindre mouvement… Elle était parée.

*

* *

Le coach sportif la scruta des pieds à la tête d'un air découragé. Non seulement elle était en retard, mais, ainsi qu'il le lui avait indiqué à plusieurs reprises, sa tenue n'était pas très appropriée. Une fois de plus, Candice ne se pliait pas aux règles.

— Mais c'est une marque de sport, regardez ! lui signifia-t-elle en se contorsionnant pour lui montrer les étiquettes. Et de toute façon, je n'ai rien d'autre.

— Bon, va rejoindre tes camarades, nous allons commencer.

Elle ne se fit pas prier, mais continua de se faire remarquer en se postant au premier rang, entre un garçon amorphe et une fille assez jolie, bien qu'engoncée dans un affreux survêtement.

Le cardio-fitness n'était pas vraiment ce qu'elle préférait : on bougeait et transpirait beaucoup, ça n'avait rien de glamour. Pourtant, s'agiter dans tous les sens l'arrangeait aujourd'hui, surtout face à un mur couvert de miroirs. Elle pouvait ainsi saisir les œillades lancées en direction de son fessier, merveilleusement mis en valeur par son short minimaliste. L'impression qu'on la voyait sous tous les angles l'aiguisait. *Candice, t'es qu'une vilaine exhibitionniste allumeuse, c'est pas bien, ça...*, s'amusa-t-elle à penser.

Elle aperçut Cobalt, comme d'habitude installé au fond dans l'espoir d'échapper à l'œil de lynx du coach. À sa plus grande surprise, il lui adressa un petit sourire, dans lequel elle vit bien davantage qu'un encouragement : quasiment une victoire. Le reconquérir ne serait peut-être pas si difficile.

De tous les garçons qui l'avaient fait craquer – et elle ne les comptait plus –, il tenait le haut du podium. Son humour, sa gueule d'ange, ses mimiques sexy, sa façon de la prendre par les hanches, sa langue... Elle aimait tout. Tout, sauf son goût pour les intellos plates et fades.

Elle se décala pour se trouver dans sa ligne de mire, mais son attention semblait fluctuante. Alors, tout au long de la séance, elle ne ménagea pas ses efforts pour faire du zèle, dépassant toujours un peu, voire beaucoup trop, les instructions du coach. Plus la séance avançait, moins elle hésitait à accentuer les mouvements dont elle savait qu'ils soulignaient ses attraits. Ce n'était pas d'une grande subtilité, elle en avait conscience. Mais elle n'était pas une fille subtile, et ni Cobalt ni les autres garçons n'avaient jamais paru s'en plaindre.

De temps à autre, Cobalt croisait son regard insistant, mais ne s'attardait jamais. Alors Candice décida de passer à la vitesse supérieure : elle s'effondra soudain sur le sol en poussant des cris.

— Aïe, j'ai mal…, gémit-elle en se tenant la cheville.

Le coach s'agenouilla aussitôt à ses côtés et palpa la zone qu'elle lui indiquait.

— J'ai senti un craquement, c'est hyper douloureux, continua de geindre Candice.

— Il n'y a rien de flagrant, ça ne doit pas être très grave, la rassura le coach après quelques manipulations.

En pause forcée, les autres en profitaient pour souffler, peu concernés.

— Je préfère tout de même que tu ailles à l'infirmerie. Un de tes camarades va t'accompagner, fit le coach.

Seul Tristan se manifesta, l'air inquiet. Mais Candice l'évinça, fidèle à elle-même et à sa stratégie.

— Cobalt, tu veux bien m'aider ? lança-t-elle.

En entendant son prénom, le jeune homme sortit de sa torpeur, sans toutefois bouger d'un centimètre.

— Cobalt ? l'interpella à son tour le coach.

— Je peux y aller, moi…, intervint timidement Tristan.

Il parlait d'une voix si faible que l'indifférence de Candice pouvait passer pour un manque d'attention. Cobalt s'approcha sans hâte et sans enthousiasme, et la remit sur ses pieds.

Elle boitilla jusqu'à la porte en s'appuyant de tout son poids sur le bras qu'il lui tendait, et tous deux quittèrent la salle de sport.

Même si Cobalt gardait un silence obstiné et un air fermé, Candice avait réussi à l'attirer vers elle, c'est tout ce qui comptait. Le reste, elle en faisait son affaire.

— Attends, on va trop vite, là, fit-elle lorsqu'ils arrivèrent dans le couloir désert.

Il ralentit, lui donnant une fois de plus l'impression ô combien réjouissante de reprendre le contrôle de la situation. Les mains posées sur l'avant-bras du garçon, elle stoppa, comme pour reprendre son souffle.

— C'est bon, Candice, arrête maintenant.

Surprise par le ton froid de Cobalt plus encore que par ses mots, elle sentit son visage se figer. Elle se reprit en levant les yeux vers lui avec une expression de douleur.

— Tu devrais faire du théâtre, tu sais, assena-t-il.

Pendant quelques secondes, elle hésita, avant de choisir de prendre le contrepied.

— Je m'orientais plutôt vers le cinéma, dit-elle avec un sourire le plus espiègle possible.

Sa repartie fit mouche : Cobalt se détendit, son visage s'ouvrit.

— Mais bon, si je ne t'ai pas convaincu, ça veut dire que j'ai encore du boulot ! s'exclama-t-elle.

— Oh, je ne me fais aucun souci pour toi.

Les yeux brillants, elle pencha la tête sur le côté et plissa joliment les lèvres.

— Tu penses vraiment ce que tu viens de dire ? demanda-t-elle.

— Ben, oui. Tu sais ce que tu veux et tu te donnes les moyens d'y arriver.

— Et à ton avis, qu'est-ce que je veux ?

Le bleu ardent, presque mordant, du regard de Cobalt la fit frissonner. Ce garçon lui plaisait vraiment. Vraiment.

— Devenir actrice ? proposa-t-il.

Elle se savait encore plus jolie quand elle riait. Ses dents étaient parfaites et ses yeux se paraient d'une intensité plus que charmante. Elle ne se priva donc pas et fit éclater un petit rire scintillant, avant de préciser :

— Oui, j'aimerais bien, mais plus tard. Je parlais de maintenant, tout de suite…

Cobalt soutint à son tour son regard, sans toutefois faire le moindre geste dans sa direction. Il restait là, impassible malgré tous les signaux qu'elle lui envoyait.

Lorsqu'il entrouvrit les lèvres, elle crut avoir gagné. Elle sentait déjà son corps tout entier fondre à l'appel, quand il lui dit d'une voix posée :

— Candice, je te l'ai déjà dit, je ne peux pas.

Elle encaissa, mais ne renonça pas.

— Tu ne *peux* pas ou tu ne *veux* pas ?

— C'est la même chose, non ?

Elle le dévisagea, non sans provocation, et s'approcha, au point de se retrouver collée à lui. En dépit de ce qu'il venait de dire, il ne fit rien pour l'en dissuader.

— T'es sûr ? murmura-t-elle à son oreille.

Confiante et déterminée, elle le prit par le bras et l'entraîna dans les toilettes, dont elle referma la porte derrière eux. Puis, sans un mot, elle entreprit de lui prodiguer des caresses habilement ciblées auxquelles, sans surprise, il réagit. Il renversa la tête en arrière alors qu'elle pressait la main sur son entrejambe. Leur respiration se précipita, Cobalt gémit doucement quand elle défit les boutons de sa braguette pour y glisser la main.

Elle ne tarda pas à s'agenouiller devant lui, tandis qu'il effleurait ses cheveux dans une forme d'approbation muette et passive. Alors, le visage éclairé d'un sourire aussi conquérant que gourmand, elle l'engloutit sous la lumière crue du box carrelé.

27.

Rose

L'équipe soignante était unanime : Dana faisait d'immenses progrès.

— Elle ne retire plus la partie grillée du poulet, indiqua une des infirmières, et le fromage blanc arrosé de miel passe quasiment sans problème.

— Quasiment ? fit la psy Aude Mahler.

— Elle marque un petit temps d'arrêt avant de remuer soigneusement jusqu'à ce que le miel soit bien intégré.

— Bien, nous allons continuer dans cette voie en introduisant peu à peu des éléments de couleur qu'elle peut atténuer en les mélangeant aux aliments principaux, préconisa Paula Gouvain, le médecin-chef du centre.

Et lorsque Maxime nota que Cobalt semblait s'être beaucoup rapproché de la jeune fille, personne ne tarda à admettre le lien de cause à effet.

— Nos observations le montrent, signala l'infirmier. Lorsque Cobalt est assis en face de Dana, ils parlent et elle mange sans prêter attention à ce qui se trouve sur son plateau, contrairement à avant. Les premiers jours au centre, elle triait le contenu de son assiette, sélectionnait ce qu'elle allait avaler, toujours de très petites quantités. Sa réticence était flagrante. Elle a vraiment évolué et sa courbe de poids le confirme.

Seule Rose manifesta une certaine réserve. Cobalt était manipulateur et séducteur, une personnalité qui pouvait s'avérer catastrophique pour une fille fragile comme l'était parfois Dana.

— Dana est plus solide qu'elle n'en a l'air. Elle possède une lucidité et une faculté d'analyse hors du commun, tempéra Aude Mahler.

— Je n'en doute pas un instant, fit Rose, mais on parle d'amour, là, et ça échappe à tout contrôle. Une relation peut la propulser en avant, et c'est ce qui est visiblement en train de se passer. Cependant, elle peut aussi la précipiter à terre si les choses viennent à mal tourner. Souvenez-vous de Romain et Clara…

Tout le monde opina du chef. Il arrivait que des couples se forment au centre ; la plupart connaissaient des destins heureux, d'autres, tragiques. Romain et Clara faisaient partie de ceux-là.

Rose n'avait donc pas tort. Mais personne n'avait la solution.

— On ne peut rien empêcher, conclut Aude Mahler. Tout ce que nous pouvons faire, c'est redoubler de vigilance.

— Si je peux me permettre, Cobalt est certes un jeune homme manipulateur et séducteur, mais il souffre d'une très grande vulnérabilité. Il pourrait tout autant s'effondrer en cas de problème. Peut-être même plus que Dana.

Tous les regards convergèrent vers Sophie Carré, la psy responsable du suivi de Cobalt.

— Bien, fit Paula Gouvain. Je suggère de renforcer les séances individuelles et de les orienter vers cette relation naissante.

— C'est noté, approuva Aude Mahler.

— Entendu, lui fit écho Sophie Carré, en inscrivant d'ores et déjà le nom de Cobalt dans quelques-unes des cases de son agenda.

— Et pour l'anniversaire de Dana, la semaine prochaine ? intervint à nouveau Rose.

— On ne change rien. L'implication de Cobalt est essentielle, dit le docteur Gouvain.

À l'issue de cette réunion, Rose regagna son bureau, dans lequel elle s'isola, exceptionnellement. Elle s'inquiétait pour Dana plus que pour n'importe quel patient, et la voir chaque jour de plus en plus rayonnante, presque transfigurée, l'attendrissait sincèrement.

Mais quel dommage que Cobalt fût la raison de cette métamorphose ! Rose n'accordait aucune confiance au jeune homme.

Pourtant, elle devait bien l'avouer, l'entretien qu'elle avait eu avec lui la veille à propos de l'anniversaire de Dana lui avait fait réviser son opinion. Bien différent du garçon plein de morgue qui l'irritait prodigieusement, Cobalt lui était apparu sous un jour qu'elle ignorait : soucieux de quelqu'un d'autre que de lui-même.

Après tout, il était peut-être amoureux, vraiment amoureux, s'était-elle dit.

Jusqu'à ce qu'un peu plus tard, elle l'aperçoive sortir des toilettes en compagnie de Candice. Au vu de l'attitude de la jeune fille, il n'était guère difficile d'imaginer ce qu'ils avaient pu y faire. Rose en avait éprouvé une certaine contrariété mêlée de tristesse, avant tout pour Dana. Dieu seul savait où tout cela pouvait la mener.

Elle inspira si profondément que son opulente poitrine tendit le tissu de sa blouse au point de faire sauter un bouton-pression. Elle se réajusta en poussant un petit soupir résigné et se servit un verre de thé glacé. Ses collègues avaient raison, il fallait se réjouir tout en restant vigilant.

Ayant repris ses esprits, elle saisit son téléphone et pressa la touche indiquant « Simon ». Ils s'étaient revus depuis leur soirée au bar à vin. Cet homme l'émouvait, elle aimait beaucoup de choses en lui, de plus en plus : de sa souffrance, qu'il savait si bien tourner en dérision, à sa fougue charnelle, en passant par la douceur dont il savait faire preuve, son côté poivre et sel, doux-amer, caramel-beurre salé.

Leurs nuits s'avéraient courtes, tous deux avaient tant à se dire et à s'aimer.

À plusieurs reprises, Rose s'était dit que tout cela n'était pas très déontologique, de sa part, en tout cas. Mais la déontologie et l'amour n'avaient aucune raison de se retrouver en compétition. Alors elle chassait cette pensée au loin.

Elle tomba sur le répondeur de Simon, s'éclaira en entendant sa voix sérieuse, presque morne, l'inviter à laisser un message.

— Salut, toi, deux ou trois petits mots en passant par là, une caresse, un sourire, et puis voilà. Je t'embrasse, je t'aime bien.

Elle raccrocha, les yeux brillants, et glissa son téléphone dans la poche de sa blouse.

Pour l'heure, elle devait endosser une autre casquette en assistant Jean Capucin au cours d'une séance de relaxation un peu particulière, basée sur la balnéothérapie et les massages. Un an plus tôt, elle avait suivi la formation qui lui permettait aujourd'hui de développer un lien unique avec les patientes – les jeunes filles acceptaient plus facilement le contact physique avec une femme qu'avec un homme, aussi délicat fût-il.

Léa et Morgane, des adolescentes que Rose trouvait réservées, volontaires et touchantes, devaient participer à cette séance. Mais l'infirmière était, plus que tout, ravie de savoir que Dana faisait également partie du mini-groupe de trois filles prévu ce jour-là.

Toutes trois étaient déjà immergées dans l'eau tiède du bassin lorsqu'elle arriva. Seules leurs têtes dépassaient, celles de Morgane et de Léa recouvertes d'un bonnet en plastique luisant. Dana, elle, s'en affranchissait, ses cheveux courts le lui permettaient.

Cette dernière lui adressa un joli sourire en la voyant. Le cœur de l'infirmière en fut tout attendri.

— Bien, maintenant, vous allez vous tenir au rebord du bassin, laisser votre corps remonter à la surface et flotter devant vous, puis vous lâcherez peu à peu, indiqua Jean Capucin, vêtu de blanc des pieds à la tête. Voilà, comme ça, très bien...

Les trois filles ressemblaient à des étoiles dans la lumière ensoleillée qui filtrait des fenêtres. Des étoiles aux branches longues et frêles, semblables à des dessins d'enfants sur l'eau miroitante. Les corps de Morgane et de Léa, fluets, révélaient encore une certaine fragilité. Quant à Dana, la plus grande des trois, elle offrait un vrai contraste. Hormis ses épaules et ses hanches, encore saillantes, elle paraissait plus étoffée que ses camarades, et sensiblement moins chétive qu'à son arrivée au Centre Aurore.

Une bouffée d'allégresse illumina le regard jovial de Rose. Voir des jeunes gens remonter ainsi la pente lui procurait une joie sans nom.

Les filles appliquaient scrupuleusement les consignes de Jean Capucin et se mouvaient dans l'eau avec davantage de décontraction. L'expression sur leur visage en témoignait : le lâcher-prise les transformait, comme si l'eau les allégeait d'un fardeau, elles si menues, si friables.

Lorsque le psychothérapeute les invita à sortir de l'eau pour se sécher, elles se montrèrent presque déçues. Pourtant, elles obtempérèrent, dociles et silencieuses, et rejoignirent Rose, qui les attendait dans une petite pièce attenante, parfumée et surchauffée. Toutes s'assirent sur un tapis recouvert d'une serviette-éponge, le corps enveloppé dans un peignoir, les genoux ramenés contre le buste.

Rose baissa l'intensité de la lampe et posa son iPod sur le dock. Une musique planante se mit à diffuser de douces ondes, l'ambiance était à l'harmonie.

— Bien, nous voilà entre filles, fit Rose.

Sa voix rassurait autant que ses mots. Elle passa auprès de chacune et distribua des coupelles d'huile odorante.

— Aujourd'hui, vous allez vous prodiguer vos propres soins. Vous verrez, c'est très agréable ! annonça-t-elle.

Son enthousiasme ne sembla pas rencontrer d'écho retentissant. Mais il en fallait plus pour décourager la pétulante infirmière.

— Moi, je vais m'installer là, et nous allons avancer toutes ensemble !

Elle s'affala sur un tapis face aux trois filles circonspectes et dégrafa sa blouse, laissant apparaître un Bikini à grosses fleurs jaune tournesol. Gênées, Morgane et Léa baissèrent les yeux, tandis que Dana ne parvenait pas à détacher les siens de ce corps généreux, subjuguée par sa blancheur et son amplitude.

— Il va falloir retirer votre peignoir, ordonna gentiment Rose.

Malgré leur réticence, elles se dévêtirent, ce qui eut pour effet de les faire se recroqueviller davantage encore.

— Bien, mes petites oisillonnes, vous allez prendre un peu de cette merveilleuse huile parfumée et commencer par enduire vos pieds et vos orteils en veillant à bien la faire pénétrer... J'ouvre la voie, vous me suivez, d'accord ?

Bien que l'infirmière se montrât aussi pédagogue que convaincante, Morgane avait visiblement du mal à toucher ses pieds. Léa s'appliquait étonnamment, au moins autant que Dana, concentrée à l'extrême.

— Les chevilles, maintenant... Puis les mollets... Voilà, massez, faites pénétrer l'huile, allez-y sans crainte, du plat de la main jusqu'au bout des doigts... Comme ça, c'est très bien, Morgane... Oui, Léa, reprends de l'huile quand tu sens que ta peau a tout absorbé...

Rose observait les jeunes filles d'un œil professionnel, corrigeant une posture, conseillant un geste, sans jamais intervenir physiquement. Dana se montrait la plus à l'aise des trois, avec retenue toutefois, Rose le voyait au froncement de ses sourcils ou au plissement de ses lèvres. Mais les efforts de sa petite préférée n'étaient pas vains.

— Bien, vous allez vous allonger. Moi, je vais rester assise pour essayer de préserver ma dignité..., annonça Rose.

Morgane et Dana se fendirent d'un sourire, tandis que Léa demeurait stoïque. L'infirmière considéra ses jeunes patientes pendant un instant. Leurs corps paraissaient encore plus maigres dans cette position, leurs seins quasi inexistants dans les hauts triangulaires de leurs maillots de bain, leurs ventres concaves, aux antipodes de ce qu'elle-même n'avait aucun complexe à montrer. Elle se dit qu'elle devait ressembler à l'une de ces déesses primitives, charnues, ventripotentes, fessues, plantureuses.

— Occupons-nous de nos bras, à présent... Oui, en remontant lentement... Les poignets, les avant-bras, les coudes, les biceps, les épaules... Vous pouvez masser les deux en même temps...

Depuis son tapis, Rose avait l'impression que les filles se serraient dans leurs propres bras, timidement, sérieusement, sans aucun signe de décontraction indiquant qu'elles en tiraient un quelconque bienfait. Au contraire, Morgane semblait définitivement trouver l'exercice pénible.

— La gorge, n'oublions pas la gorge..., poursuivit prudemment Rose. Voilà... Au tour des clavicules, comme ça, du bout des doigts...

Le ventre était toujours l'instant le plus critique, comme une confrontation trop directe avec la réalité. Rose captait clairement l'appréhension des jeunes filles, leur crispation face à cette dernière étape qu'elles voyaient arriver. Elle décida alors de bifurquer.

— Maintenant, j'aimerais que vous massiez la partie de votre corps que vous souhaitez. Vous avez le champ libre...

Elle les sentit déstabilisées et s'en voulut. Jean Capucin l'avait pourtant prévenue : mieux valait être directif en douceur que d'accorder trop d'initiatives personnelles qui, souvent, n'aboutissaient à rien.

Elle les observa, immobiles sur leur tapis comme des gisants sur leur pierre tombale – c'était l'horrible image qui lui venait spontanément à l'esprit. Puis, à son plus grand étonnement, Léa donna l'exemple en se redressant pour se masser la plante des pieds. Rose lui adressa alors un sourire, auquel la jeune patiente ne répondit pas, trop occupée.

Dana décida à son tour de suivre la consigne. Elle trempa soigneusement ses longs doigts fins dans la coupelle d'huile, et entreprit de masser ses cuisses avec un geste, entre l'effleurement et la caresse, qui surprit Rose.

Mais davantage encore que ce geste, c'est l'expression inscrite sur le visage de Dana qui retenait toute son attention. Ses paupières closes ne laissaient rien filtrer de son regard, mais les yeux ne sont pas les seuls à pouvoir révéler certaines émotions.

Rose eut le sentiment que sa petite favorite ne se trouvait pas ici, dans cette pièce, mais bel et bien dans une autre dimension. Blottie dans les bras de Cobalt ? Probablement. Cette béatitude, ces lèvres empreintes d'un sourire intérieur… Autant de signes qui ne trompaient pas.

Pas une femme comme Rose, en tout cas, une amoureuse chronique qui aimait aimer et être aimée, pour un jour ou plus si affinités.

Rose le voyait, le sentait, le savait : comme elle, Dana était tombée en amour.

28.

Dana

La palette des sentiments qu'avait pu éprouver Dana depuis son enfance était plutôt variée pour une fille de son âge. Néanmoins, les tons restaient essentiellement bloqués dans les gris et les noirs, avec quelques nuances de rouge et de brun, pas les plus lumineuses.

Le blanc, plus pur que le noir, avait des vertus anesthésiantes sur certains de ses tourments, comme un cataplasme qu'elle s'appliquait à elle-même, chaque jour depuis huit ans. Par ailleurs, elle avait lu que le blanc avait incarné la couleur du deuil chez les reines de France et le représentait encore en Asie. La symbolique était forte et Dana y trouvait une réelle cohérence avec ce qu'elle était et ce qu'elle ressentait.

Elle n'aimait personne comme son père – et son petit persan, Janvier. Sa mère comptait d'une façon aussi infinie et inaltérable, mais autrement, d'un amour plus lointain, plus flou.

Au-delà, elle aimait bien Rose, Aude Mahler, Jean Capucin…

Et elle aimait beaucoup Cobalt.

Habituée à tout analyser, elle faisait parfaitement la distinction entre le désir physique et le sentiment amoureux.

De nombreux livres l'y avaient aidée, le sujet était récurrent. Grâce à Emma Bovary et Anna Karénine, elle savait combien la désillusion pouvait s'avérer cruelle. Les hommes et les femmes ne fonctionnaient pas toujours de la même façon ; les femmes payaient souvent le prix cher, mais elle ne doutait pas que les hommes aussi, parfois.

Mais Jane Eyre, Solal et sa Belle, Juliette et son Roméo, et tant d'autres, prouvaient également que le désir et les sentiments pouvaient s'entrecroiser et là, c'était de passion qu'il s'agissait, d'embrasement, de fusion flamboyante.

Dana mettait ses parents dans cette catégorie ; leur amour avait été intégral, ils s'étaient aimés corps et âme. D'ailleurs, il avait vraiment fallu que son père aimât sa mère plus que tout pour pouvoir supporter ce qu'elle était devenue.

Ce qui n'empêchait pas la jeune fille de rester sceptique ; absolument pas sur l'authenticité de ces relations exemplaires, mais sur son propre potentiel à vivre une telle histoire. Tout la portait à se persuader que ce genre de choses n'arrivait qu'aux autres. Jusqu'à ce qu'elle rencontre Cobalt. Il aurait pu rester un copain, un confident, éventuellement devenir un ami. Le lieu et les circonstances s'y prêtaient certainement beaucoup, mais ils s'entendaient vraiment bien.

Et si Dana voulait être honnête, force était de reconnaître que les sensations physiques qu'elle éprouvait en sa présence prenaient le pas sur l'esprit. Et cela depuis le début. Inutile de se voiler la face : le désir écrasait les doutes, subjuguant Dana tout autant qu'il la terrifiait.

Roulée en boule sur son lit, la lumière blême de la lune éclairant sa chambre, elle fit l'inventaire de ce qu'elle savait. Lady Chatterley et son garde-chasse avaient été sa première stupéfaction, des discussions entre garçons entendues au lycée son premier dégoût, des vidéos pornographiques surgissant inopinément sur l'ordinateur sa première interrogation. Tout cela lui avait laissé une image étrange de l'amour physique, entre performance acrobatique et extase incomparable.

Une des musiques que Cobalt lui avait fait découvrir flottait dans son esprit, les accords sublimes et envoûtants d'un violon sur une chanson rock. « *Love is so confusing there's no peace of mind...*[1] »

Elle finit par s'endormir, la main glissée dans son pantalon de pyjama, entre ses cuisses palpitantes, épuisée par cet afflux de sensations nouvelles. Elle n'avait presque rien vécu, mais ce « presque rien » la bouleversait déjà et la poussait en avant, résolument.

*

* *

— Je peux entrer ?

En voyant Cobalt à la porte de sa chambre, le cœur de Dana fit un bond. Elle avait rencontré cette expression au moins mille fois au fil de ses lectures et elle lui avait toujours semblé exagérée, voire un peu ridicule. Aujourd'hui, elle la comprenait : son cœur venait littéralement de bondir. Il cognait si fort dans sa poitrine qu'elle était certaine qu'on pouvait voir les battements sous le tissu de son tee-shirt, pourtant large.

Au-delà de sa beauté un peu chiffonnée, elle trouva au jeune homme un air nerveux et éprouva à la fois tristesse et inquiétude.

---

1. « L'amour est si déroutant qu'il n'y a pas de tranquillité d'esprit ». Dana écoute l'adaptation faite par Philip Glass de la chanson de Blondie, *Heart of Glass*.

— Tu as bien dormi ? lui demanda-t-elle, figée à l'entrée de son cabinet de toilette.

Il prit appui contre le rebord de la fenêtre, les bras croisés, avant de répondre :

— Carrément pas, non.

— Oh, tu as fait des cauchemars ?

Elle regretta aussitôt sa question qu'elle jugea trop puérile.

— Non, c'est pas ça, bougonna-t-il sans la quitter des yeux.

— Tu… tu veux… en parler ?

— Non.

— Tu as dit trois fois « non »…

Dana ne savait plus quoi faire pour essayer de détendre l'atmosphère. Elle se risqua à le regarder plus franchement et son cœur se mit à nouveau à faire des siennes malgré l'air renfrogné que Cobalt affichait.

Il quitta alors la fenêtre pour se diriger vers la porte, qu'il referma en dépit des consignes. Puis il fit volte-face et prit Dana de court en l'embrassant avec une ardeur inédite, l'emprisonnant dans ses bras. Le premier réflexe de la jeune fille fut de résister, quelques secondes seulement, au terme desquelles elle se sentit complètement éclore. Ses lèvres s'entrouvrirent et s'enhardirent à accueillir ce baiser fiévreux, le plus audacieux qu'elle eût reçu et donné jusqu'alors.

Plus Cobalt se pressait contre elle, plus son corps s'attendrissait, cédant à la chaleur soyeuse venue du plus profond d'elle. Tout ce qu'elle avait lu prenait sens, prenait corps, puissance dix mille.

— Dana…

Instinctivement, elle se serra davantage encore à Cobalt. Ses mains, moins paralysées, se hasardèrent sur le dos musclé du garçon. Elle se surprit à vouloir amplifier leur proximité et toucher sa peau. Tout doucement, prudemment, elle glissa la main sous le tee-shirt noir et frémit au contact de son dos.

Ses gestes perdaient peu à peu de leur réserve, ses caresses devenaient aussi naturelles qu'indispensables. Une conjonction singulière s'opéra lorsque les lèvres de Cobalt descendirent dans son cou. Elle se perçut autre, une Dana qu'elle ne connaissait pas et qui, pourtant, faisait partie d'elle.

— Dis-moi que tu veux…, murmura Cobalt.

L'afflux des émotions la rendait muette. Elle répondit en plongeant son visage dans les boucles brunes du garçon, ses mains se promenant toujours le long de son dos, douces, timides mais aventureuses.

— Dis-le-moi, Dana…

Elle le voulait plus que tout, mais elle était incapable de lui offrir ces mots, ne le voyait-il pas ? Les garçons manquaient-ils à ce point de perspicacité ?

Il se dégagea légèrement pour pouvoir la regarder. À cet instant, elle sut qu'elle s'était méprise : il avait compris.

Quelqu'un frappa à la porte ; tous deux frémirent de ce retour brutal à la réalité, mais Cobalt prit le temps de lui effleurer la joue avec une tendresse qui la désarma. Ses yeux l'enveloppèrent, elle se sentit soulevée de terre.

Quand il se décida à ouvrir la porte, il n'y avait plus personne, on avait renoncé. À regret, Dana le vit se diriger vers son bureau et inscrire quelque chose sur une feuille qu'il plia soigneusement.

Il la lui tendit en déposant un baiser sur son front et sortit de la chambre, la laissant là, hébétée et tremblante. Sous le coup de l'émotion, ses jambes se ramollirent, elle dut s'accroupir. Des résidents passaient dans le couloir et elle détesta l'idée qu'ils la voyaient peut-être dans cette position de faiblesse.

— Coucou... On peut aller à la séance ensemble, si tu veux...

Dana leva les yeux. C'était la première fois que Morgane s'adressait à elle. Elle en fut touchée, d'autant plus que sa proposition ressemblait davantage à une requête. Elle fit mine d'ajuster son espadrille et se redressa en fourrant dans la ceinture élastique de son pantalon le papier qu'elle n'avait pas eu le temps de lire.

— C'est déjà l'heure ? lança-t-elle.

— Oui, fit timidement Morgane.

Côte à côte, elles traversèrent le couloir et choisirent de descendre au rez-de-chaussée par les escaliers. Dana percevait l'effort qu'avait coûté cette approche à sa camarade, qui cherchait le contact depuis plusieurs jours, en vain. Malgré ses pensées focalisées sur Cobalt et sur le papier, elle aussi devait faire un pas vers la jeune fille, Morgane ne méritait pas autant d'indifférence.

— Ça va ? Tu t'habitues au centre ? lui demanda-t-elle.

Morgane sembla décontenancée. *Elle a l'air si fragile*, pensa Dana.

— Oui. On n'a pas beaucoup de temps libre, mais en même temps on s'ennuie beaucoup.

Surprise par cette réponse si pertinente, Dana hocha la tête.

— C'est très juste, admit-elle.

— Les endroits en vase clos, ça transforme tout ; le temps, la façon d'être, la vision qu'on a des autres, tout devient un peu faussé.

Dana ne put s'empêcher de s'interroger. Morgane lui adressait-elle un message caché ?

— C'est l'impression que tu as ?

— Oui, souffla-t-elle. On voit chez les autres des choses qu'on ne verrait pas si on était ailleurs, dans la vie de tous les jours.

— Je suis assez d'accord avec toi, fit Dana. Mais ça ne veut pas dire que c'est faux. Ou moins bien. Ou mieux.

— Non. C'est juste différent.

Morgane n'avait pas tort. Pour preuve, jusqu'ici Dana avait cru voir en elle une jeune fille introvertie et trop empêtrée dans son mal-être pour prêter attention à quiconque, alors qu'elle la découvrait finalement fine observatrice.

— Tu penses à quelqu'un en particulier ? se risqua-t-elle à lui demander.

— Oui.

Cette simple syllabe sonnait comme un aveu. Convaincue qu'elle parlait d'elle, Dana ne sut comment interpréter ses propos. Morgane voulait-elle lui faire comprendre qu'elle avait percé à jour une autre facette plus secrète de sa personnalité ? Qu'elle n'était pas la fille froide qu'elle donnait à voir, perpétuellement plongée dans ses bouquins et peu encline à se lier aux autres ? Peut-être l'avait-elle vue avec Cobalt. Peut-être en était-elle choquée.

Dana attendit, mais Morgane ne se décidait pas à en dire plus. Pourtant, il était évident qu'elle en crevait d'envie.

— Un garçon ? tenta Dana, soudain poussée par une intuition.

— Oui, fit Morgane, écarlate.

Tandis qu'elles attendaient toutes les deux devant la salle, Tristan et Candice apparurent au milieu d'une dizaine d'autres résidents, tous en tenue de sport – la séance de remise en forme aurait lieu à l'extérieur, ce jour-là. Au moment où ils passèrent devant les deux jeunes filles, Morgane se fit toute petite et parut vouloir se cacher derrière Dana, à défaut de pouvoir se fondre dans le mur. Candice éclata alors d'un rire peu discret, non sans leur jeter un regard plein d'assurance et de mépris, avant de poursuivre son chemin, Tristan à ses côtés.

Un coup d'œil à Morgane suffit à Dana : tout était très clair à présent.

— C'est Tristan, il te plaît...

— Beaucoup. On s'entend bien, on discute souvent. Mais c'est mort.

— Pourquoi tu dis ça ? s'exclama Dana.

Morgane baissa la tête.

— Tu as vu avec qui il sort..., marmonna-t-elle.

— Candice ? Mais dans quelques jours, ce sera fini, tu verras.

Morgane ne semblait pas convaincue. Au contraire, Dana venait sans doute de mettre le doigt sur son plus vif tourment.

— Je suis certaine que tu as toutes tes chances. Franchement, j'imagine plus Tristan avec une fille comme toi, vous iriez très bien ensemble.

— Tu crois ?

— Oui, confirma Dana, absolument sincère. Il faut juste que tu sois un peu patiente.

Ces paroles parurent avoir un effet bénéfique sur Morgane. Ses épaules se redressèrent, elle releva la tête et soupira.

— Merci de m'avoir écoutée, dit-elle. J'étais sûre que tu pouvais me comprendre.

Dana se demandait ce qui avait bien pu faire croire cela à la jeune fille. Elle était si ignorante en matière de garçons !

— Mesdemoiselles, bonjour ! retentit la voix du diététicien. Vous êtes en avance !

Les filles répondirent en chœur et le suivirent dans la salle aménagée en cuisine. Elles s'assirent sur les hauts tabourets, aussi mal à l'aise l'une que l'autre. Leur répulsion pour la nourriture ne se fondait pas sur les mêmes raisons et n'avait pas la même nature, mais toutes deux partageaient le même inconfort : cet atelier n'était pas leur favori, loin s'en fallait. Dana se fendit d'un petit sourire pour Morgane, encourageant sur bien des points.

Puis ses pensées revinrent vers Cobalt. Leur intimité devenait de plus en plus intense et cette évolution générait autant d'appréhension que de désir. La feuille pliée dans la ceinture de son pantalon la gênait, son esprit fourmillait de curiosité, mais comment lire ce petit mot en toute discrétion ?

— Je reviens, tu me gardes la place ? fit-elle soudain à sa voisine.

Elle se précipita hors de la salle sous le regard interrogateur du diététicien, et s'enferma dans les toilettes les plus proches.

15 h escaliers 3e étage.

Dana s'enflamma intérieurement. Le lieu de ce rendez-vous lui rappela instantanément la scène entre Cobalt et Candice. Elle ne put s'empêcher de se projeter, de s'imaginer à sa place, et d'en avoir envie, peur, honte, sans savoir lequel des trois sentiments l'emportait.

Elle déchira la feuille en mille morceaux qu'elle jeta dans les WC. Un peu d'eau froide sur son visage lui permit de retrouver une physionomie à peu près normale, mais son trouble restait cantonné juste sous la surface et la rendait électrique.

Les mains en appui sur le rebord du lavabo, elle fit face à son reflet dans le miroir et, pour une fois, n'esquiva pas. Elle s'observa comme si elle était quelqu'un d'autre, puis elle finit par soutenir son propre regard. Cobalt la voyait-il comme elle-même se voyait ? Elle n'était pas Candice, jamais elle n'arriverait à faire la même chose qu'elle, c'était impossible.

Tout au long de l'atelier de diététique, puis des séances de psychothérapie qui suivirent, ces réflexions l'obsédèrent. Elle écouta d'une oreille, ne se montra ni réactive ni impliquée, repassa en revue tout ce qu'elle savait, tout ce qu'elle ne savait pas, ses craintes, ses complexes, son désir de plus en plus vif.

Jusqu'à l'heure fatidique.

29.

Cobalt

Dana n'était pas la seule à devoir affronter ces pensées envahissantes. Depuis le début de cette journée et les instants volcaniques partagés avec la jeune fille dans sa chambre, Cobalt n'avait que cela en tête : la retrouver et poursuivre ce qui avait été commencé.

Ne pas la voir au moment du déjeuner lui pesa. Ce jour-là, les filles souffrant de troubles du comportement alimentaire mangeaient à part avec le diététicien. Il se hâta de terminer son plateau pour pouvoir s'isoler là où il avait prévu d'emmener Dana. Écouteurs sur les oreilles, musique à fond, il essaya de se détendre. Mais même ses morceaux favoris ne parvenaient pas à combler son impatience. Plus que jamais, tout le lassait très vite. Dans le fond, Dana avait peut-être raison : il se montrait capricieux. Et le fait qu'il l'ait toujours été ne l'excusait pas.

L'image de son frère flotta jusqu'à sa conscience. Il trouva terriblement inopportun de penser à lui dans un tel moment. Mais le souvenir forçait sa présence, s'imposait de toutes ses forces.

Balthazar lui manquait. Moins qu'avant, évidemment, au bout de deux ans, Cobalt commençait plus ou moins à s'habituer à l'absence. Mais de temps à autre, des questions surgissaient. Qu'aurait fait Balthazar dans telle ou telle circonstance ? Serait-il aujourd'hui le garçon sérieux, appliqué, réfléchi qu'il était autrefois ? Les jumeaux s'étaient toujours adorés, tout en étant complètement différents, l'un réservé et profond, l'autre exubérant et superficiel. Le premier de la classe et l'électron libre. L'amoureux fidèle et le « petit *lover* compulsif », comme l'avait appelé Dana. Une des grands-mères de Cobalt le disait bien, c'étaient toujours les meilleurs qui partaient les premiers.

Les yeux dans le vague, il grimaça. Était-il capable de devenir quelqu'un de bien ? Pouvait-il changer à ce point ? Dana avait une influence particulière sur lui, elle le rendait perméable, attentif, moins focalisé sur sa petite personne. Mais qu'en serait-il si elle ne venait pas comme il le lui avait demandé ? Et si elle se refusait à lui, saurait-il attendre davantage ?

Il n'était plus en mesure d'esquiver le fond du problème – de *son* problème –, il planait au-dessus de lui comme une menace : malgré les apparences, Dana était plus forte que lui, et cette constatation le contrariait.

À trois heures moins dix, il s'assit sur une marche au niveau du palier donnant sur le troisième étage. Il y avait quelque chose d'absurde dans cette situation, un manque de spontanéité presque ridicule. Dana n'était pas comme les autres filles qu'il avait fréquentées ; il ne pouvait pas fonctionner avec *elle* comme avec *elles*. Et pourtant, il ne savait pas faire autrement. Cobalt le bourrin, encore et toujours.

Il s'exaspérait lui-même. Sa montre indiquait trois heures cinq. Dana n'allait pas venir. Chaque seconde qui passait l'en persuadait un peu plus. Trois heures six. Trois heures sept. Il avait tout gâché avec ce rendez-vous stupide. On ne convoquait pas une fille comme Dana. Pas comme ça.

— T'es qu'un connard, marmonna-t-il.

Les nerfs à vif, il se leva d'un bond et se retrouva nez à nez avec elle en ouvrant la porte.

— Tu… tu t'en allais ? balbutia-t-elle, défaite.

— Non, mentit-il.

— Désolée, Aude Mahler m'a un peu retenue.

— C'est pas grave.

Deux mensonges en quelques secondes, pouvait-il faire mieux ? Ou pire ?

Sans sourire, sans douceur, il lui prit le bras et l'entraîna derrière lui. La porte se referma en chuintant comme dans un soupir, en contraste avec l'attitude de Cobalt, beaucoup plus directe.

Il fallut que Dana cherchât à se dégager pour qu'il se rendît compte de son manque de délicatesse. Il s'arrêta net en voyant l'expression pleine de doute ombrant le visage de la jeune fille. Par effet miroir, son regard s'obscurcit à son tour.

S'il la lâcha, ce fut pour la prendre dans ses bras, une main caressant ses cheveux, comme pour s'excuser. Il la sentit se détendre, ce qui décupla son envie de la garder sous son aile.

— Viens, je vais te montrer quelque chose, dit-il.

Il glissa sa main dans la sienne, très tendrement cette fois, et l'emmena vers un escalier plus modeste, auquel on accédait par une porte de service. Une fois gravies une dizaine de marches, ils débouchèrent dans un couloir beaucoup plus bas de plafond que celui des étages inférieurs.

— On se croirait dans un passage secret, chuchota Dana.

— Alors il ne faudra rien dire à personne, d'accord ?

Cobalt entra dans une pièce mansardée, encombrée de meubles en tout genre : tables, chaises, lits stockés les uns sur les autres.

Sans lâcher la main de Dana, il se fraya un chemin à travers ce bric-à-brac, jusqu'à la lucarne sous laquelle se trouvait la surprise qu'il lui réservait.

— C'est toi qui as fait ça ? s'exclama-t-elle.

À son expression, il comprit qu'il avait fait mouche. Il acquiesça d'un signe de tête, plutôt fier de lui, et laissa Dana s'avancer de quelques pas vers l'espace qu'il avait créé.

Elle s'assit sur le lit qui occupait le centre de ce territoire encerclé de barricades de métal empilé. Cobalt avait pris soin de le recouvrir d'un drap « emprunté » à la blanchisserie, une précaution que Dana sembla remarquer et apprécier, comme en témoignait le regard qu'elle lui lança timidement.

Lui ne la quittait pas des yeux. La lumière provenant de la lucarne enveloppait sa silhouette mince d'halo voilé un peu poussiéreux qui donnait à toute sa personne un côté immaculé, presque irréel. Il la trouva particulièrement belle à cet instant, encore plus que la première fois qu'il l'avait regardée, lorsqu'elle avait eu ces paroles si justes, lors de la séance avec Valentin Dubourg.

Il se décida à venir s'installer à côté d'elle. Elle ne bougea pas d'un millimètre, même lorsque leurs cuisses se touchèrent.

— C'est ta garçonnière ? lui demanda-t-elle.

— Ma quoi ?

— Ta garçonnière… Tu ne sais pas ce que c'est ?

— Ben non, mais je parie que je le saurais si j'étais né au Moyen Âge.

— Pas vraiment. Mais au XIXe siècle, oui.

Loin de se laisser démonter, Cobalt s'étendit, les coudes en appui sur le lit.

— T'es vraiment une foutue intello, toi, lança-t-il.

— Parce que je connais le mot « garçonnière » ?

— Yep.

À moitié couché, il ne voyait Dana que de trois quarts, son dos raide, sa nuque fine, ses épaules arrondies et ce profil qu'il trouvait parfait. Son désir l'envahissait intégralement. Il se redressa et se risqua à l'attirer contre lui. Elle se laissa faire, beaucoup plus facilement qu'il ne l'aurait cru, inclina la tête pour la caler dans le creux de son cou et prit sa main.

— Je t'aime beaucoup, Cobalt.

— Moi aussi, Dana, je t'aime beaucoup.

Ils restèrent ainsi l'un contre l'autre. Seule leur respiration synchronisée et faussement calme trahissait les petits bouleversements que chacun ressentait, cette envie qui était en train d'éclore en eux.

Lorsque Cobalt incita Dana à s'allonger auprès de lui, elle ne résista pas non plus et s'étendit sur le côté. Lové derrière elle, il se moula contre son corps, un bras autour de sa taille.

Les baisers légers qu'il déposa dans son cou la firent palpiter, la pression qu'elle exerça sur sa main le lui indiqua clairement, tout comme la petite crispation aussitôt suivie d'un relâchement évocateur, prémices de l'abandon. Il en profita pour annihiler la dernière distance entre eux en épousant la position de ses jambes, légèrement repliées. Leurs corps formaient la réplique l'un de l'autre, comme deux cuillères sagement rangées dans leur casier étroit.

Cobalt se surprit à retenir son souffle tandis que sa main s'aventurait désormais sous le tee-shirt de Dana. Elle, au contraire, se mit à respirer plus rapidement au fur et à mesure qu'il caressait son ventre, subjugué par le satin de sa peau. Il poursuivit son exploration vers la poitrine, millimètre par millimètre. Ainsi qu'il l'avait imaginé, elle ne portait pas de soutien-gorge, ses seins étaient si menus. Il les contourna l'un après l'autre du bout des doigts, aussi délicatement qu'il s'en sentait capable, avant de se saisir de l'un d'eux pour l'envelopper de toute sa paume. Le mamelon se mit peu à peu à gonfler de plaisir entre son pouce et son index ; il en éprouva fièvre et fierté, comme chaque fois qu'il attisait le corps d'une fille.

Dana, quant à elle, semblait paralysée. Cobalt espérait que seule l'effervescence de ses sens en était la cause. Pour la rassurer, il la gratifia de nouveaux baisers dans le cou, glissa vers le creux de l'épaule, remonta vers l'arête de la mâchoire. Dana tourna alors la tête, à la recherche de ses lèvres. Il se redressa pour répondre à son appel, et ce baiser fut certainement le plus savoureux qu'ils eussent échangé jusqu'alors.

Instinctivement, sa main quitta les seins de Dana pour redescendre vers son ventre, jusqu'à la ceinture de son pantalon. Là, il s'immobilisa, dans l'attente d'un acquiescement, d'un encouragement, d'un signal. Une chaleur inédite se propagea entre eux. Sa joue collée à celle de Dana, en feu, et sa main toujours en arrêt, il pressa son corps et sa virilité naissante contre les reins de la jeune fille désormais palpitante. Un sourire étira ses lèvres lorsque Dana se saisit de la main de Cobalt et l'enfouit sous l'élastique, à la lisière de sa culotte. Elle continua de le diriger, plus audacieuse qu'il ne l'aurait imaginé, et l'aida à franchir l'ultime barrière, la fine frontière de coton. Un gémissement lui échappa lorsque les doigts de Cobalt rencontrèrent son intimité duveteuse, puis ses plis secrets, veloutés et mielleux.

Ce gémissement, allié au vertige de la découverte, eut un effet étourdissant sur le garçon. Il ferma les yeux tout en continuant ses caresses. Il sentait Dana fondre sous ses doigts, fondre jusqu'au plus profond d'elle-même. Tout le grisait, le parfum dans son cou, le film de sueur sur ses tempes et dans son dos, son souffle haletant, la douceur crémeuse entre ses cuisses, son frémissement de stupéfaction lorsqu'il effleura son clitoris et s'y attarda, longuement, tendrement, résolument.

Dana attrapa soudain sa main libre et entrecroisa ses doigts aux siens. Cobalt s'efforça de mettre de côté sa propre excitation, qui devenait pourtant de plus en plus flagrante. Le plaisir qu'il procurait si clairement à Dana le captivait ; elle se montrait si réceptive… Il intensifia sa caresse sur le bouton dont l'épanouissement ne faisait aucun doute, jusqu'à sentir la jeune fille se tendre, comme traversée par une onde électrique. Son corps tout entier semblait gagné par une crampe fulgurante, puis elle se détendit subitement, tremblante, la respiration précipitée.

— C'était quoi, ça ? murmura-t-elle au bout d'une longue minute.

Cobalt rit doucement.

— Tu le sais très bien, fit-il en l'embrassant dans le cou. Tu as joui, Dana Scully.

— Mais… tu ne m'as même pas…

Son incapacité à formuler les choses attendrit le jeune homme.

— Il n'y a pas que la pénétration dans la vie, tu sais !

Il retira sa main pour la porter aux lèvres de Dana.

— Goûte.

— Non ! Je ne peux pas faire ça ! souffla-t-elle, l'air aussi choqué qu'embarrassé.

— Goûte, s'il te plaît.

Il ne pensait pas qu'elle le ferait. Elle osa pourtant, et le contact de sa langue sur ses doigts imprégnés de cette saveur à l'amertume si particulière décupla le désir de Cobalt.

— Et toi ? demanda-t-elle en se calant encore plus étroitement contre lui.

— Moi ?

— Oui, toi.

Avait-elle conscience de sa monumentale érection ? Il était peu probable qu'elle ne s'en rendît pas compte. Mais Cobalt préférait néanmoins laisser une minuscule place au doute : Dana n'avait pas forcément la même perspicacité que d'autres filles.

— Vas-y, Dana, exprime-toi.

— Je ne peux pas.

— Dis-le.

Peut-être allait-il trop loin, mais il était persuadé qu'elle parviendrait à formuler ce qu'elle avait en tête. C'était un défi qu'il lui lançait et qui l'excitait terriblement.

— C'est si difficile pour toi de dire les choses ?

Elle inspira et expira, plusieurs fois, comme si elle se trouvait au bord d'un plongeoir, prête à se jeter à l'eau.

— Tu… tu n'as pas eu de plaisir ! lâcha-t-elle.

Il se décala pour lui permettre de s'allonger sur le dos et surtout pour enfin voir intégralement son visage. Ses joues rouge sang et son regard brillant eurent sur lui un effet incendiaire. Il riva ses yeux aux siens avec une ardeur qui lui donnait un air soudain sérieux, presque dur.

— Laisse-moi faire, dit-il en lui prenant la main.

30.

Dana

Jamais elle n'aurait cru que l'on pût trembler ainsi. De peur, oui, de froid, de colère. Pas de plaisir. À presque vingt ans, c'était une grande, une immense, une formidable découverte. Et elle était heureuse de la devoir à Cobalt, pourtant le plus improbable et le moins fiable des garçons.

Avant de parvenir jusque-là, elle avait dû batailler avec elle-même. Ce n'était pas Aude Mahler qui l'avait retardée, mais bel et bien cette crainte qu'il ne soit pas fait pour elle. *Non mais tu te prends pour qui ? Tu te crois mieux que lui ?* s'était-elle sermonnée avant d'enchaîner sur un autre registre. *Tu es là pour convaincre ton père et ces gens que tu vas bien et que tout ça n'est qu'une erreur d'interprétation. Tu n'es pas là pour tomber dans les bras d'un garçon que tu connais à peine.*

En définitive, ses pas l'avaient menée vers les escaliers du troisième étage sans véritablement chercher à faire marche arrière.

Et maintenant, elle se trouvait là, serrée contre lui sur un petit lit à l'abri du monde. Quelques minutes plus tôt, elle l'avait laissé glisser sa main dans sa culotte. Non. Non, non, non. Elle avait plus exactement tout fait pour que cela arrive, parce qu'elle en brûlait d'envie. Elle avait donc elle-même pris sa main pour le lui faire comprendre, même s'il n'avait absolument pas besoin d'être guidé ; il connaissait le chemin aussi bien que le mode d'emploi.

Une nouvelle dimension s'était alors ouverte à elle et en elle. Son introspection lui avait donné un aperçu de ce qu'elle recélait, ce mystère du corps et du plaisir. Mais sous les caresses de Cobalt, elle avait compris combien tout cela pouvait se révéler bien plus vaste et bouleversant que ce qu'elle avait supposé.

Toute sa conscience semblait s'être concentrée sur cette béance intérieure qui lui avait donné la sensation d'éclore à l'infini, comme ces kaléidoscopes hypnotiques qui explosaient dans un geyser de couleurs.

Elle se sentait incroyablement autre, immensément bien. Les paroles de Jean Capucin lui revinrent : « *Ton corps n'est ni un fardeau ni un ennemi, Dana. C'est un outil, un merveilleux outil, un allié.* »

Quelle découverte…

Cependant, laisser Cobalt sur le bord du chemin la tracassait.

— Et toi ? s'était-elle inquiétée.

Il l'avait poussée dans ses retranchements sur le ton de la taquinerie et du défi, un petit jeu auquel elle s'était prêtée en rougissant. Verbaliser n'était pas si facile.

Lorsqu'il prit à son tour sa main pour la glisser sous son tee-shirt, elle eut un instant de panique. Mais contrairement à ce qu'elle appréhendait, les gestes venaient avec un naturel surprenant. Elle se hasarda sur le buste du jeune homme, le cœur du garçon battait sous ses doigts ; c'était la première fois qu'elle *touchait* un cœur, et cette perception de vie, d'émotion la renversa.

Elle avait senti son érection, bien sûr, comment aurait-il pu en être autrement ? Elle n'était pas ignorante à ce point. L'espace d'un instant, elle se dit qu'elle préférait de loin être une fille. Le désir d'un garçon était si différent, si manifeste ; elle aurait détesté qu'on pût déceler de façon aussi visible ce que son corps exprimait. En même temps, c'était ce qui se passait depuis des années : elle souffrait intérieurement et son corps le montrait sans aucune discrétion.

— À quoi tu penses ? murmura Cobalt.

Elle secoua la tête dans une piètre tentative d'esquive.

— Arrête de penser, Dana. Tu connais l'expression « vis l'instant présent »...

— *Carpe diem.*

Il eut un petit rire, avant d'attirer ses lèvres contre les siennes.

— Si tu veux, mademoiselle l'intello qui n'arrête pas de penser... Alors, *carpe diem* !

Tout en l'embrassant avec une suavité plus empressée, il guida sa main vers son ventre. Dana eut un mouvement de retenue.

— On n'est pas obligés, si tu ne veux pas.

— Si, fit-elle dans un souffle.

De sa main libre, il défit les boutons de son jean tendu. Le cœur de Dana s'affola, la crainte de ne pas savoir faire la bloquait... Elle ne connaissait rien du sexe masculin, à peine en avait-elle entraperçu un ici ou là, sur des écrans, près des yeux mais très loin de la réalité.

— Tu es sûre ? lui demanda Cobalt.

Elle se trouva ridicule, immature, égoïste, trois qualificatifs dont elle n'avait pas du tout l'habitude. S'il ne l'avait pas embrassée sur le front avec une telle tendresse, sans doute aurait-elle capitulé. Mais touchée dans sa chair comme dans son cœur, elle l'implora.

— Aide-moi.

Les yeux clos, elle se laissa diriger vers son bas-ventre, sans précipitation mais sans hésitation non plus. Finis, les atermoiements !

Elle poussa un petit cri de surprise lorsque Cobalt l'incita à presser sa main sur son boxer de coton blanc. Ce premier contact avec le membre gonflé sous le tissu lui coupa le souffle.

— Caresse-moi, Dana, chuchota-t-il, la voix grave.

Il lui montra comment faire jusqu'à ce qu'elle s'enhardisse, d'abord du plat de la paume par de délicats attouchements, puis avec plus d'audace, entre le pouce et l'index.

Jamais elle n'aurait imaginé que ce genre de caresses pouvait être communicatif au point de faire naître un nouveau tourbillon en elle. Le mot « fusion » lui vint en tête. Elle faisait doucement coulisser sa main sur le sexe de Cobalt, toujours à travers son boxer. Le jeune homme en gémissait d'aise et elle en ressentait un plaisir stupéfiant, différent de celui que Cobalt lui avait donné, mais bien réel.

— Putain, Dana, j'adore…

Dana se sentit emportée ; chaque souffle dans son cou, chaque palpitation dans sa paume, chacun des mots exhalés comme des soupirs, ce petit lit étroit, ce garçon magnétique, tout la transportait ailleurs, à la fois hors d'elle et au plus profond de son être.

Cobalt accéléra les mouvements de Dana sur son membre de plus en plus noueux. Le plaisir se dilata de part et d'autre, Dana s'en mordit la lèvre tandis que la respiration de Cobalt s'amplifia, un pur enchantement aux oreilles de la jeune fille. Sa main accompagnait chacune des inspirations de son partenaire. Soudain, il enfouit le visage dans son cou et expira de bonheur tandis que son boxer s'auréolait.

Dana, dépassée par la situation, comprit seulement à cet instant qu'elle devait s'arrêter. Sa poitrine se soulevait au rythme de son émotion et des sensations inédites qu'elle venait de découvrir. Excepté son cœur qui tambourinait contre elle, plus rien ne bougeait du côté de Cobalt. Bloquée, elle ne savait quoi dire, quoi faire, quoi penser.

— Est-ce que ça va ? se risqua-t-elle à demander.

Ces mots eurent le mérite de faire réagir le garçon, qui se redressa sur un coude pour la regarder.

— Tu me demandes si ça va ?

— Euh, oui.

Un petit sourire éclaira le visage de Cobalt. Il secoua la tête doucement, peut-être un peu amusé. Dana était désemparée. Elle n'avait pas été à la hauteur.

— Dana… Dana, Dana, Dana… Tu m'as fait jouir rien qu'en me caressant à travers mon boxer… Alors, oui, ça va, ça va même carrément bien.

— C'est vrai ?

Il reprit sa main et la porta à nouveau où elle se trouvait quelques instants plus tôt. Et cette fois, elle comprit mieux. Elle rougit. De soulagement. De joie. De plaisir.

— C'est fou, murmura-t-elle.

— Qu'est-ce qui est fou ?

— Tout ça. Comme ça.

— Je te l'ai dit, il n'y a pas que la pénétration dans la vie.

Elle ne put s'empêcher de rire et se cacha le visage entre ses mains.

— Mais ne va surtout pas croire que je n'en ai pas envie, précisa-t-il. C'est juste que… chaque chose en son temps. D'accord ?

— D'accord, fit-elle en écho.

31.

Candice

Si le doute avait réussi à perdurer pendant quelques jours, à présent, Candice n'en avait plus aucun : Cobalt était passé à la vitesse supérieure avec Dana. Il n'avait plus d'yeux que pour cette intello maigrichonne qui ne ressemblait à rien.

Elle se serait inclinée s'il s'était agi de l'infirmière stagiaire plutôt canon ou de la nouvelle venue, une jolie brune un peu farouche qui regardait tout le monde d'un air frondeur. Avec elles, Candice aurait pu se battre dans sa catégorie. Mais face à Dana, elle se trouvait désarmée.

En voilà une qui cachait bien son jeu, sous ses airs de blanche colombe innocente. Candice détestait ce genre de filles : en général, elles se révélaient bien plus vicieuses que les autres, on ne les voyait pas arriver, elles manœuvraient par-derrière en jouant les saintes-nitouches et paf, elles harponnaient leur proie et ne la lâchaient plus.

— Espèce de sale petite garce…, marmonna-t-elle en regardant passer Dana dans son sempiternel ensemble pantalon-tee-shirt sans aucun style.

Désormais, quand on voyait Cobalt, Dana n'était jamais très loin, et inversement. Elle était même très près. Trop près. Cette proximité horripilait Candice, l'irritait jusqu'à l'obsession. Peu portée sur la modération en quoi que ce fût, elle pratiquait une forme de masochisme en les imaginant ensemble. De ce côté-là, elle en était sûre, Cobalt ne pouvait pas se montrer aussi fougueux qu'il l'avait été avec elle – Dana ne supporterait pas le *choc*, elle devait être aussi fragile qu'une construction en allumettes. Et Cobalt aimait les étreintes vigoureuses, Candice en gardait un souvenir plus qu'ardent.

— Jouer à touche-pipi, quelle extase…

— Qu'est-ce que tu dis ? fit Tristan.

Juchée sur un vélo elliptique, elle lui jeta un coup d'œil aussi surpris que si elle découvrait sa présence.

— Je ne te parlais pas, répondit-elle avant d'augmenter la vitesse de la machine.

Un vague scrupule l'effleura lorsqu'elle le sentit se renfrogner. Puis le naturel reprit vite ses marques. Les garçons comme lui supportaient tout ce que les filles comme elle pouvaient leur infliger. Surtout quand elles étaient énervées et piquées dans leur orgueil.

Qu'attendait Tristan pour lui dire ses quatre vérités ? Elle avait un comportement épouvantable à son égard, se servait de lui à la fois comme d'un punching-ball, d'un larbin et d'un jouet. Et lui acceptait tout sans jamais se plaindre, comme une bonne petite victime consentante. Elle le soupçonnait d'ailleurs d'être tombé amoureux, ce n'était pas possible autrement. Ou bien il était masochiste lui aussi, comme elle lorsqu'elle pensait à Cobalt et Dana.

Mais pour sa défense, Tristan ne s'en tirait pas à si mauvais compte. Grâce à elle, il avait expérimenté la première fellation de sa vie. Puis la deuxième. En général, les garçons ne disaient jamais « non » à ce genre de choses. Mais plutôt « encore ». Sauf Cobalt. « Salut, ça va ? » C'est tout ce qu'il lui disait, comme s'il n'y avait rien eu entre eux. Rien. Du. Tout.

Inévitablement, elle en vint à se demander si Dana lui offrait ce genre de… gourmandise. Mais même au prix d'un énorme effort, elle ne parvenait pas à l'imaginer. Pourtant, il paraissait peu probable qu'ils ne partagent que des lectures et des musiques un peu *dark* ; la tension sexuelle entre eux était trop visible pour qu'ils en fussent restés au simple stade des baisers, aussi passionnés soient-ils.

Cobalt et Dana. Dana et Cobalt. Que pouvaient-ils bien faire ensemble ? Elle les avait observés la veille, dans la salle commune. Une scène *hal-lu-ci-nante* : Cobalt allongé sur une banquette, la tête posée sur les cuisses de Dana qui lui lisait un livre. Depuis quand un garçon comme lui s'intéressait-il à la littérature ?

Elle s'était approchée, curieuse de découvrir quel titre pouvait à ce point le captiver. *Le Diable, tout le temps*, de Donald Ray Pollock. Son scepticisme n'avait fait que grandir lorsqu'elle en avait lu le résumé sur Internet.

— Plus glauque, tu meurs…

— Qu'est-ce qui est glauque ? s'était enquis Tristan, aussi collé à elle que Cobalt l'était à Dana.

— Rien. Viens, on va se faire un billard.

Tristan l'avait suivie alors qu'il n'en avait pas la moindre envie, Candice le savait. Comme d'habitude, son tempérament exhibitionniste avait attiré nombre de regards, pas vraiment bienveillants. Mais elle s'en fichait.

— Je préfère être détestée qu'ignorée !

Elle avait clamé cette devise deux jours plus tôt, sans que l'attitude de Cobalt changeât d'un iota à son égard.

Le matin du troisième jour, elle se leva particulièrement de mauvaise humeur. Elle se trouvait au Centre Aurore depuis trop longtemps, et commençait à tourner en rond comme une lionne en cage, un ennui que le personnel comblait par de multiples activités physiques, artistiques ou culturelles. Ces emplois du temps chargés convenaient aux autres, qui s'y adonnaient avec une docilité consternante à ses yeux. Elle, au contraire, montrait davantage d'opposition, ne prenait rien au sérieux ou s'agaçait, ce qui laissait de plus en plus le champ libre à ses obsessions, sans même qu'elle s'en rendît compte.

Le seul bon point de cette journée qui débutait très mal fut l'annonce de sa sortie : on évaluait positivement son évolution, elle pourrait quitter le centre la semaine prochaine. N'estimant pas avoir particulièrement fait d'effort en quoi que ce fût, elle en sourit. D'ici là, elle aurait le temps de montrer à Cobalt combien son indifférence pouvait être un bien mauvais choix.

C'est pourquoi, le cœur débordant d'un désir de revanche, elle décida de suivre les cibles de toutes ses pensées lorsque, à la fin de la séance de thérapie de groupe, elle les vit s'engager vers les escaliers.

Ils s'arrêtèrent à mi-chemin, certainement pour s'embrasser, en déduisit-elle. Se retenant pour ne pas se ruer sur eux, elle trépigna intérieurement, postée sur une marche en contrebas. Puis elle les entendit reprendre leur progression jusqu'au troisième étage. Une porte grinça. Elle eut le temps de voir qu'il ne s'agissait pas de celle du palier donnant sur les chambres.

L'oreille tendue, elle se glissa à son tour dans la cage étroite, découvrant le passage pour la première fois. Une marche craqua sous ses pieds ; elle suspendit son souffle tout en envisageant déjà une repartie au cas où elle serait surprise en flagrant délit d'espionnage.

Elle attendit deux minutes, peut-être trois, avant d'atteindre un couloir désert. Sa curiosité aiguisée, elle s'avança avec précaution jusqu'à la seule porte entrebâillée. Un rai de soleil découpait un triangle lumineux sur le sol, comme une indication de l'endroit où elle devait se placer. Cobalt chuchotait et Dana… gémissait ? Mademoiselle Intello-Coincée gémissait ? Vraiment ?

À quelques mètres d'elle, sur un lit recouvert d'un drap, il se passait exactement ce qu'elle pressentait et redoutait à la fois : Cobalt, le visage entre les cuisses de Dana, nue et immaculée, les yeux fermés et les lèvres entrouvertes dans une expression de plaisir absolu.

Candice ressentit un pincement au creux du ventre. La scène qui se déroulait devant elle était tout aussi excitante que douloureuse. Jamais Cobalt n'avait été attentif avec elle comme il l'était là, avec cette fille affreusement menue mais terriblement jolie, Candice devait en convenir.

Lorsque Dana enroula ses jambes autour du cou de Cobalt et se mit à caresser ses cheveux, le regard de Candice se durcit, sans pouvoir se détacher de ce couple en fusion. Les boucles brunes du jeune homme entre les cuisses laiteuses de cette fille, leur souffle évoquant tant de délices, leurs doigts s'entrecroisant dans une autre forme de connexion… Elle ne s'attendait pas à ne pas pouvoir le supporter. La vision des mains de Cobalt enveloppant les seins minuscules de Dana la percuta de plein fouet. Mais ce n'était rien par rapport à la déflagration qui l'ébranla quand le garçon se redressa pour embrasser à pleine bouche celle qu'à cet instant elle haïssait.

Elle s'infligea le supplice de voir Dana commencer à le toucher, ses mains étreindre son dos, glisser sous le tee-shirt noir, déboutonner son jean, le descendre pour dégager son membre dressé, le saisir entre ses doigts fins…

C'en était trop. Elle fit volte-face et s'enfuit aussi silencieusement que possible. Inutile d'ajouter à son humiliation la honte d'être découverte.

Elle se rua dans sa chambre et claqua derrière elle la porte de son cabinet de toilette. Après avoir aspergé d'eau froide son visage écarlate, elle se regarda dans le miroir, les mains crispées sur le rebord du lavabo. Un grognement de colère roula au fond de sa gorge, tandis qu'une bile aussi noire que ses pensées brûlait son être tout entier.

— Profite, ragea-t-elle, toujours rivée sur son reflet. Profite tant que tu peux, parce que ça ne va pas durer, ça, je te le promets…

Elle inspira à fond en essuyant le mascara qui avait laissé des traces sombres sous ses yeux.

— Tu n'aurais jamais dû me faire ça, espèce de sale petit connard de mes deux, jamais, jamais tu n'aurais dû…

32.

Rose

L'anniversaire de Dana avait lieu dans deux jours et Rose n'était pas peu fière de la surprise réservée à la jeune fille. Une demi-surprise, pour être plus juste, car depuis que Dana se trouvait au Centre Aurore, trois anniversaires s'étaient succédé, et elle devait bien se douter qu'elle n'y couperait pas.

Cobalt semblait accorder à sa mission « gâteau » tout le soin qu'elle méritait, la généreuse infirmière s'en était assurée auprès du diététicien. Lors de la dernière réunion d'équipe, elle avait dû faire amende honorable : Cobalt exerçait une influence extrêmement bénéfique sur Dana. Et inversement. Tous deux s'entendaient à merveille. Cobalt se montrait véritablement plus serein, plus calme, plus ouvert aussi. Il avait même confié à Sophie Carré que son internement au centre était la meilleure chose qui lui fût arrivée de toute sa vie. Quant à Dana, que dire… Elle rayonnait. Il fallait juste espérer que cela dure.

Rose en éprouvait un réel bonheur, bien que trottât toujours au fond de son esprit la crainte d'un éboulement et d'une fin catastrophique. C'était le lot de toute histoire d'amour, quel que soit l'âge. Ce qu'elle vivait de son côté avec Simon pouvait s'arrêter aussi, du jour au lendemain. Rose en serait dévastée de tristesse, mais elle s'en remettrait. Dana, en revanche...

En traversant le couloir du troisième étage avant de quitter son travail, Rose eut envie de s'attarder un moment auprès de la jeune fille qui, exceptionnellement, se trouvait seule dans sa chambre, occupée à dessiner le portrait d'une femme d'après une photo.

Rose s'assit sur le bord du bureau.

— Comment vas-tu, ma toute belle ?

— Ça va, merci, Rose.

— Tu es heureuse ?

La question ne manqua pas de surprendre Dana, qui laissa son crayon en suspens.

— Heureuse ?

Elle se mordilla les lèvres et finit par lever les yeux vers Rose. Son regard valait toutes les réponses du monde. L'infirmière se sentit vaciller intérieurement : la ressemblance avec son père avait quelque chose d'un peu perturbant.

— Eh bien, moi, je le suis pour toi ! lança l'infirmière.

— Ça se voit tant que ça ? fit Dana dans un murmure.

Rose hocha lentement la tête avec un petit sourire complice qui fit saillir ses pommettes. Soudain, Dana lâcha son crayon et entoura de ses bras la taille de l'infirmière.

— Oh, Rose, si vous saviez !

— Mais je sais, ma jolie, je sais.

Prise de court, Rose serra la jeune fille contre ses seins moelleux. Dana ne l'avait pas habituée à ce genre de réaction spontanée.

— L'amour peut être un puissant médicament, et il semble agir merveilleusement sur toi, lui dit-elle.

Sentir sa petite protégée lovée contre elle avec cette douceur et cette force la submergea. Elle battit des paupières ; elle n'allait tout de même pas se mettre à pleurer !

Lorsque Dana se dégagea, elle en éprouva presque du regret. L'espace d'un instant, elle s'était vue mère et avait aimé cela.

— Parlons entre femmes, ma belle. Je dois te demander : vous prenez vos précautions, n'est-ce pas ?

Le visage de Dana s'empourpra. Elle détourna la tête, inspira et expira plusieurs fois, avant de répondre timidement :

— On n'en est pas encore là.

Rose se trouva très bête. Quel manque de discernement de sa part ! Quelle indélicatesse ! La question était légitime, mais s'il lui arrivait souvent de terminer dans le lit des hommes le premier soir, tout le monde ne fonctionnait pas comme elle, certaines personnes avaient besoin de prendre leur temps. Surtout une jeune fille comme Dana.

Pendant qu'elle se grondait intérieurement, Dana, elle, semblait chercher à poursuivre la confidence.

— On ne fait que... se caresser..., finit-elle par lâcher devant le regard encourageant de l'infirmière.

Rose lui adressa un sourire attendri, plein de compréhension et de complicité. Par ailleurs, cet aveu renforçait encore plus positivement son opinion sur Cobalt. Elle pensait le garçon plus direct et plus impatient, moins attentif.

— Jamais je n'aurais cru que ce serait comme ça, continua Dana.

— Comme ça ?

— Oui, si fou...

— Au fil de ta vie, tu t'apercevras que le plaisir est un vrai mystère, ma douce. Certains hommes sont capables de nous envoyer sur une autre orbite rien qu'en nous touchant du bout des doigts, tandis que d'autres ont beau s'échiner et sortir le grand jeu, ils nous laissent de glace. C'est peut-être injuste, mais c'est comme ça !

Dana ne put s'empêcher de rire, à présent plus amusée qu'embarrassée. Rose en fut soulagée. Elle avait parfois tant de mal à positionner correctement le curseur.

— Oh là là, je m'égare. Ma vie est certes palpitante, mais elle n'intéresse que moi ! s'exclama-t-elle.

— J'aime bien connaître la vie des autres, fit Dana. Enfin, pas celle de tout le monde, mais la vôtre, oui…

Cette fois, ce fut au tour de Rose de rire.

— Alors ce sera notre petit secret.

Prononcer ce mot la rendit soudain songeuse et fit naître en elle quelques scrupules. Comment Dana réagirait-elle si elle savait que son père et elle… Elle eut un petit air éberlué en revenant sur terre. L'amour était une affaire sérieuse, parfois grave, et surtout toujours complexe.

— Bien, je vais te laisser terminer ce portrait, fit-elle en se levant. Qui est-ce ?

— C'est la mère de Léa, elle me l'a commandé pour le lui offrir le jour où elle sortira du centre.

— Ce sera un magnifique cadeau.

— Je l'espère.

— Aucun doute ! À demain, ma jolie, bonne soirée.

— Merci, vous aussi.

33.

Dana

Certains chiffres revêtent une valeur particulière dans la vie. Chacun possède les siens, à l'abri dans son esprit et dans son cœur, des dates joyeuses ou malheureuses, des anniversaires, des porte-bonheur.

Chaque 8 décembre, par exemple, la Terre accueillait près de deux cent soixante-dix mille bébés et disait adieu à quelque cent vingt mille personnes. Félicité pour les uns, peine pour les autres. Ici, on fêtait les Lumières et on faisait briller la cité. Là, on célébrait l'éveil de Bouddha. Pour Dana, ce jour serait à tout jamais celui de la disparition d'un des deux êtres qui comptaient plus que tout au monde.

Quant au 24 juillet, imminent, il avait une autre signification. Jusqu'à ses douze ans, cette date avait été pour Dana synonyme de joie, de paillettes, de gâteaux aussi – de plus en plus gros et de moins en moins festifs. Et puis elle n'avait plus été qu'un chiffre, un âge qui changeait, un décompte sans importance.

Le 24 juillet de ses dix-huit ans, elle l'avait passé avec son père au bord de la mer, des instants doux et un peu tristes sous le soleil des calanques. Ses grands-parents auraient aimé se joindre à eux, mais ni Simon ni Dana n'y tenaient spécialement. Les « Paternels », comme la jeune fille les appelait, ne pensaient qu'à présenter des femmes à leur fils pour qu'il « refasse sa vie », selon l'expression consacrée. Quant aux « Maternels », ils réfutaient de toutes leurs forces les problèmes psychologiques dont leur fille avait souffert pendant des années avant son accident. Si Dana était « dans cet état », seul leur gendre en portait la responsabilité, rien ni personne ne parvenait à les convaincre du contraire. Même lorsque Dana livrait au coin du feu quelques bribes des tourments endurés à cause des névroses de sa mère, les Maternels trouvaient encore le moyen de glorifier Clémence et de dénigrer Simon.

— Ras le bol qu'on essaie de me recaser à tout prix ou qu'on me fasse toujours jouer le mauvais rôle ! Vous ne m'aidez pas, là, vous m'emmerdez royalement, tous autant que vous êtes ! avait un jour assené Simon en plein dîner de famille.

À partir de là, les liens n'avaient fait que se distendre, mais Dana et son père s'y étaient très vite habitués.

Ce 24 juillet serait bien différent des autres, car tout changeait dans la vie de la jeune fille. D'abord ce chiffre, vingt ans, rond et symbolique, passerelle vers une nouvelle étape, peut-être une nouvelle vie.

Puis cet endroit, le Centre Aurore, lieu de passage, de rétablissement et de délivrance, prometteur de jours meilleurs. Les thérapeutes, Jean Capucin, Aude Mahler, Rose, lui apportaient une aide inestimable. Parler devenait de plus en plus aisé et les résultats étaient à la hauteur de ses efforts. Le travail au corps, ainsi que Dana le nommait, lui faisait faire des progrès fulgurants. Elle se sentait moins vulnérable, elle se savait sur la bonne voie pour aller mieux, pour aller bien. Cette conviction prenait chaque jour davantage de force, elle s'enracinait en elle et la rendait plus solide, lui donnait du poids, au propre comme au figuré.

Cobalt, bien entendu, en représentait un des ferments, sans doute le principal. Dana le voyait comme une météorite tombée dans son jardin secret. Il était le premier, le seul à avoir réussi à abattre ses barricades. Sous la douceur de ses caresses, les verrous sautaient un à un, les écluses s'entrouvraient enfin et laissaient s'échapper le plomb qui la lestait.

Elle n'en revenait pas de susciter du désir chez Cobalt. Une fille comme elle, avec ce corps… Les yeux du garçon, ses mains, ses lèvres sur elle la métamorphosaient de l'intérieur. Un véritable traitement de fond. Il commençait même à la rendre jolie à ses propres yeux ; elle se risquait peu à peu à affronter son reflet dans le miroir sans en éprouver ni effroi ni répulsion, juste une certaine stupéfaction à se découvrir si différente de l'image qu'elle se faisait d'elle-même.

Quand ils étaient ensemble, leurs gestes s'enhardissaient, la maladresse des débuts laissant désormais place à une volupté naturelle et délicieusement partagée. Cependant, ils n'avaient toujours pas fait l'amour comme Dana avait pu le concevoir, ces corps-à-corps qu'elle avait imaginés être l'unique façon de se donner l'un à l'autre. Elle s'était alarmée de se découvrir plus impatiente que lui, plus avide. Peut-être n'avait-il pas envie d'aller au-delà de ces caresses, aussi ardentes et jouissives pussent-elles être.

Lorsqu'elle avait enfin osé lui en parler, il l'avait prise dans ses bras avec une intensité qu'il n'avait encore jamais montrée.

— Tu sais bien que j'en crève d'envie, mais pas ici, Dana. Je veux que ta première fois se passe dans un vrai lit, dans une vraie chambre, pas dans la réserve un peu pourrave d'un centre médico-psychologique. Laisse-moi faire les choses bien, pour une fois…

Dana avait trouvé l'argument un brin romantique pour un garçon comme lui. Inévitablement, elle se repassait mentalement les images de son étreinte avec Candice, aux antipodes de l'attitude qu'il avait avec elle. Le petit nuage sur lequel elle flottait prenait alors une teinte grisâtre et, dans ces moments, elle se forçait à se rappeler les paroles de Rose, glanées alors qu'elle discutait avec ses collègues : « *L'amour physique, ce n'est jamais un copier-coller de performances ! Ou alors il y a un sérieux problème...* »

La veille de son anniversaire cependant, le petit nuage gris devint franchement noir lorsque Lise, en bonne commère, l'interpella avant que ne commence la séance de relaxation.

— Tu dois être un peu triste, non ?

— Triste ? Pourquoi ?

— Euh, Cobalt…

Dana se laissa saisir malgré elle par un fort sentiment de panique. Lise la dévisageait avec son air de fouine, le nez frémissant et les yeux ronds.

— Quoi, Cobalt ? souffla Dana.

— Ben, il quitte le centre à la fin de la semaine.

Un rideau de fer tomba entre Dana et tout ce qui l'entourait. Elle fit néanmoins bonne figure, du moins elle s'y efforça. Lise ne la lâchait pas des yeux, sans doute à l'affût de sa réaction. Elle poussa même la perfidie jusqu'à se mordiller les lèvres, avant de poursuivre :

— Oh, j'ai fait une bourde, tu n'étais pas au courant…

— Bien sûr que si, rétorqua Dana avec un calme exemplaire.

Les inflexions froides, presque métalliques, de sa voix sonnaient étrangement à ses propres oreilles. Mais elle ne voulait à aucun prix donner satisfaction à Lise.

— Je suis contente pour lui, fit-elle. Bientôt, ce sera à mon tour de sortir, au tour de chacun d'entre nous. Personne ne reste indéfiniment ici, heureusement.

Elle avait apparemment réussi à clouer le bec à la jeune fille, qui acquiesça en silence. Mais au fond d'elle, c'était un véritable chaos. Elle avait senti Cobalt différent la veille, lorsqu'elle l'avait rejoint dans la soupente secrète. Il devait savoir. Alors pourquoi n'avoir rien dit ? Peut-être s'était-il lassé d'elle sans qu'elle s'en fût aperçue. Une fois sorti du centre, il allait retrouver ses amis et son mode de vie, les tentations seraient multiples, il l'oublierait vite. Fin de l'histoire.

Une forte angoisse s'empara de Dana, pétrit son cœur sans ménagement, le malmena jusqu'à la conduire au bord du malaise. Elle qui se croyait tellement plus solide… Voilà qu'elle flanchait.

Elle s'allongea sur son tapis de sol et plaqua les mains sur son ventre, à la fois pour cacher ses tremblements et pour tenter de réguler le rythme de sa respiration.

Cobalt et elle allaient être séparés à la fin de la semaine. Dans quatre jours, au maximum, il ne serait plus là. Elle, si.

Elle se visualisa suspendue en l'air au-dessus d'un ravin, comme ces personnages de dessins animés dont les jambes moulinent dans le vide pendant quelques secondes avant la chute.

Tout au long de la séance conduite par Jean Capucin, son énergie fut intégralement absorbée par la recherche d'une explication au silence de Cobalt. Une autre hypothèse, moins catastrophique, finit par se dessiner : il ne voulait pas gâcher son anniversaire. En pareil cas, elle aurait certainement fait comme lui.

Elle se mit à respirer plus sereinement. Une fois le choc encaissé, restaient la tristesse et la perspective du manque. Mais, ainsi qu'elle l'avait dit à Lise, elle sortirait bientôt. D'autant que cette nouvelle lui donnait une raison de plus de poursuivre ses efforts, de les redoubler si possible. Elle allait le rejoindre vite. Vite, vite, vite.

Et elle espérait que Cobalt ne l'oublierait pas.

34.

Cobalt

Lorsque Sophie Carré lui avait annoncé la nouvelle, Cobalt avait eu du mal à réaliser. Éberlué, il avait fixé des yeux sa psy, sans même remarquer le petit sourire qui d'ordinaire le faisait tant craquer.

Puis tout s'était réorganisé dans son esprit. Il allait quitter le Centre Aurore. L'instant qu'il attendait depuis la première seconde où il avait mis les pieds ici arrivait enfin.

La seule ombre, c'était Dana. Une ombre immaculée, adorable, excitante. Il l'aimait, il avait envie d'elle, elle lui manquait déjà.

Toutes ses tentatives pour le lui dire étaient restées stériles. Et plus il repoussait ce moment, plus l'aveu se rétractait au fond de lui, au point de devenir impossible à extirper. Cette incapacité allait bien au-delà de la procrastination que sa mère lui reprochait souvent. Les heures passaient et il se paralysait. Le soulagement de partir se retrouvait écrasé par la terreur de gâcher ce qu'il vivait avec Dana. Car la jeune fille allait être bouleversée, bien entendu, au moins autant que lui.

Il avait donc décidé de patienter jusqu'au dernier moment, tout en sachant que ce ne serait jamais le bon. Dans l'immédiat, l'anniversaire de Dana représentait la seule priorité et il ne pouvait être réussi que si Cobalt se taisait.

La veille de ce grand jour, Dana lui parut fébrile, presque nerveuse. Il essaya de se souvenir de l'état d'esprit dans lequel il se trouvait juste avant de fêter ses vingt ans. Comme tous les autres jours depuis des mois, il planait. Très profondément et très haut à la fois. La mort de son frère jumeau plombait chaque anniversaire et chaque Noël. Il y avait forcément un vide, et l'absent avait tendance à occuper tout l'espace au détriment du vivant, rendant son existence insupportable.

Bien que fille unique, Dana connaissait très bien ces fêtes sans joie. Ils en avaient discuté au cours d'une de leurs longues séances de confidences. La chaise sur laquelle s'asseyait celui ou celle qui ne s'y installerait plus jamais, sa place dans le canapé, sa tasse favorite dans le placard… l'absence si imposante au moment de souffler les bougies ou d'ouvrir les cadeaux. La tristesse se ravivait toujours et sans faillir.

Alors Cobalt n'eut aucune difficulté à imaginer de « bonnes » raisons à l'agitation de Dana. Lors de leurs retrouvailles quotidiennes dans la soupente poussiéreuse, elle se montra plus empressée que jamais. Ses caresses avaient un goût qu'il découvrait, plus capiteux, plus passionné. À tel point qu'il eut du mal à tenir l'engagement un peu absurde qu'il avait pris. Se retrouver allongé avec une érection massive contre Dana qui exprimait son désir et son impatience lui compliqua sévèrement les choses. Basculer ne tenait qu'à lui. Dana, elle, n'attendait que cela.

Ah ouais ? Et quand elle apprendra que tu pars, qu'est-ce qu'elle croira, à ton avis ? Que t'es le petit branleur qu'elle redoutait, parce que tu te seras empressé de coucher avec elle au cas où tu ne la reverrais pas, histoire de cocher une case de plus...

Au lieu de céder à cette envie – à *leur* envie –, ils s'adonnèrent à ce qu'ils aimaient de plus en plus et de mieux en mieux, ces explorations, intimes à s'en donner le vertige, doigts inquisiteurs, mains enveloppantes, lèvres fiévreuses, dilatation des corps et des sens. Ils se humaient comme de petits animaux, se lapaient, se léchaient, se cajolaient, s'enlaçaient, ondulaient l'un contre l'autre jusqu'à l'exultation ultime.

Chaque étreinte les laissait tremblants de plaisir. Ils restaient un long moment sur le petit lit étroit, main dans la main, à écouter décroître les battements de leur cœur et leur souffle embrasé se calmer peu à peu. Puis ils regagnaient les étages, les cuisses encore humides, le ventre palpitant et les yeux brillants.

Cobalt avait pris le risque de rejoindre Dana dans sa chambre, un soir. Hélas, Soledad, l'infirmière de nuit, les avait surpris. S'était ensuivi un immense fou rire communicatif, déclenché par Dana. Chacun avait repris sa place, ce n'était pas grave, ils se reverraient le lendemain, et le surlendemain, et les autres jours.

Mais tout était désormais ébranlé par le départ de Cobalt.

*

* *

Rose héla Cobalt tandis qu'il passait devant son bureau.

— Le gâteau est prêt ?

Le garçon acquiesça. Pour ne pas changer, la Betty Boop du Centre Aurore en faisait des tonnes, à commencer par son air de conspiratrice et ses boucles d'oreilles, de petites étoiles en strass qui se balançaient à chaque mouvement de tête.

— Extra ! Je te propose d'aller chercher Dana dans une dizaine de minutes, d'accord ?

— Ça marche.

La jeune fille bouquinait sur son lit un livre dont elle lui avait abondamment fait l'article[1].

— Alors ? Comment va la nounou ?

— Mal, répondit Dana en reposant son roman.

Cobalt s'approcha et l'embrassa avec fièvre, avant de s'asseoir à côté d'elle.

— Je sais pourquoi tu es là, fit Dana avec une petite moue.

— Ah ouais ?

— Tu vas me conduire dans la grande salle où tout le monde m'attend pour fêter mon anniversaire.

— Nan, y a pas tout le monde... Mais presque.

— Super, grommela Dana.

— Je sais que t'as pas vraiment envie.

— Pas vraiment, non.

Il la sentit soudain très fragile. La tristesse ternissait son regard.

— J'ai toujours trouvé ça dingue, dit-elle.

— Quoi ?

— Le jour de son anniversaire, on devrait pouvoir faire ce qu'on veut, et surtout avoir le droit de ne rien faire du tout.

Cobalt prit un air résigné en haussant les épaules.

— Ça sera rapide, tu verras. Allez, viens.

1. Dana est en train de lire *Chanson douce*, de Leïla Slimani, un récit ténébreux dans lequel une nounou en tout point parfaite se laisse peu à peu happer par ses démons intérieurs.

Elle se leva de mauvaise grâce et saisit la main qu'il lui tendait. Ensemble, ils longèrent le couloir jusqu'à la salle de détente, d'où leur parvenaient les échos d'une musique pop.

— Mademoiselle Dana, si vous voulez bien vous donner la peine...

Rose, pimpante et colorée, invita Dana à entrer dans la pièce décorée de guirlandes et de banderoles, au centre de laquelle une vingtaine de personnes – membres du personnel et patients réunis – se trouvaient rassemblées, un verre à la main.

— Joyeux anniversaire à toi, Dana ! scanda Rose, un bouquet de fleurs brandi vers elle.

Tout le monde lui fit écho, certains avec plus d'entrain que d'autres.

— C'est super gentil, fit la jeune fille.

Elle plongea son visage au cœur du bouquet. En la voyant rougir, Cobalt se dit que l'initiative de l'infirmière n'était peut-être pas si mauvaise. Et qu'il avait bien fait de se taire à propos de son départ.

Quelques personnes vinrent embrasser Dana : Morgane, Léa, Aude Mahler, Paula Gouvain, Rose, bien sûr, qui laissa sur sa joue une trace de rouge à lèvres et entre ses mains un paquet recouvert de papier doré. Lise lui souhaita elle aussi une très bonne vingtième année, en précisant que mathématiquement, c'était la vingt et unième. Cobalt eut droit à un regard étrange de sa part, exprimant clairement son antipathie, ainsi qu'une évidente défiance. Cette fille ne pouvait pas l'encadrer. Peu affecté, il garda sa ligne de conduite : l'indifférence.

Toujours aussi timide, Tristan s'approcha à son tour de Dana et lui tendit un minuscule présent.

— Bon anniv, lança-t-il dans un souffle.

Dana parut aussi surprise que touchée.

— Merci, chuchota-t-elle.

Elle commença à défaire le nœud, mais Tristan l'en dissuada aussitôt.

— Tu regarderas quand tu seras seule, expliqua-t-il, l'air horriblement confus.

Elle eut cependant le temps d'apercevoir un minuscule pot de terre duquel émergeait un plant de trèfles à quatre feuilles. Du bout des lèvres, elle articula un remerciement, sincèrement touchée. Cobalt se posta à ses côtés, à la fois pour alléger sa confusion et pour lui glisser une confidence à l'oreille :

— Mon cadeau, tu l'auras plus tard, d'accord ?

— Oui… Il faudra te mettre un gros nœud rouge autour du cou, alors…

Malgré l'allusion taquine, elle restait mal à l'aise. Comme dans la chambre un peu plus tôt, il fut frappé par son expression, cet air perdu et profondément triste.

Elle balaya à nouveau des yeux la petite assemblée, embarrassée par ce qu'elle ne parvenait pas à exprimer. Et soudain, elle se figea. Elle porta la main à ses lèvres entrouvertes en murmurant quelque chose que Cobalt ne saisit pas, jusqu'à ce qu'un homme se détache du groupe pour s'avancer vers elle.

— Papa… T'es venu…

Si Dana ne s'y attendait pas, Cobalt non plus. *Bien joué, Betty Boop ! Sur ce coup, on peut dire que vous avez assuré !*

Simon Lenoir prit Dana dans ses bras, entre lesquels elle se lova comme une petite fille égarée. Par pudeur, Cobalt se mit à l'écart. Quelques personnes – principalement les membres du personnel – observaient ces retrouvailles entre le père et sa fille, tandis que les résidents présents se servaient un soda ou une citronnade en discutant entre eux ou en se trémoussant mollement au rythme de la musique.

— Cobalt ?

La voix de Dana tira le garçon de son isolement.

— Je te présente mon père, dit-elle simplement.

Il constata qu'elle était sur le point de pleurer, mais il savait qu'elle se retiendrait, quitte à afficher cette mine si sévère, sourcils froncés, front plissé.

— Papa, c'est Cobalt.

Le garçon tendit la main et prononça un « bonjour, enchanté » d'une voix mécanique. L'attention avec laquelle Simon Lenoir le détaillait lui faisait perdre son aplomb. Hormis la barbe de trois jours assortie à ses cheveux poivre et sel, et une carrure forcément plus athlétique que celle de Dana, tous deux dégageaient la même impression de douceur et de tristesse, de colère apprivoisée et de puissance intérieure.

— Eh bien, Cobalt, je ne te connais pas encore, mais j'imagine que nous nous reverrons…

Dana lui donna un coup de coude qui se voulait discret, et qui l'était. Cependant, à cet instant, rien ne pouvait échapper à Cobalt, en alerte maximale.

Simon Lenoir enveloppa sa fille d'un regard débordant d'amour.

— Tu es magnifique, ma chérie, magnifique.

Il passa la main sur la joue encore rouge de Dana et la dévisagea comme s'il la découvrait.

— Je ne suis pas venu seul, tu sais ! enchaîna-t-il. Viens voir là-bas !

Il l'entraîna vers les chauffeuses alignées au fond de la salle, non sans inviter Cobalt à les suivre.

— Je suis sûr que tu sais déjà tout de lui, confia-t-il au garçon.

— De *lui* ? s'étonna la jeune fille.

Il n'y avait personne. Seulement une caisse de transport, posée sur une table basse.

— Janvier ? Tu as amené Janvier ?

En constatant son euphorie, Cobalt se rendit compte qu'il avait sous-estimé l'attachement qu'elle avait pour son petit persan.

— Alors, le voilà, ce fameux Janvier, fit-il.

— Elle t'en a déjà parlé, hein ?

— Oh, oui. Beaucoup.

Simon Lenoir lâcha un sourire amusé. Dana, elle, exultait.

— Rose ? Venez ! s'écria-t-elle en apercevant l'infirmière.

— Oh, mais c'est l'adorable Janvier ! s'exclama cette dernière. Comme il est choupinou !

Tandis qu'elle faisait des chatouilles au petit chat en gloussant de joie, Dana jeta à Cobalt un regard stupéfait dont il ignora le sens. Il écarquilla les yeux d'un air interrogateur. Que voulait-elle lui dire ?

— Papa, tu te souviens de Rose ? C'est elle qui nous avait accueillis…

— Bien sûr que je m'en souviens.

Ils se serrèrent poliment la main et échangèrent quelques banalités, avant que l'infirmière ne suggère à Cobalt de lancer la suite des festivités.

Le garçon s'exécuta, malgré le trouble que tout cela provoquait en lui. Il ne se sentait pas spécialement à l'aise dans ce genre de situation et s'avouait incapable de prendre les choses avec la dérision qui lui était pourtant coutumière.

Hagard, il alla chercher le fameux gâteau dans la cuisine et se dirigea à nouveau vers la salle de détente.

— Salut, toi ! résonna une voix familière.

— Salut, Candice.

La jeune fille se planta devant lui, tout sourire. Elle était très jolie, comme d'habitude, très sexy. Mais elle ne provoquait plus rien en lui, hormis peut-être un léger agacement. Il se trouva soudain très bête dans cette posture immobile et maladroite, accroché à son plateau.

— C'est quoi ? s'enquit Candice.

— Ben, un gâteau.

— Ça, je l'avais remarqué ! rétorqua-t-elle en riant.

Il essaya d'avancer, mais elle prit un malin plaisir à se mettre en travers de son chemin.

— Ah oui, c'est pour l'anniversaire de… Comment elle s'appelle déjà, cette intello toute maigre… Dana ? C'est ça ?

— Candice…, soupira Cobalt. Tu ne crois pas qu'on a passé l'âge de ce genre de gamineries ?

Elle le toisa d'un air de défi, avant de reprendre avec légèreté.

— T'as en-tiè-re-ment raison ! Tu veux un coup de main ?

— Non, ça ira, je te remercie.

Il fit quelques pas, énervé et hésitant.

— J'ai été serveuse, tu sais, et je me débrouillais pas trop mal.

— Je n'en doute pas une seconde.

— Toi, par contre, c'est pas du tout ton truc ! Allez, laisse-moi t'aider !

Il visualisait déjà la scène, lui aux côtés de Candice qui portait le gâteau d'anniversaire de Dana. Du pur sabotage.

— Candice, c'est bon ! lança-t-il d'une voix impérieuse.

La jeune fille parut choquée par sa virulence et il se dit qu'il avait pris la mauvaise option. Mais en existait-il une bonne ? Elle leva les mains en signe de reddition et le laissa passer.

Pourtant, impossible pour Cobalt de la maintenir à distance, elle le suivait de près. Et elle ne le lâcherait pas, il pouvait en être sûr.

C'est donc en sa compagnie qu'il pénétra dans la salle, plus mal à l'aise que jamais. Par chance, Dana était en pleine discussion avec son père, le petit chat calé dans son cou. Il lui sembla que son regard glissait sur lui et sur Candice sans s'arrêter, et il espéra de toutes ses forces que ce fût le cas.

Cette journée aurait dû être une fête. Mais à l'instar du ciel qui se noircissait de minute en minute, elle n'était que tensions et menaces.

35.

Dana

Rose alluma les deux bougies en forme de chiffres avec une discrétion toute relative, et attira l'attention de la petite assemblée en entonnant la traditionnelle chanson, secondée par Morgane aux commandes de l'iPod pour la partie musicale. Les regards convergèrent vers Dana lorsqu'elle souffla les bougies, écarlate mais apparemment heureuse, et tout le monde leva son verre en son honneur.

Le gâteau représentait un dôme intégralement recouvert d'un glaçage blanc, et orné d'une fine inscription en lettres roses : « Dana, 20 ans ! »

— Cobalt ne voudra certainement jamais l'avouer, mais c'est lui qui l'a fait et il s'est donné beaucoup de mal, tu peux me croire ! murmura Rose à l'oreille de la jeune fille.

Dana baissa la tête en se mordillant les lèvres. Une immense émotion l'envahit, mélange de gratitude et d'empathie. Tout à coup, elle comprenait intimement pourquoi il n'avait rien dit de son départ : cette journée devait être une fête.

Cette journée *était* une fête.

Ceux qu'elle aimait étaient là, près d'elle : son père, Cobalt, même son petit Janvier, dont elle sentait le souffle mignon dans son cou.

Rose découpait le gâteau, radieuse comme si c'était son propre anniversaire. Elle sourit à Dana, avant que ses yeux de biche ne glissent vers Simon.

— Il est superbe, ton gâteau…, chuchota-t-elle à Cobalt. T'as assuré comme un chef !

— Bah, tu sais ce que c'est, il suffit d'être un peu motivé.

— Merci, ça me touche.

Elle ne put s'empêcher de lui sourire.

— Pas la peine de te demander s'il y a un double sens à ce que je viens de dire, la réponse est oui.

— Je sais bien que tu penses qu'à ça, fit-il, pince-sans-rire.

— Ah oui ? La faute à qui ?

— Ben, c'est ta nature. T'es comme ça, une vraie obsédée.

À cet instant, elle se rendit compte combien elle l'aimait. Elle l'aimait strictement et intégralement pour ce qu'il était.

Lorsque Rose lui tendit une assiette, elle eut cependant un temps d'arrêt et toute sa bonne humeur s'évapora : le blanc du gâteau était constellé de taches éparses, sombres, laides. Une image lui revint aussitôt en mémoire : deux mouches qui s'étaient noyées dans l'écuelle de lait de Janvier, quelques mois plus tôt.

Ses paupières papillonnèrent alors que sa gorge s'asséchait. La vision de la blancheur parfaite du glaçage, souillée par ces *choses* noires, l'écœurait au plus haut point. Elle eut soudain l'impression d'avoir été piégée, d'être l'objet d'une expérience, d'une coalition silencieuse.

Cobalt y participait peut-être sans s'en douter, et Rose faisait mine de rien, mais Dana savait qu'elle observait sa réaction. Son père semblait aux aguets, lui aussi, et cachait mal son inquiétude. De la même façon, Aude Mahler jetait fréquemment des coups d'œil dans sa direction. Dana ne put s'empêcher de se sentir un peu trahie, toutes proportions gardées, car on n'agissait que pour son bien, évidemment.

À présent, tout dépendait de la volonté dont elle serait capable de faire preuve pour replacer au premier rang de ses préoccupations sa détermination à quitter le Centre Aurore le plus vite possible. Rien ne devait compter plus que cela.

Elle fit tout ce qu'elle pouvait pour repousser les *choses* noires loin derrière, au profit de Cobalt qui allait partir, de son père qui venait de passer des semaines sans elle, de Rose qui savait si bien l'écouter, d'Aude Mahler qui n'était que bienveillance à son égard. Renoncer maintenant, c'était avouer que tous ces efforts – les siens, les leurs – n'avaient servi à rien et qu'elle n'allait toujours pas mieux, qu'elle n'irait plus jamais bien, que tout était vain, leur soutien, leurs espoirs, leur confiance.

Les yeux clos, elle porta enfin le gâteau à ses lèvres et mordit dans la texture douce et sucrée. Le choc la fit chanceler. Son père se précipita pour la soutenir.

— Dana !

Son cri, bien que sourd, avait quelque chose d'atrocement déchirant. Dana rouvrit les yeux et lut toute sa détresse, vit le visage de Rose soudain grave, croisa le regard de Cobalt, à la dérive.

— C'est super bon ! lâcha-t-elle.

À la surprise générale, elle se mit à sourire, puis à rire, sans doute de façon totalement incongrue et disproportionnée. Mais comment auraient-ils pu imaginer combien elle était soulagée ? Les *choses* noires n'étaient pas des mouches crevées, évidemment, ni même ce genre de pépites de chocolat que sa mère ajoutait par poignées entières dans toutes ses pâtisseries !

— Ce sont des myrtilles ! s'exclama Dana. Des putains de bonnes myrtilles !

À son tour, Simon Lenoir ne put se retenir de rire.

— Je ne sais pas si tu y es pour quelque chose, mais c'est la première fois que j'entends Dana dire le mot « putain », confia-t-il à Cobalt.

— Je peux être honnête avec vous ?

— Je préfère, oui…

— Eh bien, moi aussi, c'est la première fois que je l'entends dire ça.

Simon Lenoir lui jeta un regard de côté.

— Je peux être honnête avec toi, Cobalt ? fit-il, comme en écho à la question du jeune homme.

— Je préfère, oui.

Cette repartie amusa Simon, qui poursuivit néanmoins très sérieusement.

— Je suis plutôt heureux de te connaître, mais il faut que tu saches une chose : tu fais du mal à ma fille, et ta vie devient un enfer.

— Papa, c'est gênant, là ! intervint Dana, qui avait tout écouté.

Puis, se tournant vers Cobalt :

— Papa a un humour un peu spécial, parfois. Il fait son dur à cuire, mais c'est un gentil, tu sais.

— Pas de souci, fit Cobalt avec une apparente décontraction. Je vais vous laisser, maintenant.

— Oh, je ne voulais pas te chasser ! s'excusa Simon.

— Vous ne me chassez pas, j'ai une séance dans dix minutes. Je vous dis à bientôt.

— À bientôt, Cobalt.

Dana adressa un petit signe de la main au garçon et entraîna son père vers les chauffeuses, où ils papotèrent pendant un bon et tendre moment. Simon lui parla de son nouveau travail, passionnant et prenant, de la façon dont ils pourraient aménager ensemble l'appartement dès que Dana serait revenue, des bêtises de Janvier. Dana, elle, détailla ce qui constituait son quotidien, tout en conservant une certaine pudeur.

Cobalt restait omniprésent dans l'esprit de l'un comme de l'autre. Mais à aucun moment ils ne l'évoquèrent directement. Simon savait ce qu'il avait à savoir, l'essentiel avait été dit et montré, Dana ne se confierait pas davantage.

Dehors, l'orage avait libéré des trombes de pluie qui finissaient de s'abattre sur le centre, et le soleil commençait à réapparaître, plus lumineux, comme lavé.

Quand il fut l'heure de se quitter, leur cœur gonflé de joie se fit un peu plus lourd. Dana raccompagna son père sur le parking, où un taxi devait venir le chercher. Mais leur état d'esprit était bien différent de celui dans lequel ils se trouvaient l'un et l'autre la dernière fois qu'ils s'étaient dit au revoir.

Dana se jeta dans les bras de son père.

— Je vais vraiment mieux, tu sais. Je vais bien, lâcha-t-elle.

— Je le vois, ma grande. Tu vas bientôt sortir et ce sera le plus beau jour de ma vie… après ta naissance, tempéra-t-il.

— Est-ce que tu sais quand ? On t'a dit quelque chose ?

— Très vite, Rose me l'a assuré.

Dana le regarda avec un petit air amusé.

— Il y a un truc entre vous deux ?

Son père parut surpris. À cause de la question, ou bien parce qu'elle avait mis le doigt sur un secret ?

— Pourquoi tu me demandes ça ?

— Papa, on ne répond pas à une question…

— … par une question, je sais ! l'interrompit-il gaiement. Mais réponds à la mienne quand même.

— Il m'a semblé capter des petits coups d'œil complices. Et surtout, à part Cobalt, personne ne sait que j'ai un chat qui se prénomme Janvier.

— Et alors, mademoiselle Holmes ?

— Rose a appelé Janvier Janvier. Comment l'a-t-elle su ? Mystère…

— Oui, mystère…, conclut Simon.

Dana adora son expression, ce demi-sourire un peu lointain, un peu gêné, mais heureux. Rose et son père… Son père et Rose…

Une voiture se gara dans la cour du Centre Aurore. Le taxi. Simon souffla comme s'il allait se lancer dans un sprint et prit le visage de sa fille entre ses mains.

— Tu continues de prendre bien soin de toi, hein ?

— Oui, papa, je te le promets. J'ai vraiment hâte de rentrer, tu sais, il est temps.

Il la serra contre lui. Toute son émotion transparaissait dans ses gestes, l'intensité de son étreinte, les inflexions de sa voix.

— Tu sais quoi ? Je deviens sénile ! s'exclama-t-il soudain en s'essuyant les yeux.

Trop bouleversée pour pouvoir prononcer un seul mot, Dana le laissa préciser :

— J'ai oublié ton cadeau sur la table du salon, dit-il, la gorge nouée.

— C'est pas grave, réussit à articuler Dana.

Elle aurait voulu lui dire que le plus beau cadeau, c'était sa présence, ce jour-là, dans ce lieu, avec elle. Elle n'y parvint pas. Même si elle savait qu'il le savait, ne pas pouvoir exprimer ce qu'elle ressentait avait quelque chose de terriblement frustrant. *Maudite pudeur…*

— La prochaine fois, je repars avec toi.

— T'as intérêt, ma grande !

Il la lâcha, attrapa la caisse dans laquelle Janvier se pelotonnait, et s'engouffra dans le taxi. Les vitres fumées empêchaient Dana de le voir. Le chauffeur manœuvra pour sortir de la cour, les pneus crissèrent sur les graviers, donnant à Dana l'impression de broyer les courts instants de bonheur qu'elle et son père venaient de vivre.

Au bord des larmes, elle n'attendit pas que la voiture disparaisse pour tourner les talons. Le hall d'entrée lui parut plus morne que jamais, les couloirs trop ternes, les lumières trop crues. Oppressée, elle alla se réfugier dans le parc, moite et désert. Pour l'heure, elle n'avait envie de voir personne, pas même Cobalt.

★

★ ★

Les bancs étaient encore humides après l'orage qui avait frappé plus tôt. Peu importait. Dana s'assit et remit ses pensées, ses émotions, ses grisailles à l'endroit, à leur place. Il s'était passé tant de choses. Comme son corps au cours de ces dernières semaines, ses sentiments pour Cobalt avaient pris du poids et gagné en force cet après-midi. Il allait partir très bientôt, mais elle aussi.

Une cascade de réflexions, de souvenirs, de mises au point déferla dans son esprit.

Ce texte de Nietzsche[1] qui l'avait tant indignée à propos de l'utilité de la souffrance, et dont le sens lui paraissait désormais si limpide.

1. *Par-delà le bien et le mal*, de Friedrich Nietzsche.

La détresse dans les yeux de son père quand elle avait fixé avec horreur sa part de gâteau. Plus jamais elle ne voulait le voir ainsi. Plus jamais ça n'arriverait.

Son reflet dans le miroir ce matin même et sa stupéfaction en se trouvant jolie.

Le regard de Cobalt sur elle. Ses mains. Ses lèvres. Ses sourires. Cobalt, son premier amour.

Les feux d'artifice dans la soupente, le carmin sur les joues et dans le ventre, le délice au fond de son cœur et entre les jambes.

Rose. Rose et son père. Quelle surprise. Quel bonheur. Jamais elle ne l'aurait imaginé avec une femme comme elle. Ou plutôt, pour être tout à fait juste, jamais elle ne l'avait imaginé avec une autre femme que sa mère.

C'était la première fois en huit ans qu'elle était confrontée à tant de changements. C'était la première fois en huit ans que Dana se sentait *vraiment* bien.

Elle renversa la tête en arrière et se laissa glisser dans la posture que Cobalt affectionnait, avachie, les jambes étendues. Des morceaux de ciel bleu se découpaient à travers la frondaison épaisse des arbres, des aperçus fluctuants, des extraits de l'univers au-dessus du monde. Dana ne se lassait pas de ce mouvement indolent, il l'apaisait et lui permettait d'y voir plus clair.

Un nuage masqua soudain le soleil, et elle frissonna. Elle n'avait aucune idée de l'heure qu'il était, mais de toute façon, il fallait rentrer.

Elle se leva et tira sur son tee-shirt, par habitude. Le tissu humide collait à sa peau, elle détestait cela.

— Tiens, Dana, qu'est-ce que tu fais là ? retentit une voix derrière elle.

Dana se tourna et s'étonna de voir Candice venir dans sa direction.

— Rien de spécial, répondit-elle. Et toi ?

— Moi ? Je prends l'air, c'est tout.

— OK, à plus tard alors.

— Hé, attends ! la héla Candice.

Dana ne voyait pas vraiment ce que la jeune fille lui voulait : Candice et elle n'avaient pas grand-chose en commun, à part Cobalt. À conjuguer au passé pour Candice, au présent et au futur pour Dana.

— Je voulais te souhaiter un bon anniversaire, moi aussi, fit Candice en lui emboîtant le pas.

— Merci, c'est gentil.

— Le mien, c'est la semaine prochaine.

— Oh…

Au risque de paraître impolie, et en toute conscience, Dana ne faisait aucun effort.

— Mais je ne le fêterai pas ici, parce que je sors après-demain !

— C'est une bonne nouvelle, ça, tu dois être contente.

— À fond ! Et le plus dingue, c'est que je sors en même temps que Cobalt, et comme on habite à vingt kilomètres l'un de l'autre, on va faire la route ensemble.

Le blindage de Dana se mit en place un quart de seconde trop tard. Dès que Candice avait prononcé le prénom du garçon, le poison s'était insinué et avait commencé à se distiller.

— Je peux te le dire parce qu'on est entre filles, mais ce mec, j'en suis folle. Sexuellement, on est complètement en phase, il sait s'y prendre comme personne pour me faire jouir, je crois qu'il ne reste pas beaucoup d'endroits dans ce foutu centre où on n'a pas baisé. Si je te racontais ce qu'on a fait la semaine dernière…

Elle gloussa tandis que Dana s'effondrait intérieurement.

— Oh, allez, je te raconte, mais tu ne dis rien à personne, hein ? poursuivit Candice, euphorique. Tu vois les toilettes du rez-de-chaussée ? Eh bien, on s'est enfermés dans un box et je l'ai sucé. Il adore ça, c'était le super pied !

— Tant mieux pour vous, murmura Dana d'une voix blanche. Je te laisse, il faut que j'y aille.

— OK ! À plus !

Dana n'aurait su dire comment elle retrouva le chemin de sa chambre. Elle quittait le parc aux côtés de Candice, et l'instant d'après, elle était là, agenouillée devant les toilettes, assourdie par les battements de son cœur affolé, aveuglée et étouffée par la douleur.

Le choc l'empêchait de respirer, de pleurer, de réfléchir. Il tétanisait ses muscles, paralysait son esprit, brûlait ses entrailles.

— Dana ? Qu'est-ce que tu fais ?

La voix de Cobalt provoqua un spasme. Elle se tint le ventre tandis que la bile refluait, entraînant avec elle le jus de raisin blanc qu'elle avait bu plus tôt, des fragments de son gâteau d'anniversaire et quelques myrtilles, inévitablement.

Alors, le corps brisé en deux, elle vomit.

36.

Cobalt

— Arrête ! hurla Cobalt. Arrête ça tout de suite !

Il prit Dana par les épaules et la secoua.

— Pourquoi tu fais ça ? Pourquoi tu fais ça maintenant ? Putain, Dana, t'allais bien ! C'est que des foutues myrtilles, c'est pas grave !

Dana tenta de lever la tête vers lui avant d'être à nouveau la proie d'une nausée qui la plia en deux. Épuisée, elle s'assit contre le mur carrelé. Cobalt mouilla une serviette et entreprit de lui tamponner le visage. Elle le repoussa sans ménagement.

— Dégage, siffla-t-elle.

— Quoi ?

— Dégage. Je ne veux plus jamais te voir.

Elle rejeta la moindre de ses approches, comme si sa présence lui était insupportable. Elle se leva et peina à se tenir debout devant le lavabo. Dérouté, il la laissa se rafraîchir. Leurs regards se croisèrent dans le miroir lorsqu'elle se redressa.

— Tu m'expliques ? fit-il, affolé par l'air dur de la jeune fille.

— Il n'y a rien à expliquer. Tu t'es foutu de moi, c'est tout. Je m'en remettrai, mais là, je veux juste que tu me foutes la paix.

— Attends... Je me suis foutu de toi ?

Elle s'agrippa au lavabo. Il la sentait pleine de colère et d'une énergie noire.

— Tu m'en veux pour les myrtilles, c'est ça ? se risqua-t-il à demander. C'était pas pour te piéger, tu sais...

Elle sembla tomber des nues.

— Va-t'en, Cobalt, laisse-moi.

Au lieu de lui obéir, il s'approcha pour la prendre dans ses bras. C'est alors qu'elle fit volte-face et commença à le frapper, de plus en plus fort, de toutes ses forces, avec ses poings, ses pieds. Cobalt lui attrapa les mains pour la bloquer. Plus robuste qu'elle, il réussit à l'immobiliser en l'enfermant entre ses bras.

— Mais qu'est-ce qui te prend ?

Elle se débattit encore et parvint à dégager une main pour lui griffer la joue. Ses ongles n'étaient pas très longs, mais suffisamment pour que le sang se mît à perler de la blessure. Éberlué, Cobalt la dévisagea et tous deux restèrent ainsi, le souffle court, lui avec son incompréhension, elle avec sa fureur.

Le moment était totalement inopportun, il en était bien conscient, mais jamais elle ne lui avait paru aussi désirable.

Comme si elle venait de lire dans ses pensées, sa colère se raviva. Elle lui assena une gifle dont la vigueur les surprit autant l'un que l'autre. Cobalt saisit alors à nouveau ses mains et la plaqua contre le carrelage du mur.

— T'en as pas marre de me frapper ?

— Fous-moi la paix.

— Non.

Il se colla encore plus à elle.

— Je vais crier, menaça-t-elle.

— Vas-y. Crie.

Elle n'en fit rien et ils se défièrent du regard pendant un instant, avant que Cobalt ne se décide à l'embrasser. Les lèvres farouchement closes, elle refusa de céder et, face à son insistance, le mordit.

Cette réaction et le goût du sang dans sa bouche jetèrent le garçon dans un douloureux désarroi. Il se sentit sur le point de la lâcher, d'accepter son rejet, de quitter ce cabinet de toilette exigu sans chercher davantage à comprendre ce qui se passait. Mais les yeux noirs de la jeune fille, flamboyants, le clouaient sur place. Voyait-elle combien elle le rendait malheureux ?

Alors que son esprit le torturait, son corps, lui, se manifestait d'une façon inattendue : le désir qu'il avait de Dana devenait plus qu'explicite.

D'ailleurs, la jeune fille finit par s'en rendre compte et n'y fut pas indifférente. Sa respiration s'accéléra, ses doigts s'accrochèrent plus fortement aux siens, s'entrelacèrent à s'en faire mal aux phalanges, avec une fermeté qu'il ne sut comment interpréter.

Lentement, il s'approcha de son oreille et l'embrassa dans le cou. Elle détourna la tête, mais ne montra aucune opposition.

— Les toilettes, c'est ton truc, murmura-t-elle d'une voix hachée.

De quoi parlait-elle ? Qu'est-ce qui clochait ? Tout se passait tellement bien jusqu'alors – l'anniversaire, le premier contact avec Simon Lenoir… Elle avait semblé si heureuse tout au long de l'après-midi.

— Tu adores baiser les filles dans les toilettes, hein, Cobalt ? insista-t-elle.

Les mots en tant que tels ne le choquèrent pas. Mais dans la bouche de Dana, ils prenaient une autre tonalité. Ils ne lui allaient pas. Ils la rendaient différente, un peu laide.

En revanche, tout devint soudainement plus clair. Les myrtilles n'avaient rien à voir dans ce déchaînement de violence, contrairement à Candice – qui d'autre qu'elle ? –, qui pouvait certainement revendiquer une sacrée part de responsabilité dans cette scène à laquelle il assistait, impuissant.

— Tu ne devrais pas croire tout ce que tu entends, souffla-t-il.

— Alors dis-moi que j'ai tort !

Il se recula légèrement pour la regarder, un peu sonné.

— Allez, dis-moi que j'ai tort !

Il sentit de la supplication dans son ton et dans sa posture, une cassure dans sa voix, un affaissement de son corps dans son besoin colossal de l'entendre dire oui. Candice avait dû lâcher beaucoup de choses, des vérités comme des mensonges, des délires issus de ses fantasmes et de ses espoirs déçus. Mais il ne pouvait pas nier l'épisode des toilettes. *Ce n'est pas ce que tu crois… Oui, mais c'était avant que toi et moi… Les choses ne se sont pas passées comme tu l'imagines… C'est toi que je veux… C'est toi que j'aime…*

Il aurait pu lui dire tout cela, mais chaque explication représentait un piège. Il avait l'impression que ses mots étaient dénués de valeur, qu'il allait perdre Dana, et cette pensée le dévastait. Son corps lui commanda alors de faire la seule chose dont il était capable pour se désamorcer lui-même : balancer un coup de poing dans le mur, puis un autre, et encore un.

— Pardonne-moi…, réussit-il à murmurer d'une voix tremblante.

En définitive, c'était tout ce qu'il souhaitait, sans se faire pourtant beaucoup d'illusions : il était difficilement pardonnable et ne pouvait s'en prendre qu'à lui-même. Contre toute attente, la colère de Dana disparut au profit d'une immense lassitude. Elle lui saisit les mains pour qu'il cesse et, le front posé sur son buste, lui assena de petits coups, en douceur, comme un lointain écho de ce qu'il venait de s'infliger.

Du bout du pied, elle poussa la porte de la salle d'eau restée entrouverte. Puis elle le dévisagea et ses iris de velours noir l'engloutirent tandis que ses mains s'aventuraient sur son torse. Jamais il n'aurait cru cela d'elle, ce regard sûr, ses gestes déterminés lorsqu'elle déboutonna son jean et s'agenouilla pour le descendre jusqu'à ses chevilles.

Sa bouche se trouva alors face au renflement magistral qu'elle provoquait et qui tendait le tissu de son boxer.

— Non…, murmura-t-il, malgré son envie.

Elle leva les yeux vers lui, décontenancée, et le laissa l'aider à se remettre debout comme si elle était une petite fille fragile, avant de se reprendre et de l'embrasser avec rage, violence, passion. Leurs dents s'entrechoquaient, leurs langues se mêlaient follement au même rythme que leurs mains, bientôt omniprésentes sur le corps l'un de l'autre.

Cobalt comprit que Dana se trouvait en proie à la même impatience que lui lorsqu'elle se contorsionna pour se débarrasser de son pantalon de coton blanc et de sa culotte. Elle enchaîna avec son tee-shirt, dévoilant ses seins menus. Il y porta ses lèvres, mais l'excitation était désormais trop vive de part et d'autre pour qu'il parvînt à s'y attarder.

La nudité de la jeune fille apparut dans la lumière du plafonnier, tellement plus crue que celle de la soupente. Tremblante mais résolue, elle lui cacha les yeux de sa main et se plaqua contre lui, pubis duveteux contre membre noueux et humide.

Le désir précipita les gestes et les étapes. Cobalt retira la main de Dana et, sans la lâcher, s'assit par terre et s'adossa contre le mur froid. La jeune fille, guidée par son instinct, enroula les bras autour de son cou et, les genoux sur le sol, le surplomba.

Il la saisit alors par les hanches, la souleva et s'enfonça en elle d'un coup de reins avec une vigueur qui leur coupa le souffle. Dana écarquilla les yeux et s'accrocha encore plus fort à lui, l'étreignit de ses longs bras fins en gémissant dans son oreille.

Pressant en rythme Dana vers lui, Cobalt coulissa en elle de plus en plus vite, submergé par son propre plaisir et honteux de ne pouvoir se réfréner. Buste contre buste, ils s'arrimaient l'un à l'autre par leur sexe dilaté, centre de gravité en fusion. Le souffle de Dana, entrecoupé de gémissements, attisait Cobalt. Ils se bouleversaient de tout leur être.

Soudain, les mains du jeune homme se crispèrent sur les douces fesses de celle qui l'étourdissait tant. Il se cambra dans un spasme explosif et tout le désir qu'elle avait semé, entretenu, alimenté, choyé et malmené jaillit en elle.

Elle se redressa légèrement pour pouvoir le regarder, stupéfaite. Il voulut lui dire quelque chose pendant qu'elle le dévisageait avec une expression étrange, entre douleur et dureté. Ne trouvant pas de mots face à ce qu'il ne parvenait pas à interpréter, il amorça le geste de l'embrasser.

Dana attrapa alors une serviette, s'en couvrit le corps comme d'une cape et se leva. Le membre amolli du garçon retomba sur ses cuisses, à l'image de la magie singulière de ces derniers instants.

— Va-t'en, maintenant, dit-elle d'une voix tremblante.

Cobalt sentit quelque chose se briser en lui, mais hermétique à sa détresse pourtant si visible, Dana assena le coup fatal :

— Je ne veux plus jamais te revoir.

37.

Dana

Le blindage se fendillait ici ou là, mais il tenait bon. Au fond d'elle, Dana ne l'aurait jamais cru.

Elle avait passé les trente-six dernières heures à digérer à la fois la révélation sournoise de Candice et son propre coup de tête. Coup de sang, coup de folie qui l'avait poussée à provoquer Cobalt au lieu de le fuir.

Elle ne comprenait pas encore très bien pourquoi elle avait agi ainsi. Son corps avait devancé son esprit et elle n'en avait tiré aucune satisfaction, ou si peu. Les caresses et les étreintes de la soupente avaient été source de tellement plus de plaisir…

Depuis ce corps-à-corps frénétique et brutal, éviter Cobalt s'était révélé difficile. Tout semblait se conjuguer pour qu'à chaque instant ils se croisent.

En fait, si Dana s'efforçait d'esquiver le garçon, Cobalt, lui, ne lui facilitait pas la tâche. À trois reprises, il avait tenté de l'aborder, et même de l'attraper par le bras pour la retenir. Mais elle lui avait glissé entre les doigts, dans tous les sens du terme. Elle n'avait plus rien à lui dire et ne voulait accepter aucune parole, aucun regard, aucun contact de sa part. Le blindage n'aurait pas résisté.

Ce matin, Cobalt allait quitter le Centre Aurore et Dana oscillait entre souffrance et soulagement. La douleur mentale, si spontanée, risquait de la faire sombrer et de rendre vains tous les efforts qu'elle avait faits. Il fallait lutter pour ne pas se laisser attirer vers les abysses. Alors elle pensait très fort à son père, à sa précipitation au moment de s'engouffrer dans le taxi, à son regard que la tristesse rendait opaque et à sa solitude, même si Rose semblait bien partie pour la rompre.

Elle avait hâte de ne plus voir Cobalt, de ne plus avoir à l'éviter. Cependant, il existait une grande différence entre Cobalt encore au centre et Cobalt à cent cinquante kilomètres, auprès des siens.

Et auprès de Candice.

— Dana ?

En entendant la voix du jeune homme alors qu'elle était en train de songer à lui, elle sursauta sur sa chaise et faillit lâcher le crayon qu'elle avait à la main. Il venait sans doute lui dire au revoir. Mais elle refusa de lui faire face. Il soupira, et l'espace d'une seconde, elle se sentit sur le point de se propulser dans ses bras. Bien qu'ayant perdu de sa vigueur, l'attraction perdurait. Pourtant, l'image de Candice, toujours la même, ne tarda pas à s'interposer et coupa court à son élan.

Qu'il parte ! Qu'ils partent tous les deux et qu'ils vivent donc heureux ! C'est tout ce que Dana aurait eu à lui dire, en supposant qu'elle réussît à desceller ses lèvres. Ses doigts se serrèrent sur son crayon et, par réflexe mécanique, elle se remit à dessiner sans vraiment voir ce qu'elle faisait. L'oreille tendue, elle guetta les signes qui lui indiqueraient que Cobalt avait renoncé, mais elle avait l'impression d'être assourdie, comme à bord d'un train lancé à toute vitesse dans un tunnel.

Au bout d'un moment qui lui parut long et terriblement flou, elle se risqua à se retourner. Son cœur s'abîma : Cobalt n'était plus là.

Elle l'avait rejeté et maintenant, il était parti. Elle eut envie de se ruer dans la cour, il y était peut-être encore. Et puis quoi ? Que ferait-elle ? Que lui dirait-elle avec Candice à proximité ?

Dana n'était pas en capacité de supporter cette épreuve : le regard d'azur triste de Cobalt et celui, triomphant, de Candice. Elle posa enfin son crayon, vidée de toute énergie, et se retrouva debout au milieu de sa chambre, désœuvrée mais trop éreintée pour pouvoir entreprendre quoi que ce fût.

Malgré son trouble, elle remarqua aussitôt la feuille pliée en quatre au sommet de sa pile de livres sur la table de nuit. Elle s'en saisit avec précaution, brûlant d'envie de découvrir ce message et redoutant sa teneur.

Elle le déplia en apnée.

Crois ce que tu veux.
En attendant de comprendre que je t'aime,
prends soin de toi. C.

Dana se laissa tomber dans son fauteuil, la feuille à la main. Son premier réflexe fut de laisser libre cours à cette sempiternelle colère qui l'aveuglait plus qu'elle ne l'éclairait. Que Cobalt ait « baisé » avec Candice dans les toilettes ne la blessait pas. Mais c'était la chronologie de tout cela qui l'empoisonnait. Il « baisait » Candice dans les toilettes ou un peu partout, puis il venait la rejoindre dans la soupente. Devait-elle le supporter ? Le pouvait-elle ? Si seulement elle savait pleurer…

En parallèle, sa raison lui tendait des perches qu'elle saisissait du bout des doigts et qu'elle lâchait par manque de force. Sa pensée était manichéenne, le bien d'un côté, le mal de l'autre, et focalisée sur une seule version de l'histoire, sans doute la pire. Elle s'en voulait de ne pas réussir à sortir de ce cercle obsessionnel et réducteur, à ouvrir son esprit sur une autre vérité dont, pourtant, elle ne doutait pas de l'existence. Le temps, sûrement, y contribuerait, c'est ce qu'on disait toujours et qui se vérifiait parfois.

Elle lut et relut encore les mots, imagina Cobalt en train de les écrire, de venir jusqu'à sa chambre, d'essayer de lui parler, de déposer la feuille, de partir. Sans lui laisser ni adresse ni numéro.

Elle se releva d'un bond, les yeux secs mais le cœur gonflé de larmes. Le couloir était désert, le bureau des infirmières aussi. De la même façon que pour les anniversaires, était-il d'usage de fêter les départs du centre ?

Depuis les fenêtres de la salle commune donnant sur la cour, elle contempla le sol de gravillons portant encore les traces des pneus de la voiture qui emmenait maintenant Cobalt loin d'ici. L'image lui évoquait des griffures, épaisses et profondes.

Ses pas la guidèrent alors jusqu'au deuxième étage, où elle aperçut celle qu'elle cherchait par la lucarne grillagée de la pharmacie, en pleine préparation des piluliers.

— Rose ? Est-ce que je peux vous déranger ?

— Dana, ma jolie, tu ne me déranges jamais ! s'exclama la souriante infirmière. Je suis toute à toi dans un instant.

Dana s'adossa au mur et attendit, le regard dans le vague, sans savoir que faire de ses mains et de son corps. Maxime, l'infirmier, passa devant elle.

— Je peux faire quelque chose pour toi ? lui demanda-t-il.

— Non, merci, j'attends Rose.

Il se pencha vers elle et, dans un sourire, lui chuchota :

— Moi aussi, désespérément.

Dana faillit lui dire que c'était compromis, voire complètement inutile. Si Rose aimait les hommes comme son père, quelqu'un comme Maxime ne pourrait jamais l'avoir. C'était terrible, mais c'était ainsi. Cette réflexion l'amena inévitablement à penser à Cobalt et à Candice. Et à se dire que rien n'était aussi catégorique et qu'elle avait encore beaucoup à apprendre.

— Allons-y, ma belle !

Rose avait terminé. Fébrile, Dana la suivit jusqu'à l'ascenseur, puis dans son bureau. Les mots s'évaporaient de sa tête au fur et à mesure qu'elle les convoquait ; elle n'était pas sûre de parvenir à se confier et, pourtant, elle n'en avait jamais eu autant besoin.

— Ça ne va pas fort, n'est-ce pas ? murmura Rose.

Son visage était devenu grave, mais sans se départir de sa bienveillance naturelle. Elle s'approcha de Dana, qui se jeta dans ses bras.

— Oh, Rose…

Un sanglot noua sa gorge tandis que l'infirmière la serrait contre elle. Le sentiment de confort et de réconfort fut immédiat, le blindage cédait à vue d'œil.

Les mots se bousculèrent et jaillirent en petits paquets désordonnés. Plus rien n'arrêtait Dana. La voix et le corps tremblants, elle se livrait et se délivrait de tout, en éprouvant autant de douleur que de consolation. Le premier regard, furtif ; les premiers échanges, un peu nerveux, agacés, provocateurs, intrigués ; les premières confidences, bouleversantes ; le premier baiser, plus qu'une révélation : une révolution ; la soupente, le désir exponentiel, les caresses, la découverte d'un univers intérieur ; Candice et ses paroles glaçantes ; le cabinet de toilette, le coup de folie, la peine qui l'avait rendue brutale, la déchirure de l'âme effaçant toutes les sensations du corps ; les mots sur la feuille.

Dana ne savait pas plus pleurer à cet instant qu'auparavant. Les larmes étaient ailleurs, en rétention. Rose, en revanche, avait une longue pratique de l'œil humide et des chagrins liquides. Elle tamponna là où le mascara avait inscrit quelques ombres charbonneuses et contempla Dana qui, elle, gardait une expression stoïque en dépit du tumulte qu'elle devinait en elle.

— Parfois, on ne s'attache pas aux bonnes personnes et on s'accroche, même si au fond de soi, on sait que cela n'a pas de sens ni d'avenir, fit Rose. Mais je suis certaine d'une chose, c'est loin d'être fini entre Cobalt et toi.

Dana ne savait que dire ni que penser. Sourire retrouvé, l'infirmière se toucha le bout du nez et le remua en fronçant les sourcils.

— À quatre-vingt-dix-neuf virgule neuf pour cent, parole de Rose ! s'exclama-t-elle.

Dana ne put s'empêcher de lui rendre son sourire. Un sourire minuscule et un peu triste.

— Je n'ai plus envie de le voir, avoua-t-elle. Je ne le reverrai pas. Il est parti avec Candice, ils vont très bien ensemble.

— Ah ? Tu trouves ? Moi, je vous trouvais magnifiquement assortis… Cobalt et Dana, ça sonne bien… le beau brun au regard d'azur et l'adorable blonde aux yeux de velours noir.

Dana rougit et baissa la tête, flattée et gênée.

— Vous êtes vraiment gentille, Rose, mais c'est fini.

— Tu as mal, je le sais, ma toute belle. Mais dis-toi bien qu'on n'a jamais mal quand il n'y a rien, quand ça ne compte pas. Et si un garçon comme Cobalt est capable d'écrire ce qu'il a écrit, eh bien, ça laisse supposer de fort jolies perspectives.

Dana ne voulut pas la contredire. Elle la quitta, le cœur gonflé non plus de larmes, mais d'une grande lassitude qui lui donnait un air absent, flottant dans un ailleurs n'appartenant qu'à elle. Rose était une grande optimiste, une qualité loin d'être en tête de liste chez Dana…

Le soir tombant, aux prises avec les pensées les plus pénibles et les moins constructives, elle alla même jusqu'à imaginer Cobalt et Candice dans le même lit, la peau blanche et satinée de la jeune fille s'offrant avec une sensualité sans frein au garçon qui avait ouvert à Dana la porte d'un nouveau monde.

Elle s'endormit, fâchée de s'infliger une dernière image, forcément insupportable, de Cobalt entre les cuisses de Candice, de ses mains sur les seins d'une parfaite rondeur, de son membre pénétrant les chairs accueillantes.

— Continue comme ça, t'as raison, et tu atterriras en psychiatrie…

Ce furent les dernières réflexions de cette journée, une signature affreuse et désespérante.

Vivement le lendemain. Et les autres jours.

38.

Cobalt

Huit jours plus tard

En choisissant le Centre Aurore, les parents de Cobalt n'auraient jamais cru retrouver leur fils dans un tel état d'esprit. Quelques semaines avaient suffi à lui faire comprendre et admettre combien il faisait fausse route. Un vrai miracle, après toutes ces années d'efforts et d'échecs.

Il était temps. Ils auraient fini par le perdre, lui aussi, d'une autre façon que Balthazar, mais tout aussi cruellement.

La seule chose sur laquelle il ne pouvait céder, c'était son prénom. Peut-être accepterait-il un jour qu'on l'appelle Corentin, mais pour le moment, ce serait Cobalt ou rien.

Pour tout le reste, il était un autre. Ou bien enfin lui-même, comme se plaisaient à le penser son père et sa mère : toujours un peu sombre, porté sur les univers marginaux et vaguement inquiétants, les musiques denses et graves. Mais il se montrait plus réfléchi, moins écorché. Pour la première fois depuis la disparition de son jumeau, il semblait avoir quitté le fil du rasoir sur lequel il avançait en équilibre instable, lesté de ses tourments, aveuglé par ses souffrances. Ses parents le voyaient. Lui, il le savait ; le monde sous ses pieds pouvait être différent, plus solide, plus clair.

Et, autre effet inattendu de son séjour au centre, il s'était mis à lire. Modestement, mais suffisamment pour surprendre ses parents. Le lendemain de son retour, il était sorti en ville, leur faisant craindre des retrouvailles avec de mauvaises personnes. Il l'avait lu dans leur regard lorsqu'il avait lancé : « Je sors ! »

Mais il était revenu avec un sac de livres – des auteurs américains ou français, des philosophes, un recueil d'aphorismes – sans rapport direct les uns avec les autres aux yeux de sa mère, à qui il avait fait l'inventaire de ses achats.

Ensuite, au lieu de s'enfermer dans sa chambre comme il le faisait avant, il s'était aménagé un espace bien à lui sur la terrasse de l'appartement, un hamac tourné vers les toits et les arbres du parc municipal, dont la frondaison s'épanouissait en gros bouquets verts.

Et il lisait, au rythme laborieux et concentré de ceux qui ont peu de pratique. Il connaissait toutes les histoires, Dana les lui avait racontées, mais il avait besoin de les lire lui-même. C'était sa façon de rester lié à elle.

Elle lui manquait avec démesure : le vide prenait beaucoup de place, et plus il essayait de le remplir, plus il se creusait. Un jour, elle lui avait parlé de Sisyphe, condamné à pousser en haut d'une colline un rocher qui dégringolait chaque fois qu'il approchait du sommet. Un châtiment à perpétuité, comme ce vide que Cobalt s'évertuait toujours à remplir en vain.

Néanmoins, le vide n'était plus exactement ce qu'il avait été. Sophie Carré et Dana l'avaient mis sur la voie pour parvenir à l'intégrer. Et en définitive, il commençait à le comprendre : changer, c'était accepter ce que l'on est. Et inversement.

Candice l'avait contacté dès le lendemain de son retour à la maison. Elle avait retrouvé sa trace *via* les réseaux sociaux. S'il le fallait, il l'avouerait : il avait été tenté d'accepter son invitation à boire un verre dans un bar branché, son ancien quartier général. Elle était sexy, vive, rigolote. Mais elle était surtout Candice, celle qui, par amour ou par perversité, avait saboté ce qu'il vivait avec Dana.

Alors la réflexion avait été rapide, il avait décliné son offre. *Enfoiré jusqu'au bout*, pensa-t-il de lui-même. Car force était de reconnaître qu'il n'avait pas été un modèle de correction et de respect vis-à-vis de la jeune fille ; il avait lui aussi sa part de responsabilité dans ce qui était arrivé. L'effet domino dans toute sa splendeur.

« *Je ne veux plus jamais te revoir.* » Les derniers mots de Dana tournaient en boucle dans la tête de Cobalt, qui ne parvenait pourtant pas à se faire une raison. À partir du moment où elle avait prononcé ces mots, il était devenu transparent à ses yeux. Alors comment lutter ?

Avant son départ du Centre Aurore, ils s'étaient croisés plusieurs fois dans les couloirs, au réfectoire, lors de la séance de psychothérapie de groupe. Elle avait fait comme s'il n'existait plus. Pire : comme s'il n'avait jamais existé. Leur histoire ne semblait même pas faire partie du passé, mais du néant.

Comment une fille si sensible et si subtile pouvait-elle se montrer si dure, si intransigeante ? Il ne savait pas exactement ce que Candice avait pu lui dire, mais le fait qu'elle l'ait crue sans filtrer ni chercher à trier le vrai du faux ajoutait au dépit du jeune homme.

Quant à ce qui s'était ensuite passé dans le cabinet de toilette, il n'y comprenait absolument rien. C'étaient « les

Candice » qui chauffaient les garçons et déboutonnaient leur braguette, pas « les Dana ». Sans doute ne connaissait-il pas les filles aussi bien qu'il l'imaginait. Il avait à peine vingt et un ans et encore beaucoup de choses à apprendre. Oui, « les Dana » pouvaient aussi se laisser conduire par leur désir, se mettre nues et chevaucher le garçon qu'elles voulaient avoir.

Le souvenir de cet instant ne s'émoussait pas. Malgré les circonstances et l'absence totale de tendresse, il avait adoré voir Dana lâcher prise. Mais la satisfaction se limitait à cela. La jouissance avait été trop rapide de son côté, il le regrettait, et il aurait aimé offrir à la jeune fille une première fois qu'il croyait plus en adéquation avec ce qu'elle était.

— Tu t'es planté sur toute la ligne, grommela-t-il.

Choqué, il l'était. Excité, aussi. Malheureux, terriblement. Et surtout, amoureux comme jamais.

L'heure était venue de prouver qui il était.

Il saisit son téléphone et se mit à la recherche d'un numéro, qu'il trouva en deux minutes.

— Centre Aurore, Daphné à votre service, que puis-je faire pour vous ?

— Bonjour, je voudrais parler à Rose, si c'est possible.

— Oui, à quel sujet ? s'enquit l'hôtesse.

— C'est personnel.

— Je vais voir si elle est disponible. De la part de qui, s'il vous plaît ?

— Cobalt.

Quelques secondes s'écoulèrent, agrémentées d'un morceau de musique classique, jusqu'à ce que lui parvienne la voix familière de Betty Boop :

— Cobalt, comment vas-tu ?

— Ça va, merci.

— Ta sortie se passe comment ?

— Pas mal. Je gère.

Cet excès d'aplomb lui fit lever les yeux au ciel.

— Tu avais quelque chose à me demander ? l'encouragea Rose.

— Oui.

Il se sentait bêtement bloqué, paralysé du cerveau et de la langue. *Nul à chier.*

— Elle va bien, enchaîna Rose.

L'intuition et la voix douce de l'infirmière firent perdre au garçon le peu de moyens qui lui restaient.

— Elle sort bientôt, mais je ne peux pas te dire quand, Cobalt, je n'en ai pas le droit.

Au bout du fil, le jeune homme absorbait les mots, comme affamé de nouvelles.

— Je comprends, fit-il.

— Maintenant, c'est Rose qui te parle, pas l'infirmière du Centre Aurore, alors écoute bien : Dana dit qu'elle ne veut plus te voir, mais c'est évident qu'elle en crève d'envie, et toi aussi, apparemment. Donc, si je peux me permettre un conseil : fais ce que tu as à faire. Tu as de quoi noter ?

— Euh, oui… juste un instant.

Il bondit de son hamac pour aller chercher un stylo dans sa chambre.

— C'est bon.

— Je vais te communiquer le numéro de portable de son père, peut-être pourra-t-il te dire quand Dana sort exactement. Et un conseil, ne tarde pas, il se pourrait que ce soit imminent.

Cobalt s'aperçut qu'il tremblait en notant le numéro. Il remercia Rose un peu moins aimablement qu'il l'aurait dû, et se trouva en proie à une nervosité inattendue. Si Dana s'était confiée à son père comme elle l'avait visiblement fait avec Rose, il allait se faire jeter en beauté. Ou pas.

Le doute lui donnait des sueurs froides, ses membres fourmillaient, il ne tenait plus en place, irrité de se sentir si vulnérable, si faible.

Il se souvint de l'extrait d'un livre que Dana lui avait lu un jour. Sa tête reposait sur les cuisses de la jeune fille qui, d'une main, caressait ses cheveux et, de l'autre, tenait l'ouvrage.

« *Il faut être deux blessés pour se rencontrer [...], être deux errances, deux âmes perdues. Si l'une est forte, elle écrase l'autre, elle finit par l'achever*[1]. »

Dana endurait des blessures, tout comme lui. Mais depuis quelque temps, il avait l'impression d'être dans la position de celui qui était écrasé.

Son punching-ball lui permit d'évacuer la mauvaise énergie qui commençait à le déstabiliser. Il s'acharna sur l'appareil, frappant en rugissant, cognant de toutes ses forces jusqu'à en avoir des crépitements sous les paupières.

Puis il vida une bouteille d'eau minérale et s'affala sur son lit, son téléphone entre les mains. Une douche aurait été bienvenue, mais tout son être était à nouveau accaparé par les paroles de l'infirmière.

— OK, lâcha-t-il en se redressant.

Il s'assit au bord du matelas et, les coudes sur les genoux, composa le numéro de Simon Lenoir.

1. *On ne voyait que le bonheur*, de Grégoire Delacourt.

Ce dernier répondit au bout de deux sonneries. Sitôt échangées les politesses d'usage, Cobalt comprit que Dana n'avait rien dit à son père. Ou bien, comme Rose, il savait que ce que disait Dana était en contradiction avec ce qu'elle voulait vraiment au fond.

— Tu pourrais peut-être nous rendre visite un de ces jours ? suggéra Simon Lenoir. Dana sort du centre demain, je vais la chercher en fin de matinée, enfin…

Cobalt s'entendit vaguement acquiescer avant de saluer Simon et de raccrocher.

Il se connecta aussitôt sur le site de la SNCF. En partant à l'aube et en attrapant une correspondance, il arriverait à temps.

Il devait être là quand Dana sortirait.

C'était ça ou bien… C'était ça, point barre.

⋆

⋆ ⋆

L'agent au gilet rouge lui confirma qu'il avait bien lu le panneau d'affichage : le train qu'il devait prendre était supprimé.

— Comment ça, supprimé ? s'affola-t-il.

— Il ne circule pas, précisa l'agent.

— Merci, j'avais à peu près compris l'idée.

— C'est en raison d'un mouvement de grève nationale…

— Et comment on fait dans ces cas-là ?

L'agent consulta sa tablette, un peu fébrile devant ce jeune homme orageux.

— Le train de dix heures quarante-sept est maintenu, c'est un direct, l'arrivée est prévue à douze heures vingt, annonça-t-il triomphalement.

Cobalt lui jeta un regard noir qui le refroidit aussitôt.

— Vous savez que vous êtes en train de gâcher ma vie, avec vos conneries ? assena-t-il.

— Sinon, il y a un bus qui part dans une heure, s'empressa de proposer l'agent. Avec la correspondance TER, vous pouvez arriver à onze heures cinquante.

— Laissez tomber, c'est mort.

Cobalt tourna les talons, la rage au cœur. *Pourquoi je me plante chaque fois que je veux faire un truc bien ?*

— Monsieur !

L'agent lui courait après.

— Vous devriez essayer le covoiturage, ça fonctionne plutôt bien.

L'homme avait l'air sincèrement désolé de ne pouvoir faire mieux. Cobalt se fendit d'un « merci » et suivit son conseil en se connectant aussitôt à l'application.

Les gens avaient pris leurs précautions depuis plusieurs jours, il restait peu d'annonces. Par chance, Cobalt en trouva une susceptible de convenir : le conducteur passerait le chercher devant la gare dans une demi-heure.

Une heure plus tard, Cobalt avait perdu à la fois patience et espoir quand il vit la voiture se garer sur une place réservée aux livraisons.

— Salut, mec, désolé, je pouvais pas t'appeler, j'avais plus de batterie ! Allez, donne ton obole et monte, bienvenue dans mon vaisseau spatial.

À cet instant, Cobalt se dit que le voyage allait être long. Très long. La voiture n'était pas un vaisseau spatial, mais une espèce de véhicule psychédélique conduit par un rasta au regard flottant. Pour couronner le tout, une forte odeur de cannabis flottait dans l'habitacle, et nul doute qu'on pouvait en trouver dans le coffre ou dans la boîte à gants. Ce qui mit Cobalt dans un état d'inconfort total.

Tout au long du trajet, ponctué par la logorrhée du rasta et la musique reggae, le jeune homme resta rongé par l'angoisse. On lui aurait proposé un joint qu'il l'aurait jeté dans le fossé tellement il se sentait mal. Un simple contrôle de police et il pouvait dire adieu à… à tout.

— Tu parles pas beaucoup, toi, fit le conducteur.

— Non.

— Ça te dérange si je fume un petit tarpé ?

— Oui, répondit froidement Cobalt.

Le rasta le regarda d'un air contrarié.

— Je sors juste de sevrage, crut bon de préciser le garçon.

— Ah, OK, respect…

Le trajet se poursuivit en musique seulement, le conducteur avait remplacé le bavardage par des chantonnements approximatifs. Le temps semblait passer beaucoup plus vite que les kilomètres ; Cobalt était sur des charbons ardents. Pourtant, il était à peine dix heures lorsque le rasta le déposa à une centaine de mètres du Centre Aurore.

— Merci, tu m'as sauvé la vie, lui dit simplement Cobalt.

— Ah, c'est cool. Salut, mec, au plaisir.

Cobalt se rappelait être sorti aux alentours de dix heures trente. Tout allait donc se jouer dans les minutes à venir.

Il changea dix fois de place. Se trouver trop près du portail pouvait ressembler à une embuscade, et se positionner trop loin lui faisait prendre le risque de rater son coup. Il finit par se poster sous l'Abribus de l'autre côté de la rue, face à l'entrée.

Lorsqu'un taxi ralentit et que le portail s'ouvrit, il se sentit gagné par une émotion qu'il ne se soupçonnait pas capable d'éprouver. Il eut le temps de reconnaître Simon Lenoir à l'intérieur. L'heure avait sonné.

Il s'assit sur le banc aux côtés d'une vieille dame, et sa jambe commença à tressauter nerveusement.

— Le bus va bientôt arriver, lui dit gentiment la dame.

— Mmm, marmonna-t-il, faute de mieux.

— Parfois, il est un peu en retard.

Pourquoi les gens avaient-ils ce besoin de parler à tout prix ? Personne ne voyait qu'il n'avait pas la place pour cela ?

En fait, il se rendait compte qu'il n'avait réfléchi à aucun plan, qu'il n'avait aucune idée de ce qu'il allait faire. Si Rose avait raison, Dana balaierait certainement des yeux les alentours et alors, elle le verrait, assis juste en face, à l'attendre. Elle ne pouvait pas le manquer. Mais si Rose avait tort…

— Ah, le voilà ! s'exclama la vieille dame.

De fait, le bus arrivait. Un fort sentiment de panique s'empara de Cobalt : il suffisait des quelques secondes d'arrêt, pendant lesquelles le bus lui boucherait la vue sur le portail, pour que ce moment n'existe jamais.

Les portes du bus s'ouvrirent et la vieille dame monta avec une lenteur affolante.

— Tu ne viens pas ? lui demanda-t-elle en se retournant.

Cobalt secoua la tête en essayant de voir le trottoir d'en face à travers les vitres. Le véhicule redémarra enfin, poussif et bruyant, sans que le stress du jeune homme diminuât pour autant.

Il se rassit, au comble de la nervosité, les yeux fixés sur l'entrée du centre. Une image étrange vagabonda dans son esprit tourmenté ; celle d'un homme attendant un être aimé à sa sortie de prison, avec l'appréhension que le temps ait tout changé, autant à l'intérieur qu'à l'extérieur.

Puis le portail amorça son ouverture et le cœur de Cobalt se serra.

Le taxi s'avança. Sur le perron de la bâtisse, quelques personnes, dont Rose, agitaient la main en signe d'au revoir, sans doute d'adieu. Sur la banquette arrière de la voiture, deux silhouettes, dont celle, immaculée, de Dana.

Lorsque le regard de la jeune fille glissa sur lui sans s'arrêter, quelque chose se déchira en Cobalt. Elle l'avait vu, mais elle ne voulait plus le voir ; l'expression prenait tout son sens à cet instant.

La voiture s'éloigna. Prostré, Cobalt se prit la tête entre les mains et ferma les yeux. Il avait voulu être quelqu'un de bien, il avait vraiment cru pouvoir l'être, mais il ne l'était pas, la preuve venait de lui éclater en pleine figure.

C'était lui qui aurait dû se trouver dans la trajectoire des kalachnikovs des terroristes, pas Balthazar. C'était le prénom de Corentin qui aurait dû être inscrit sur la tombe familiale. Co-ren-tin. Celui qui ne savait faire que le mal autour de lui. Celui qui était indigne de son jumeau disparu. Ça aurait été mieux pour tout le monde : ses parents, Dana, et même Candice.

Cobalt correspondait à une illusion qui, à ce moment précis, était en train de mourir. Inutile de se voiler la face, il était et resterait Corentin.

Englouti par sa noirceur, il ne sentit pas que quelqu'un s'était assis à côté de lui. Mais lorsqu'une main prit la sienne pour la serrer tendrement, une bouffée d'émotion le renversa. Il n'osa rouvrir les yeux, de peur de se rendre compte d'une autre réalité que celle qu'il espérait tant.

Et puis une tête se cala tout en douceur au creux de son épaule, un parfum délicat de rose thé lui parvint, des doigts fins et déliés entrelacèrent les siens. *Je vais crever,* se dit-il, *je vais crever de bonheur, là.*

Il prit son temps pour intégrer ce qui était en train de se passer, un mirage l'aurait détruit.

Et il ouvrit enfin les yeux.

— Salut, murmura une voix.

— Salut, fit-il, je m'appelle Corentin.

— Corentin, c'est joli, ça te va bien. Moi, c'est Dana. Heureuse de faire ta connaissance…

Remerciements

Merci à toi, Bernard Fixot, ainsi qu'à toute l'équipe XO, pour la réalisation de cette nouvelle aventure.

Des mêmes auteures

Oksa Pollock

Oksa Pollock, tome 1, *L'Inespérée*, XO Éditions, 2010, Pocket, 2012.
Oksa Pollock, tome 2, *La Forêt des égarés*, XO Éditions, 2010, Pocket, 2013.
Oksa Pollock, tome 3, *Le Cœur des deux mondes*, XO Éditions, 2011, Pocket, 2013.
Oksa Pollock, tome 4, *Les Liens maudits*, XO Éditions, 2012, Pocket, 2014.
Oksa Pollock, tome 5, *Le Règne des félons*, XO Éditions, 2012, Pocket, 2014.
Oksa Pollock, tome 6, *La Dernière Étoile*, XO Éditions, 2013, Pocket, 2015.
Les Petites Histoires de Dragomira, XO Éditions, 2014.

Oksa Pollock en bande dessinée

Éric Corbeyran, Nauriel, Anne Plichota, Cendrine Wolf
Oksa Pollock, tome 1, *L'Inespérée*, XO Éditions, 12 bis, 2013.

Oksa Pollock a reçu le prix Ado 2012 de la Ville de Rennes, Ille-et-Vilaine, ainsi que le prix du Jury des jeunes lecteurs de la Ville de Vienne (Autriche).

Tugdual

Tugdual, tome 1, *Les Cœurs noirs*, XO Éditions, 2014, Pocket, 2016.
Tugdual, tome 2, *Les Serviteurs de l'Ordre*, XO Éditions, 2015.
Tugdual, tome 3, *La Terre des origines*, XO Éditions, 2015.

Susan Hopper

Susan Hopper, tome 1, *Le Parfum perdu*, XO Éditions, 2013.
Susan Hopper, tome 2, *Les Forces fantômes*, XO Éditions, 2016.

Susan Hopper a reçu le prix du Meilleur roman jeunesse 2013, les Étoiles du *Parisien-Aujourd'hui en France*.

Les 5/5

Les 5/5, tome 1, *En équilibre*, XO Éditions, 2017.
Les 5/5, tome 2, *Turbulences*, XO Éditions, 2018.

Composition et mise en pages
Nord Compo à Villeneuve-d'Ascq

FSC
www.fsc.org
MIXTE
Papier issu
de sources
responsables
FSC® C123930

Impression réalisée par CPI France
en octobre 2018

N° d'édition : 3801/01 - N° d'impression : 2038965
Dépôt légal : octobre 2018

Imprimé en France